rororo

Marie Fontaine wurde in Paris geboren und hat lange in einer kleinen Buchhandlung gearbeitet, bevor sie sich als PR-Beraterin selbständig machte. Sie verbringt ihre Freizeit am liebsten in den kleinen Läden und Cafés ihres Viertels und denkt sich dabei immer neue Geschichten aus, in denen die Menschen vorkommen, die ihr dabei begegnen. Die Idee zu «Ein Winter voller Blumen» kam ihr, als sie die Rosensträucher in ihrem winzigen Stadtgarten gegen den Frost einpackte. Sie lebt mit ihrer Familie in München.

«Ein duftig-leichter Roman, der wie gemacht ist für lange, dunkle Abende.» *Westfälische Nachrichten*

Marie Fontaine

EIN WINTER VOLLER BLUMEN

Roman

Rowohlt
Taschenbuch
Verlag

Veröffentlicht im Rowohlt Taschenbuch Verlag,
Hamburg, November 2019

Covergestaltung FAVORITBUERO, München
Coverabbildung Rob Whitaker/EyeEm/Getty Images,
Supertrooper; MSSA/Shutterstock
Satz aus der Albertina MT, InDesign,
bei Pinkuin Satz und Datentechnik, Berlin
Druck und Bindung CPI books GmbH, Leck, Germany
ISBN 978-3-499-27550-0

Ein Garten im Winter ist schlafende Schönheit

1

Nachdenken über Pflanzen heißt Nachdenken über das Leben

Es war an einem nasskalten Novembertag, die Straßenlaternen brannten schon, da öffnete sich mit leisem Klingeln die Tür zu Mademoiselle Fleurs Blumenladen, und ein Mann im Mantel trat ein, den die junge Frau noch nie gesehen hatte. «Bonjour, Monsieur!», grüßte sie freundlich. «Kann ich Ihnen helfen?»

Ein unverbindliches Lächeln, ein Zögern. Er räusperte sich. «Danke. Ich sehe mich nur ein wenig um.»

Mademoiselle Fleur kannte das. Wenn das Wetter schlecht war, flüchtete sich oft jemand in den Laden. Wenn sie Glück hatte, würde dieser Herr aus purer Verlegenheit ein winziges Sträußchen oder einen Zwergkaktus kaufen. Irgendetwas, das wenig kostete und … «Haben Sie Bougainvilleen?», fragte der Kunde, der plötzlich wieder hinter den Zimmerpflanzen hervortrat.

Die Blumenhändlerin schüttelte den Kopf. «Leider», sagte sie. «Da müssten Sie vielleicht im Gartencenter fragen. Aber ob die um diese Jahreszeit …»

«Ich dachte nur.» Der Mann nahm seine Brille ab und putzte sie umständlich mit seinem Schal, was wenig nützte. Dann setzte er sie wieder auf und nahm den Hut ab. Er war viel jünger, als sie zunächst gedacht hatte. Mitte dreißig, Anfang vierzig vielleicht. Sein Haar war voll und dunkel, die Augen hell und lebhaft. Und er war gut gekleidet. Vielleicht arbeitete er bei einer Bank oder Galerie. «Wissen Sie, ich liebe Bougainvilleen. Es gab sie bei uns im Garten. Ich meine, als ich ein Kind war ... Pardon ...» Er schüttelte den Kopf, als käme er sich selbst ganz lächerlich vor, und ließ den Blick über die kleinen Topfpflanzen streifen, die neben der Kasse standen. «Und was wäre das hier?» Er zeigte auf eine zartviolette Blume, die Mademoiselle Fleur in ein geflochtenes Körbchen platziert hatte.

«Diese hier heißt Silberrand», erklärte die Floristin. «Und das ist eine Campanula.»

«Schön», sagte der Mann nur und schien mehr auf ihre Hände zu blicken als auf die zierlichen Stöckchen. «Davon nehme ich eine mit.»

«Vom Silberrand oder von der Campanula?»

Abermals räusperte er sich. «Von beiden bitte.»

Mademoiselle Fleur nickte. «Gerne, Monsieur. Haben Sie es weit nach Hause?»

«Bitte?»

«Dann sollten wir sie gut einpacken.» Sie warf einen vielsagenden Blick nach draußen, wo der Wind die letzten Blätter von den Bäumen riss und durch die Straße fegte. «Sie haben recht», erwiderte der Mann, ohne ihrem Blick zu folgen. Vielmehr sah er sie gedankenverloren an und fühlte sich offenbar ertappt, als sie sein Lächeln bemerkte. «Aber ich habe es nicht weit. Gott sei Dank», erklärte er und klopfte mit den Fingerspitzen leicht auf die Ladentheke.

«Bon. Dann können wir uns das Zeitungspapier sparen, und ich wickle sie ganz normal ein. Möchten Sie sich nicht so lange setzen?» Sie deutete auf ein kleines, etwas schiefes Tischchen, das neben dem Eingang stand und von zwei noch schieferen Stühlen umrahmt war, von denen der weiße Lack abblätterte. Der Herr nickte und ging hinüber, ohne sich jedoch zu setzen. Vielmehr blieb er an einer prächtigen, weiß blühenden Pflanze stehen und beugte sich vor, um daran zu riechen.

«Ein Arabischer Jasmin, Monsieur», rief Mademoiselle Fleur.

«Wundervoll.»

«Ja, das finde ich auch. Soll ich Ihnen eine Schleife daranbinden?»

Er schüttelte den Kopf. «Nicht nötig, Mademoiselle …» Er trat wieder zur Ladentheke und betrachtete die beiden Päckchen, die in roséfarbenes Papier eingeschlagen waren, auf dem in eleganten Lettern die Worte *Fleurs de Fleur* geschrieben standen.

«Fleur, Monsieur. Fleur Danton.»

«Wie der Revolutionär!»

«Wie der Revolutionär, ja. Aber nicht mit ihm verwandt. Eine Papiertüte vielleicht?»

«Das wäre sehr freundlich.»

Die Blumenhändlerin stellte die beiden eingepackten Stöcke in eine Tüte und reichte sie ihrem Kunden.

«Merci.»

«Merci, Monsieur.»

Er setzte seinen Hut wieder auf und wandte sich zur Tür, da hörte er hinter sich: «Das macht sechzehn fünfzig.» Mit hochrotem Kopf drehte er sich um und stammelte: «Pardon, Mademoiselle. Das hatte ich … Es tut mir schrecklich leid … Ich …» Verlegen und umständlich tastete er seine Taschen nach der Geldbörse ab, nahm die Tüte von der rechten in die linke Hand und wieder in die rechte. «Natürlich. Hier.» Er zog das Portemonnaie heraus und legte zwei Zehner auf die Theke. «Es stimmt so, Mademoiselle. Bitte entschuldigen Sie vielmals. Das ist mir noch nie passiert. Es war keine böse Absicht.»

Er sah so verzweifelt aus, dass Fleur laut lachen musste. «Ich bitte Sie!», rief sie. «Das kann doch passieren. Seien Sie unbesorgt. Ich halte Sie wirklich nicht für einen Dieb oder Betrüger.»

«Natürlich nicht», murmelte der Herr und wusste offenbar nicht, wohin er schauen sollte. «Trotzdem. Wie gesagt, es tut mir sehr leid.»

Einen Moment später fiel die Tür hinter ihm zu, und der Wind zerrte an seinem Mantel. Und während er den Mantelkragen hochschlug und die Rue du Cherche-Midi hinabging, folgte ihm der Blick der jungen Floristin, die an die Tür getreten war und von ihrem kleinen Paradies aus die kalte dunkle Stadt und ihre hoffnungsvollen Lichter betrachtete.

Paris, die Schöne, ist die Stadt der Freude und der Lebenslust. Kein anderer Ort der Welt inspiriert die Menschen so zur Liebe, kein anderer weckt mehr Sehnsüchte als Paris. Doch kalte und düstere Novembertage gibt es auch hier, und es fällt schwer, sich das Leuchten der Stadt vorzustellen, wenn man sich gegen den schneidenden Herbstwind stemmt und die Feuchtigkeit durch die Kleidung dringt. Gleichwohl ging Nicholas Matin beschwingt den Weg hinab nach St. Germain-des-Prés und ans Ufer der Seine, wo sich seit vielen Jahrzehnten die prachtvolle Fassade des Hotels *Louis XV* erhob, in dem er seit kurzem arbeitete.

Seit dem Spätsommer genauer gesagt. Die Saison hatte gerade wieder begonnen, wobei ein Haus wie das *Louis XV* immer Saison hat. Die Pariser waren aus ihren Ferien zurückgekehrt, eine milde Brise hatte die Hitze weggeweht, die den August über wie eine Glocke über der Stadt gelegen hatte. Es war die Zeit der Ernte – für Nicholas Matin eine Zeit des Anfangs.

Er hatte sich eine Wohnung im Montparnasse genommen, klein und trotzdem beinahe unbezahlbar. Aber nach den Jahren, die er in La Defense zugebracht hatte, dem futuristischen Geschäftsviertel im Westen der Stadt, war diese Veränderung für ihn wie eine Wiedergeburt. Täglich bewunderte er die klassizistischen Bauwerke, die opulenten Dekorationen, die prächtigen Schaufenster und ließ gern zu, dass das alles ein Teil seines Lebens wurde.

Auch ein Lokal hatte er entdeckt, das ihm schnell ans Herz wuchs, das *Café du Midi*. Die Inhaberin, Madame Goncourt, stammte aus dem Süden des Landes und sprach mitunter in einem Akzent, über den Nicholas manchmal lachen musste. Er selbst stammte schließlich vom Land und hatte in seiner Kindheit alles andere als klassisches Französisch gesprochen.

In der warmen Spätsommersonne hatte das *Café du Midi* Tische und Stühle vor dem Lokal aufgestellt, und Nicholas hatte es genossen, dort zu sitzen, einen Kaffee zu trinken oder nach Feierabend ein Glas Burgunder, die Menschen zu beobachten, die die Straße entlangkamen und in alle Richtungen eilten, als fände das Leben dort und nur dort statt, wo sie gerade hinwollten. Madame Goncourts Café lag in einer kleinen Nebenstraße der Rue de Rennes, und während dort der Verkehr tobte und die Menschen sich auf den schmalen Gehsteigen gegenseitig anrempelten, herrschte hier trotz aller Lebhaftigkeit eine friedliche Stimmung. Es war nicht die überwältigende Atmosphäre des Boulevard Haussmann, nicht der Luxus der Place Vendôme und auch nicht die touristische Enge der Île de la Cité, sondern das Paris der Pariserinnen und Pariser: selbstbewusst, gelassen und voller Lebensfreude.

So war der Herbst dahingegangen mit vielen stürmischen, aber auch einigen schönen Tagen. Nicholas war oft an dem kleinen Blumenladen an der Ecke zur Rue du Regard vorbeigekommen. Aber da er niemanden hatte, dem er Blumen hätte schenken wollen, hatte es keinen Anlass gegeben, jemals einen Fuß hineinzusetzen. Der September verging und auch der Oktober, und plötzlich war die Leichtigkeit dahin. Es wurde kalt und nass. Die Tische und Stühle wanderten wieder hinein in das Lokal, und Nicholas ließ den kleinen Umweg zum *Café du Midi* nun oft ausfallen.

Die Straßen waren voll mit Autos, doch die Gehwege waren beinahe verwaist. Trotz der spätnachmittäglichen Stunde blieb zu Hause oder im Büro, wer nicht dringend vor die Tür musste. Der nasse Schnee hatte sich zu einem echten Verkehrshindernis entwickelt, und Nicholas Matin spürte, wie die Nässe in seine Schuhe drang. Wenn er nicht rasch ins Warme kam, würde er eine Erkältung davontragen.

Normalerweise hätte er um diese Uhrzeit Feierabend gemacht. Doch an diesem Tag war noch eine Teamsitzung für achtzehn Uhr anberaumt worden. Es ging, wie so oft, um Prozessoptimierung und Effizienzsteigerung. Auch wenn er diese Managementtermine hasste, wusste er, dass seine Abteilung davon profitieren würde. Nicholas Matin war Leiter der Abteilung *CR2, Customer's Relations,* zuständig für «Reklamationen und Problemfälle». Wer immer Grund hatte, sich über das *Louis XV* zu beklagen, landete bei ihm. Wer den Service nicht angemessen, die Mitarbeiter unfreundlich, das Zimmer nicht sauber genug, die Qualität der Waren nicht perfekt, wer seine Matratze zu weich oder das Kissen zu hart fand, den Preis zu hoch oder die Toiletten zu tief, der wurde an Monsieur Matins Abteilung verwiesen – und es war seine Aufgabe, den Kunden davon zu überzeugen, dass er völlig recht hatte und dass man sich seine Beschwerde mit größter Dankbarkeit zu Herzen nehmen werde. Denn es gehörte zu den ungeschriebenen Gesetzen dieses exquisiten Hotels, dass der Kunde immer recht hatte, egal wie unsinnig seine Reklamation im Einzelfall auch sein mochte. Unabhängig davon war es natürlich Monsieur Matins dringendste Aufgabe, möglichst jedes Entgegenkommen an die Kunden so kostenneutral wie irgend möglich zu gestalten, vor allem, seit Monsieur Trebouchet das Hotel leitete. Mit ein wenig Geschick, so hatte man es ihm an seinem ersten Arbeitstag klargemacht, sollte er den Gast sogar zu zusätzlichen Ausgaben bewegen. So und nicht anders machte man ein Hotel und seine Gäste gleichermaßen glücklich. Nicht nötig zu erwähnen, dass dies in der Praxis bedeutete, den Kuchen zu essen und ihn zugleich zu behalten, ein Ding der Unmöglichkeit also. Was Monsieur Trebouchet, der an der London School of Economics studiert hatte und nie müde wurde, darauf hinzuweisen, dennoch mit allem Nachdruck einforderte.

Aber Nicholas mochte diese Arbeit. Je nach Fall war es ihm eine Genugtuung, der einen oder der anderen Seite etwas weiter entgegenzukommen. Es verstand sich von selbst, dass eine echte Reklamation (wovon es naturgemäß in einem Hotel dieses Standards nicht viele gab) immer und ausschließlich im Sinne des Kunden abgewickelt werden musste. Wer auf seinem Zimmer ein unsauberes Glas vorfand, erhielt nicht nur ein funkelndes neues, sondern auch als kleine Entschädigung eine gute Flasche Wein dazu. Wessen Reservierung für das Restaurant versäumt worden war, der wurde vom Hotel auf ein Candlelight-Dinner in einer der Luxussuiten eingeladen. Es gab viele unverdient Reiche, die ihren Aufenthalt in der Stadt im *Louis XV* verbrachten. Gerade sie benahmen sich oft, als warteten sie nur darauf, ihre Mitmenschen schlecht zu behandeln, als wären sie geradezu versessen darauf, sich zu beschweren. Vielleicht hatte es damit zu tun, dass sie sich selbst unablässig ihrer Bedeutung versichern mussten. Vielleicht war es aber auch einfach nur so, dass mit dem Geld nicht automatisch Respekt und gute Manieren kamen.

Jedenfalls schikanierten viele von ihnen die Zimmermädchen, nur um sich hinterher über sie zu beschweren, und suchten auch sonst überall das sprichwörtliche Haar in der Suppe.

Als Nicholas Matin endlich im Hotel angelangt war, war er bis auf die Haut durchnässt. Erst jetzt fiel ihm auf, dass er einen Schirm bei sich gehabt hatte. Er hätte ihn nur aufspannen müssen. Aber dann hätte er für einen kleinen Augenblick an etwas anderes als an die Blumenhändlerin in der Rue du Cherche-Midi denken müssen. Und dazu war er bis jetzt nicht in der Lage gewesen.

«Blumen, Monsieur Matin?», fragte der Portier, an dem er vorbeikam.

«Oui, Antoine! Eine kleine Aufmerksamkeit für Bérénice», erklärte Nicholas. «Sie hatte ziemlich viel Extraarbeit in den letzten Tagen.»

«Die wird sich aber freuen!»

Bérénice war eine der Putzfrauen, die aus dem Süden Frankreichs kamen und in der Hauptstadt für ein besseres Leben schufteten. Eine einfache Frau mit einem guten Herzen. Niemand hätte gewagt, es auszusprechen, aber doch waren sich alle sicher, dass sie auch deshalb häufig Ziel von Reklamationen wurde, weil sie schwarz war. Zu allem Überfluss war Bérénice in letzter Zeit auch immer wieder Anfeindungen aus der Personalabteilung ausgesetzt gewesen. Keine Beschwerde schien so an den Haaren herbeigezogen, dass man sie nicht dafür tadelte. Als Nicholas Monsieur Trebouchet gegenüber seine Zweifel an gewissen Anschuldigungen äußerte, musste er sich eine Lektion in erfolgreicher Unternehmensführung erteilen lassen: «Monsieur Matin, natürlich könnte ich über die Angelegenheit hinwegsehen. Aber wenn ich das im Fall dieses Zimmermädchens tue, dann werden uns bald alle Zimmermädchen auf der Nase herumtanzen. Und nach den Zimmermädchen tun es die Hotelboys und die Kellner … Nein, an der London School of Economics pflegten wir zu sagen: Zero tolerance.» Er sprach es ohne den Hauch eines Akzents aus. «Und das ist es, was wir brauchen. Zero tolerance. Ich erwarte, dass Sie das respektieren – in Ihrem eigenen Interesse.»

Nicholas empfand diese Härte gegenüber einer so fleißigen Frau als Schande. Und da er nun schon zwei Blumenstöckchen erworben hatte, wollte er wenigstens etwas Gutes damit anfangen.

Rasch ging Nicholas in sein Büro und nahm ein Kärtchen, wie es für Präsente an die Gäste benutzt wurde. «Für Bérénice! Danke für Ihren Einsatz – Ihr Nicholas», schrieb er darauf und band es an eine der Pflanzen, die er auspackte und deren Töpfe er mit dem Papier des Blumenladens wieder umwickelte. Dann stellte er die beiden Stöckchen vor Bérénice' Spind, ehe er in die Managementetage eilte. Gerade noch rechtzeitig setzte er sich auf seinen Platz, als auch schon der Geschäftsführer ohne lange Vorrede anfing mit der Feststellung: «Wir sind mit der Situation nicht zufrieden. Es wird sich einiges ändern müssen. Monsieur Matin – würden Sie bitte …?»

Die Rue du Cherche-Midi war eine der wenigen typischen Pariser Straßen, die noch nicht vom Tourismus zu einer Kulisse ihrer selbst verkommen, noch nicht von Immobilienspekulanten in eine Gelddruckmaschine verwandelt und noch nicht von Luxuslabels vereinnahmt worden waren. Es gab in ihr einen Trödler (*Le Bourgeois*), eine Boulangerie (*Coquette's*), ein Café, das ein wenig zu groß war, um das «typische kleine Pariser Café» zu sein, und zu klein, um als Institution zu gelten, einen Zeitschriftenladen mit Tabakwaren, einige kleinere Anwalts- und Steuerkanzleien – und den Blumenladen von Fleur Danton, der an der kleinen Kreuzung zur Rue du Regard an sich sehr günstig lag, wenn auch nicht in bester Lauflage.

Durch diverse Büros in der Umgebung und natürlich durch die Nähe der geschäftigen Rue de Rennes war auch die Rue du Cherche-Midi nicht ganz verschlafen. Die kleinen Läden konnten sich einigermaßen über Wasser halten, ein gewisser Lokalpatriotismus sorgte dafür, dass nicht ständig die Pächter wechselten und an jeder Ecke ein Salon für Thai-Massage oder ein Waxing-Studio eröffnete.

An schönen Tagen konnte man die Inhaberin des Tabakwarengeschäfts vor dem Eingang stehen und mit einem Stammkunden sprechen sehen. Madame Goncourt aus dem Kaffeehaus tauschte Rezepte mit der Bäckerin des *Coquette's*, manchmal transportierte der Trödler ein Möbelstück oder sonst eine Antiquität auf seinem Handkarren die Straße hinunter, um sie an einen Kunden in der Nähe auszuliefern, und mitunter geschah es, dass Fleur Danton vor ihrem Laden in der Sonne saß und ein Buch aus ihrer Schürzentasche holte, einen Roman von Stendhal vielleicht oder Gedichte von Baudelaire, um für einige Minuten ganz in einer anderen Welt zu versinken.

Im Sommer sah man die junge Blumenhändlerin oft mit ihrem Fahrrad die Straße entlangfahren: Sie lieferte ihre Bestellungen gerne selbst aus. Dann wehte ihr Haar im Fahrtwind, und ihre Wangen röteten sich. Sie genoss es, mitten in dieser lebenslustigen Stadt unterwegs und ein Teil von ihr geworden zu sein!

Im Winter freilich spielte sich das meiste im Inneren der diversen Geschäfte ab. Auch die Blumenhändlerin kam nur nach draußen, wenn ein Kunde etwa einen der von ihr selbst gewundenen, prächtigen Kränze kaufen wollte, die sie dort am knorrigen Ast einer alten Eiche aufgehängt hatte. «Kleine Waldkreise» nannte sie diese Kunstwerke, denn sie nahm niemals nur eine Sorte Zweige. Einen reinen Tannenkranz fand man bei ihr nicht. Dafür aber Kränze, in denen sich Tannen- und Kiefernzweige mit Zypressenbüscheln mischten, kleine Zapfen von der Lärche und große von der Kiefer. Getrocknete Hagebutten oder Ilex oder Stechpalmen schmückten die üppigen tiefgrünen Kränze.

Im vergangenen Jahr hatte ein Christbaumhändler seinen Stand an dem kleinen Platz vor dem Blumenladen aufgeschlagen. Für Fleur Danton war das eine problematische Bereicherung. Sie führte zwar keine Bäume, aber sehr wohl Tannenzweige, wie sie auch der Baumhändler im Sortiment hatte. Diese Konkurrenz hatte sie gespürt. Mehr noch aber die Aufmerksamkeit, die die Passanten dem – sonst ja nicht vorhandenen – Stand widmeten und die dem kleinen Blumenladen prompt fehlte. Doch der Händler hatte sich in diesem Jahr einen anderen Standort gesucht, und so fanden Koniferenzweige, Kränze, vergoldete Zapfen, Misteln und andere jahreszeitlich besonders beliebte Waren reißenden Absatz– was freilich an der allgemein schwierigen Situation eines so kleinen Geschäftes nicht viel änderte.

Wenn die kleine Glocke über der Eingangstür der Blumenhandlung *Fleurs de Fleur* klingelte, so war dieses Klingeln immer ein Fünkchen Hoffnung, und es zauberte stets ein Lächeln auf das Gesicht der jungen Blumenhändlerin, die im Übrigen den festen Vorsatz hatte, sich niemals für Geld zu verändern – vor allem aber nicht aus Mangel desselben. Ja, aus diesem Grund noch viel weniger. Sie war entschlossen, jedem Tag mit Neugier und Dankbarkeit zu begegnen. Denn es war schließlich keine Selbstverständlichkeit, dass man sein Leben auf dem Schönsten begründen durfte, was man sich nur denken konnte: einem kleinen Paradies voller Blumen.

Doch wie jeder Mensch, so schleppte auch sie ihr Päckchen.

Vor allem ihr Vater machte ihr Sorgen. Es verging kein Tag, an dem sie ihn nicht anrief. «Wie ist das Wetter bei euch, Papa?»

«Nicht anders als in Paris», erklärte er dann halb brummig, halb amüsiert. «Wie geht es dir, mein Kind?»

«Wie geht es dir, Papa?»

«Nicht anders als gestern.»

Nein, aufregend waren ihre Gespräche meist nicht. Denn im Laufe der zurückliegenden drei Jahre, seit Fleur nach Paris gekommen und ihren kleinen Laden eröffnet hatte, hatten sie so oft miteinander gesprochen, dass es kaum ein Vorkommnis gab, das der jeweils andere nicht gekannt hätte. «Hast du Kunden?»

«Aber sicher, Papa. Das Geschäft läuft gut.» Sie würde ihm nicht auf die Nase binden, dass sie sich mit Existenzängsten herumschlug. Papa hatte es schwer genug.

«Das beruhigt mich. Du weißt, ich werde dir nichts vererben. Es ist nichts da.»

«Du wirst mir nichts vererben, Papa, weil du noch lange leben wirst.»

Er schwieg. Sie konnte hören, wie er überlegte, ob er protestieren sollte. Doch er tat es nicht. Und sie sagte auch nichts weiter. «Dann kümmere dich mal wieder um deinen Laden, Kind.»

«Ja, das mache ich. Au revoir, Papa.»

«Salut, chérie.»

Es waren Rituale. Und Fleur wusste, dass ihr Vater diese Rituale so wenig missen wollte wie sie.

Das Meeting war, wie nicht anders zu erwarten, zu lang, zu abstrakt und gespickt mit Anglizismen gewesen. In vielen Chefetagen gilt der Managerslang als Ausweis besonderer Befähigung. In Wirklichkeit ist er oft nur ein Ausdruck besonderer Armut an Kultiviertheit – und damit eigentlich völlig unpassend für ein Haus wie das *Louis XV*. Hätte sich der Portier einer solchen Sprache bedient, wäre er nach spätestens zwei Wochen ersetzt worden. Denn mit Menschen kann man so nicht sprechen. Dass aber auch Mitarbeiter Menschen sind, das ist manchem Geschäftsführer oder Prokuristen offenbar nur schwer begreiflich.

Umso mehr bemühte sich Nicholas, seinen Vortrag lebensnah zu formulieren. Tatsächlich häuften sich ja die Reklamationen in der letzten Zeit. Das war nur zum Teil dem Qualitätsmanagement geschuldet. Hauptsächlich hatte es etwas mit den Kosten zu tun, die man drastisch zu senken versuchte. Die Folge waren schlechter geputzte Zimmer (weil die Putztruppe in weniger Zeit mehr Einheiten schaffen sollte), billige und damit minderwertige Kleinartikel (Zahnbürsten, die das Zahnfleisch verletzten, Badehauben, die zerrissen) und minderwertige Begrüßungskörbe (mit Obst, das aussah, als hätte man es vom Discounter gekauft – was auch stimmte). Eigentlich hätte Nicholas dem Management Vorwürfe machen müssen, weil es mit zu ehrgeizigen Vorgaben solche Mängel provozierte. Aber an seinem früheren Arbeitsplatz bei einer internationalen Marketingagentur hatte er gelernt, dass man die Fehler seiner Vorgesetzten niemals als solche bezeichnen durfte. Also stellte er sich zum Schein hinter das Management – und dabei doch eigentlich vor die Kolleginnen und Kollegen in den verschiedenen Abteilungen: «Das *Louis XV* hat die Aufgabe, stets und unter allen Umständen nur das Beste zu bieten. Das ist es, was unsere Gäste von uns erwarten, und das ist es, was geradezu in unserer DNA steht.» Ein Blick in die Runde zeigte ihm, dass all diejenigen, auf die es ankam, zuhörten. Nun galt es, die Geschäftsführung auf seine Seite zu ziehen: «Durch ein kluges und vielschichtiges Optimierungsprogramm haben wir es geschafft, dass uns die Kosten nicht mehr davonlaufen. Das gibt uns genügend Spielraum, nun auch bei der Qualität die letzten paar Prozent, die uns zur Perfektion fehlen, noch zu schaffen.» Ja, jetzt hatte er sie. Monsieur Trebouchet, der oberste Chef, schien geradezu die Ohren aufzustellen. «Das Gute ist: Es ist nichts einfacher als das. So ärgerlich Reklamationen sind: Sie helfen uns, die Schwachstellen herauszufinden. Ich schlage vor, dass wir – das heißt meine Abteilung – im Laufe der nächsten Tage die Kundenbeschwerden der letzten Monate analysieren und strukturieren und sie dann an die Geschäftsführung weiterleiten, sodass es umso einfacher ist, mit ganz konkreten Maßnahmen gegenzusteuern.»

«Das halte ich für einen guten Vorschlag, Monsieur Matin», stimmte Trebouchet zu. «Schaffen Sie das bis Donnerstag?»

«Lassen Sie uns Freitag sagen, die Sache ist mir zu wichtig, als dass wir hier ungenau arbeiten sollten.»

«Gut. Freitag. Meine Damen und Herren …» Trebouchet erhob sich, womit, wie alle wussten, die Sitzung geschlossen war. Nicholas und die anderen Kollegen würden den Saal verlassen, die Geschäftsführung würde bleiben und über Themen beratschlagen, die nicht für die Ohren der Mitarbeiter bestimmt waren.

«Und worauf wird das hinauslaufen?», wollte Jean Pelissier wissen, mit dem Nicholas das Büro teilte.

«Ist doch ganz klar, oder? Die meisten Sparaktionen müssen rückgängig gemacht werden.»

Pelissier schüttelte lächelnd den Kopf. «Du hattest das geplant, oder?»

«Ach, wenn es immer so einfach wäre.» Nicholas sah auf die Uhr. Es war spät, er würde direkt nach Hause gehen. Vielleicht … Sein Kollege schien den gleichen Gedanken zu haben. «Soll ich dich mitnehmen?»

«Bist du etwa mit dem Auto da?»

«Oui. Um die Uhrzeit …»

«Tja, dann gerne.»

Wenig später fuhren sie durch Schneeregen die Rue de Rennes hinauf Richtung Montparnasse. «Ein elendes Wetter ist das. Ich wünschte, der Winter wäre schon vorbei.»

«Ich weiß nicht», sagte Nicholas. «Irgendwie mag ich alle Jahreszeiten.»

«Ja, das sagt man so. Aber dieses Wetter, ich bitte dich! Am liebsten würde ich eine Oase gründen.» Er schien zu überlegen. «Vielleicht sollte ich aus meinem Balkon einen Wintergarten machen.»

Ein Wintergarten, dachte Nicholas, ja, das wäre eine schöne Sache. Mit vielen Blumen darin, warm, duftend und bunt. Gleich würden sie an der Straße vorbeikommen, in der das *Fleurs de Fleur* lag. «Würdest du mich hier rauslassen, Jean?»

«Hier? Im Ernst? Dir ist klar, dass du bis auf die Haut durchnässt bist, wenn du von hier aus nach Hause gehst.»

Nicholas legte ihm die Hand auf die Schulter. «Ist mir klar, ja. Aber danke für deine Fürsorge.»

«Bof. Dann bitte schön.» Er blinkte und fuhr rechts ran. «Versuch bitte, dich nicht zu erkälten. Ich kann niemanden in meinem Büro brauchen, der mich ansteckt.»

«Ich werde mein Bestes tun, Jean. Gute Nacht.»

«Gute Nacht.»

Wenige Augenblicke später verschwanden die Rückleuchten von Jeans Wagen zwischen den unzähligen anderen Lichtern der Pariser Nacht, die sich im Regen funkelnd vervielfachten. Nicholas klappte den Kragen seines Mantels hoch und drückte sich nah an die Hausmauer. Nur wenige Geschäfte waren noch geöffnet, die meisten hatten bereits die Rollläden heruntergelassen, sodass die Straße dunkel und unwirtlich wirkte. Das Schaufenster des kleinen Blumenladens, von hier aus nicht als solcher zu erkennen, war noch erhellt. Nicholas steuerte seine Schritte dorthin, ohne zu überlegen, was er eigentlich tat. Es war, als geschähe alles von ganz allein.

Die Blumenhändlerin stand hinter ihrer Ladentheke und schrieb etwas in ein Buch. Vielleicht ihre Bestellungen für morgen? Vielleicht die Einnahmen des Tages? Vielleicht Notizen? Er bewunderte, wie sie den Stift hielt, wie sie sich elegant eine Locke aus dem Gesicht strich, wie sie gedankenversunken mit dem Finger auf ihre Nasenspitze tippte. Alles an ihr erschien ihm unendlich anmutig. Er merkte kaum, wie ihm der Regen in den Nacken rann, wie seine Schuhe durchweichten, wie seine Hände klamm wurden. Zwar stand er hier draußen auf der Straße, doch sein ganzes Selbst war gerade dort drinnen bei ihr, ganz nah. Betrachtete ihre Gesten und ihre Miene, lauschte ihrer Stimme, nahm ihren Duft wahr … Was natürlich Unsinn war. Denn in einem Blumenladen war die Floristin vermutlich das am wenigsten duftende Wesen. Die Luft in einem solchen Geschäft war stets voller Düfte, im Winter noch mehr als im Sommer, weil die Tür geschlossen blieb.

Die junge Floristin blickte auf, und Nicholas wich rasch einen Schritt zurück in den Schutz einer Palme, die zur Dekoration vor dem Schaufenster stand. Es wäre ihm unangenehm gewesen, wenn sie ihn ertappt hätte, wie er sie beobachtete. Es war ihm ja selbst unangenehm. Verwirrt riss er sich von dem kleinen Laden los und eilte davon. Was tat er hier? Wieso stand er auf der Straße und benahm sich wie ein … ja, was? Er kannte sich selbst nicht wieder. Und während in dem kleinen Laden die Blumenhändlerin sich fragte, ob sie den Kunden von heute Nachmittag gesehen hatte, schritt Nicholas Matin hastig durch die Pariser Herbstnacht, um rasch nach Hause zu kommen und vor allem: auf andere Gedanken.

Als Fleur Danton an diesem Abend ihr kleines Geschäft in der Rue du Cherche-Midi absperrte, hatte sie – wie so oft – einen kleinen Strauß Rosen dabei. Sie wären am nächsten Tag nicht mehr zu verkaufen gewesen. Doch an diesem Abend waren sie von jener lieblichen Pracht, der man bereits ihr baldiges Verblühen ansah und die dadurch noch zarter und zerbrechlicher wirkte. Gerade bei den roséfarbenen Blüten, die in ihren späten Tagen eine fast transparente Blässe annahmen, verspürte Fleur manchmal beinahe das Bedürfnis, sie zu trösten.

Sie wusste, dass Madame d'Alemberg, ihre Vermieterin, diese zierlichen Gebinde liebte – und es war sicher nicht die schlechteste Idee, die gute Frau gnädig zu stimmen. Denn die Geschäfte gingen wirklich nicht besonders gut, und es war keineswegs sicher, dass Fleur mit ihrem kleinen Laden über den Winter kommen würde. Sie hatte schon einige Lieferungen rückgängig machen müssen, eine heikle Sache, weil die Kunden natürlich immer frischeste Ware verlangten. Und dann doch nicht kamen, wenn man das ganze Geschäft davon voll hatte. So blieb die Blumenhändlerin in manchen Wochen auf dem größten Teil ihrer Bestellungen sitzen und musste sie am Ende gar wegwerfen. In anderen Wochen, wenn sie vorsichtiger eingekauft hatte, standen die Kunden ratlos im Laden, kauften kaum etwas oder verließen ihn gar unverrichteter Dinge wieder, weil es eben keine frischen Tulpen gab oder weil ihre Moosröschen bereits allzu weit aufgeblüht waren. Der Handel mit Zierpflanzen war jeden Tag wieder eine Lotterie. Und dann hatte Fleur ein zu weiches Herz: Sie brachte es auch nach Jahren als Floristin nicht über sich, Blumen einfach zu schreddern und auf den Müll zu werfen. So verdarb sie sich bisweilen sogar selbst ihr Geschäft, indem sie verschenkte, was übrig war, und sich damit um Kunden brachte. Denn wer Blumen geschenkt bekam, brauchte nun einmal keine zu kaufen.

Die Straßen waren nass, ein kalter Wind zog durch das Viertel. Fleur spürte eine Erkältung aufkeimen. Sie würde sich rasch noch etwas Tee besorgen und dann früh schlafen gehen. Das nahm sie sich meist vor, aber dann wurde es doch ein oder zwei Uhr morgens, bis sie ihr Buch aus der Hand legte und einschlummerte. Die Welt der Bücher hatte sie fest im Griff, seit sie mit vierzehn zum ersten Mal Rimbaud gelesen hatte und später dann Flaubert. Klassiker, nicht immer leichte Lektüre, aber so aktuell, als wären ihre Protagonisten gestern noch durch diese Straßen gewandelt. Fleur blieb vor einem kleinen Lebensmittelladen stehen, in dem sie auf dem Nachhauseweg immer einkaufte. Ein Libanese führte ihn, doch es war kein typisch arabisches Geschäft. Eher im Gegenteil: Die Familie war weit französischer als alle anderen Menschen, die die junge Blumenhändlerin in Montparnasse kannte. «Bonsoir, Monsieur!»

«Bonsoir, Mademoiselle!» Der Alte freute sich sichtlich, Fleur zu sehen. «Was hätten Sie gerne?»

«Heute nur etwas Tee, Monsieur.»

«Aber natürlich! Schwarzen, grünen? Pfefferminze?»

«Was mir am besten gegen eine Erkältung hilft.»

Der Lebensmittelhändler zwinkerte ihr zu und hob den Zeigefinger. «Dann nehmen Sie diesen hier.» Er lief zu einem der Regale und kam mit einem kleinen Säckchen zurück, das ziemlich selbstgemacht aussah. Keine folierte Dose, kein eingeschweißtes Plastik. Eine Papiertüte mit einer grünen Schnur und einem offenbar handgeschriebenen Etikett. Fleur nahm es und las: *«Fleurs de Fleur?»*

Der Alte grinste. «Wie Ihr Laden, Mademoiselle.»

«Ja wirklich! Ich kann es gar nicht glauben. Wie kommen Sie … ich meine: Wer hat …?»

«Oh, das ist reiner Zufall. Nun ja, kann sein, dass ich den Namen Ihres Ladens einmal erwähnt habe. Ein Cousin von mir zieht Kräuter. In der Provence. Er mischt diese Tees.» Der Lebensmittelhändler tippte auf das Päckchen. «Und auf diesen hier schwört er. Meine Frau übrigens auch.»

«Tja, bei dem Namen muss ich ihn ja wohl kaufen», lachte Fleur und suchte nach ihrer Geldbörse.

«Lassen Sie, Mademoiselle. Lassen Sie. Es steht ja Ihr Name darauf. Er gehört also ganz offensichtlich Ihnen.»

Und so kam es, dass Fleur Danton an jenem nasskalten Abend im November mit einer Teemischung nach Hause ging, die den Namen ihres eigenen kleinen Ladens trug.

Madame d'Alemberg war nicht da. Also stellte Fleur den kleinen Strauß in ein kurzes Glas und dasselbe vor die Tür ihrer Vermieterin, bevor sie sich ein Bad einließ und den Tee aufgoss. Dazu einen Roman über eine romantische Liebe an der rauen Atlantikküste, ein, zwei Kerzen, ein wenig Musik (Chopin) – es würde ein schöner Abend werden, an dem sie mit etwas Glück ihre Erkältung im Keim erstickte.

Natürlich wurde nichts daraus. Zuerst klingelte es an der Wohnungstür, gerade als sie sich fürs Bad ausgezogen hatte. Rasch schlüpfte sie in den Morgenmantel und sah nach. Madame d'Alemberg. «Guten Abend.»

«Guten Abend, Madame.»

«Die sind von Ihnen?» Die Frau, sie mochte um die siebzig sein, vielleicht auch schon beinahe achtzig, hielt ihr das Glas mit den Rosen unter die Nase.

«Oui, Madame. Die habe ich Ihnen mitgebracht.»

«Das ist sehr nett», erklärte Madame d'Alemberg, fuhr jedoch, bevor Fleur antworten konnte, fort: «Noch netter wäre es allerdings, wenn meine Miete pünktlich auf dem Konto wäre.»

«Ich weiß, Madame, es tut mir leid.» Fleur seufzte. «Der Laden … Es ist nicht leicht, wissen Sie?»

«Das ist es für niemanden, Mademoiselle. Auch für mich

nicht. Sie wissen selbst, in welchem Zustand die Heizungen sind. Die Reparatur wird mich ein Vermögen kosten. Wenn ich die Mietzahlungen nicht bekomme, dann weiß ich nicht, wie ich die Handwerker bezahlen soll. Und wenn ich die Handwerker auf ihrer Rechnung sitzenlasse, dann … Mein Gott, Handwerker zu bekommen, das ist heutzutage, wie in der Lotterie zu gewinnen!» Sie verdrehte die Augen, aber nur ein kleines bisschen. Madame d'Alemberg neigte zwar zu Übertreibungen, aber nicht zur Dramatik.

«Gewiss, Madame», hauchte Fleur. «Ich verstehe Sie zu gut. Und ich versprechen Ihnen …»

«Versprechen Sie nichts, Mademoiselle. Halten Sie es lieber.» Sie wandte sich ab, doch dann blieb sie stehen, blickte noch einmal zu der jungen Frau im Morgenmantel und schenkte ihr ein versöhnliches Lächeln. «Aber danke für die Blumen. Sie sind wunderschön.»

«Gerne, Madame. Wirklich sehr, sehr gerne.»

2

Ein Blumenladen ist eine Oase des Lichts in der Dunkelheit des Winters

Die Arbeit einer Floristin fängt sehr früh am Morgen an. Wenn man ein so kleines Geschäft hat wie Fleur Danton, dann ist es keine Selbstverständlichkeit, dass die großen Lieferanten mit ihren gigantischen Lastwagen ihn auf ihrer Tour durch die Stadt berücksichtigen. Gewiss, Delatour machte manchmal bei ihr Station, Van Beuten gelegentlich. Aber oft wurde das *Fleurs de Fleur* auch übersehen, der kleine Laden, der etwas abseits lag und stets nur kleine Mengen abnahm. Also fuhr die junge Floristin an zwei, wenn es gut lief, sogar an drei Tagen die Woche in den frühen Morgenstunden zum Großmarkt, um gegen acht Uhr, den alten Renault bis unters Dach mit frischester, bester Ware vollgepackt, wieder bei ihrem geliebten kleinen Laden zu landen.

Sie hatte einige Stammkunden, die an diesen Tagen – Montag, Mittwoch und Freitag – mehr oder weniger regelmäßig vorbeikamen, um den Blumenschmuck für die Woche zu kaufen. Da war Madame Chirac (nicht verwandt mit einem ehemaligen Präsidenten desselben Namens, was sie aber außer Fleur kaum jemandem verraten hatte). Sie nahm regelmäßig einen kleinen

Strauß Margeriten und eine Tasse Tee, Letztere selbstverständlich kostenlos, blieb eine halbe Stunde, um zu plaudern, und wurde dann von ihrem Hund nach draußen gebellt. Oder Madame Rolande (nicht verwandt mit einem Premierminister desselben Namens, worauf sie stets hinwies), die buchstäblich jede Woche mit neuen Tipps zur Blumenpflege kam und nicht zögerte, die junge Floristin an ihren handwerklichen Kenntnissen teilhaben zu lassen. Monsieur Heineken (aus einer großen Bierdynastie stammend, was er aber nie erwähnt hatte, weshalb es auch Fleur nicht wusste), der einige Zeit Woche für Woche einen Blumenstrauß für seine Frau mitgenommen hatte, bis er auf die Idee gekommen war, dass er dergleichen auch «abonnieren» konnte. Seither stellte Fleur allwöchentlich selbst einen entsprechenden Strauß für den immer gleichen Betrag zusammen und lieferte ihn – an schönen Tagen mit dem Fahrrad, sonst mit dem alten Renault – an Frau Heineken aus, die sie regelmäßig zu einem Glas Pastis nötigte. Ein älteres Ehepaar, dessen Namen Fleur nicht kannte, hatte seine Freude an den exotischsten Blumen, die der kleine Laden im Sortiment führte. Ein junger Mann, beinahe noch ein Teenager, trug offenbar sein ganzes Geld (was nicht viel hieß) zu Fleur, um sich von ihr beraten zu lassen. Sein romantischer Plan schien noch nicht aufgegangen zu sein, womöglich würde er nie aufgehen, wie sehr die beiden sich auch bemühten – der Junge mit seinem kleinen Budget, Fleur mit ihren Blumensträußen, die weit jenseits desselben lagen. Diese und andere mehr oder weniger bemerkenswerte Menschen tauchten regelmäßig in dem kleinen Geschäft in der Rue du Cherche-Midi auf und trugen dazu bei, dass es das *Fleurs de Fleur* überhaupt noch gab. Denn der Laden erfreute sich keiner bevorzugten Lauflage und war schlicht zu klein, um die Umsätze zu erzielen, die man angesichts der Mietpreise in einer Stadt wie Paris erzielen musste, um dauerhaft zu überleben. Wäre nicht Monsieur Franche-Bas von der Bank unsterblich in Fleur verliebt gewesen (oder vollkommen unfähig), man hätte ihr längst den Geldhahn zugedreht. An manchen Tagen konnte die junge Floristin es selbst kaum glauben, dass der Geldautomat noch Scheine für sie ausspuckte. Die Zinsen freilich, die für ihre ständige Überziehung fällig wurden, schnürten ihr jeden finanziellen Spielraum ab.

Dies alles war keine einfache Situation für eine junge Frau aus Orléans, die ein nicht besonders üppiges Erbe in den Laden gesteckt hatte und im Übrigen auf nicht viel mehr als ihren bedingungslosen Einsatz zählen konnte. Auf der Haben-Seite allerdings standen Reichtümer unvergleichlicher Art: Azaleen und Zwergzypressen, Hortensien und Helikonien, Bromelien und Proteae …

Im Frühjahr, Sommer und Herbst war der Blumenladen am Montparnasse ein Idyll, ein Schmuckstück, dessen Entdeckung Herzen höherschlagen ließ. Im Winter aber war er von geradezu magischem Zauber. Während ringsum alles in Grau versank und selbst die Schaufenster mit ihren grellen Auslagen trist und hohl erschienen, war es, als hätte sich der Sommer, diese strahlende Jahreszeit, in diesen kleinen Laden zurückgezogen, wo er sich von einer ebenso liebe- wie phantasievollen Floristin hegen und pflegen ließ, um im Frühjahr wieder in die Freiheit entlassen zu werden. «Sie haben ein kleines Paradies hier, wissen Sie das?», stellte fragend Madame Guernier regelmäßig fest, wenn sie über die Schwelle trat.

«Oui, Madame, ich weiß. Ich bewahre es für Sie.»

«Ach, Sie sind ein Schatz, Fleur. Binden Sie mir ein paar von Ihren geheimnisvollen Blumen zu einem kleinen Sträußchen?» Mit geheimnisvollen Blumen meinte sie jene exotischen Blüten, die es nur selten zu kaufen gab und für die Fleur ein besonders glückliches Händchen hatte. Seltene Orchideen, fernöstliche Gräser, Kaffeeblüten, Jatrophae … Die Welt der Pflanzen war so vielfältig! Bis vor ein paar Jahren hatte kaum jemand gewusst, dass es – zumindest unter ästhetischen Gesichtspunkten – klüger war, eine Artischocke erst erblühen zu lassen, bevor man sie verspeiste. Auch der Reiz so manchen «Unkrauts» war ein ganz besonderer – wenn man ihm die Chance gab, sich zu entwickeln, und es ein wenig dabei unterstützte.

An manchen Sonntagen im Sommer fuhr Fleur mit ihrem alten Renault aufs Land und pflückte Wiesenblumen. Sie band dann einen langen Abend über bei leiser Musik fertige Bouquets, die die ganze Schönheit der Natur zum Strahlen brachten. Diese kleinen Meisterwerke verkauften sich zum Teil besser als die edelsten Rosensträuße – und sie kosteten naturgemäß nur einen Bruchteil derselben.

Für den Herbst hatte Fleur sich eine größere Anzahl von Kränzen aufs Lager genommen: Hagebutten-, Weißdorn-, Schlehen-, Erika-, Eichenkränze … was immer sie in den Wäldern bei Orléans fand, in denen sie einen Großteil ihrer Kindheit verbracht hatte und durch die sie immer noch und immer wieder gerne stundenlang streifte. Sie hatte im Hinterzimmer einige Schnüre gespannt, an denen sie ihre Ausbeute trocknete, um sie haltbar zu machen, ehe sie sie verarbeitete. Manchmal arbeitete sie auch mit einer Heizlampe, einem Föhn oder einem Ventilator, je nachdem, wie schnell oder langsam eine Blüte getrocknet werden musste, wie empfindlich sie war und wie viel Feuchtigkeit sie enthielt.

Natürlich war Fleur gerne in ihrem Laden. Sie hielt sich auch gerne im Hinterzimmer auf, das gleichzeitig Lager, Arbeitsraum, Büro und Teeküche war. Doch manchmal war sie auch müde. Denn angesichts ihrer angespannten Finanzsituation konnte sie kaum noch Arbeit delegieren, sondern musste selbst von frühmorgens bis zum Abend im Laden stehen, die Waren auspacken, Blumen putzen und anschneiden, umräumen, vorbereiten, einräumen und – leider oft auch – entsorgen. Nur an zwei Tagen die Woche, mittwochs und samstags, hatte sie eine Halbtagskraft engagiert, Madame Fréjus, eine freundliche, wenn auch schweigsame Frau um die sechzig, die ihre schmale Rente etwas aufbesserte, indem sie im Blumenladen aushalf. Der Mittwochnachmittag fiel meist der Büroarbeit zum Opfer: Rechnungen schreiben, bezahlen, Steuern machen, Bestellungen aufgeben, Behördengänge erledigen ... All dies stahl Fleur den gewonnenen halben Tag. Am Samstag aber, das war ein ehernes Gesetz, das sie nach wenigen Monaten mit dem Laden aufgestellt hatte, gehörte der Nachmittag ihr. Nur ihr. Und zwar ihr allein. Ihren alten Vater in Orléans besuchte sie am Sonntag – noch eine Verpflichtung, die sie mit niemandem teilen konnte. Ihre Mutter war früh gestorben, und so hatte der Vater die Erziehung der Kinder übernommen, was für einen einfachen Eisenbahnarbeiter keine leichte Aufgabe gewesen war. Dennoch hatte er es immer geschafft, da zu sein, wenn es darauf ankam. Fleur war ihm dafür ewig dankbar, und sie würde diese Dankbarkeit immer zeigen.

Nun war sie es, die für ihn da sein musste. Denn die Kräfte – auch die Geisteskräfte – des alten Mannes ließen zunehmend nach. Eine Weile hatte sie überlegt, ob sie ihren Vater zu sich nach Paris holen sollte. Doch das wäre keine gute Lösung gewesen: Sie hätte ihn von frühmorgens bis in die Abendstunden allein lassen müssen. Er aber brauchte jemanden, der sich um ihn kümmerte. Der ihm das Essen brachte, ihn an seine Medikamente erinnerte, für ihn ansprechbar war – er brauchte Gesellschaft. Also hatte Fleur schweren Herzens einen Platz im Heim für ihn gesucht und dann dieses ehemalige Kloster gefunden, aus dem man einen traumhaften Blick auf die Loire hatte, wo es eine Hauskapelle gab und sie beim ersten Besuch köstliche Küchendüfte empfangen hatten. So köstlich, dass Papa von selbst beschlossen hatte, hier zu bleiben. Fleur hoffte, dass er es nicht bereut hatte.

Jeden Abend sperrte sie ihren Laden zweimal ab: einmal von innen, nachdem sie die Lichter gelöscht und das Schild an der Tür umgedreht hatte – *Fermé*. Und einmal von außen, nachdem sie im hinteren Teil ihr Tagwerk zu Ende gebracht hatte – nickende Blumen aussortieren, Wasser wechseln, Böden fegen, Scheren und Messer reinigen und schleifen, Töpfe auswischen, Vasen waschen, abspülen, die Kasse machen …

Niemand glaubt, dass ein hübscher kleiner Laden in Paris, in dem so Wunderschönes wie Blumen verkauft wird, letztlich eine endlose Abfolge von Anforderungen ist. Ja mehr noch: Je schöner ein solcher Laden ist, desto mehr unsichtbare Arbeit steckt dahinter. Und Fleur wollte von Anfang an nicht nur irgendeinen Blumenladen haben: Sie wollte den hübschesten, entzückendsten Blumenladen von allen!

Es blieb deshalb nicht aus, dass sie sich irgendwann ein Sofa beim Trödler kaufte, der ein paar Häuser weiter sein Geschäft hatte, um es in ihrem Hinterzimmer aufzustellen. Kein sehr schönes Sofa, es war etwas alt und abgewetzt. Aber an manchen Abenden unwiderstehlich wie frischer Kirschkuchen oder eine Tasse heiße Schokolade.

Auf diesem Möbel lag also – nachdem sie endlich noch dem letzten Mandarinenbäumchen Wasser gegeben hatte – Fleur Danton und lauschte auf die leisen Geräusche der Pariser Nacht. Sie lauschte nicht sehr lange, weil sie unendlich müde war. Und als sie einschlief, war ihr, als spielte irgendwo im Haus über ihr jemand leise Klavier. Eine Melodie von Schubert. Und sie stellte sich vor, die zartgliedrigen, eleganten Finger, die über die Tasten glitten, seien ihre, obwohl ihre Hände in Wirklichkeit schmerzten von der Arbeit und den zahllosen Dornenstichen dieses langen Tages.

Der Mittwoch begrüßte die Pariser mit Schneegestöber. Bestürzt stellte Fleur fest, dass sie keine Schaufel hatte, mit der sie den Bürgersteig vor ihrem Laden frei räumen konnte. Zum Glück war der Hausmeister des Nebengebäudes gerade mit der Schippe zugange. «Monsieur! Verzeihen Sie. Könnte ich mir Ihre Schaufel ausleihen? Ich meine, wenn Sie fertig sind.»

«Bien sûr, Madame», erwiderte der Mann und schenkte ihr ein fröhliches Lächeln. Er war vermutlich ein Araber. Seine Zähne blitzen so weiß wie der Schnee, sein Haar war tiefschwarz. «Ich klopfe bei Ihnen, wenn ich fertig bin.»

«Merci!» Erleichtert huschte Fleur wieder hinein und stellte fest, dass es ungewöhnlich kalt war im Laden. Schnell drehte sie die Heizung ein klein wenig hoch – nicht zu viel, denn die Blumen waren empfindlich. Temperaturschwankungen schadeten ihnen noch mehr als ein paar Grad zu wenig. Ein Blick auf das Thermometer zeigte ihr, dass es im Laden kaum sechzehn Grad hatte. Für die Blumen eigentlich ideal, für Fleur aber um einiges zu kalt. Und ab einer bestimmten Temperatur würden auch einige der Pflanzen zu leiden beginnen.

Sie sperrte die Kasse auf, prüfte den Bargeldbestand. Die Einnahmen der letzten Tage waren zu gering gewesen, um das Geld zur Bank zu bringen. Stattdessen hatte sie die paar größeren Scheine in ihr Portemonnaie gesteckt und den Rest einfach in der Kasse gelassen. Sie hängte ihren Mantel auf, schaltete die Nachtbeleuchtung aus und sogleich wieder an, denn das Tageslicht war so schwach, dass ein wenig Unterstützung den Pflanzen guttat. Sie hatte kaum die Kaffeekanne aufgesetzt, da hörte sie es ans Fenster klopfen. Der Hausmeister von nebenan war aber schon verschwunden, als sie zur Tür kam. Er hatte die Schneeschippe einfach vor den kleinen Laden gestellt. Warum eigentlich hatte Madame d'Alemberg nicht einen solchen Hausmeister? Stattdessen war in ihrem Gebäude eine «Facility

Management»-Firma tätig, die nach einem strengen Zeitplan kam – aber natürlich nie da war, wenn man sie brauchte.

Die paar Meter vor dem Schaufenster schaufelte Fleur rasch frei, ohne wieder in ihren Mantel zu schlüpfen. Auch wenn die Flocken immer noch in dichtem Treiben herumwirbelten, war die Luft doch klar und frisch und rein wie selten in dieser hektischen, verkehrsreichen Stadt. Fleur spürte, wie ihr Herz sich weitete, fühlte sich mit einem Mal ganz leicht und fröhlich. Was für ein wundervoller Tag!

Nur dass leider kein Kunde in ihren Laden kam. Fleur hatte sich reichlich mit Christsternen eingedeckt, hatte Kränze gebunden, Gestecke mit duftenden Bienenwachskerzen komponiert. Sie bot gewachste Äpfel an und zauberhafte Strohsterne. Und ja, sie verkaufte diese kleinen Kunstwerke auch. An manchen Tagen sogar ausgesprochen gut. Doch wenn es allzu kalt, zu regnerisch oder stürmisch war, dann erledigten die Menschen zwar ihre Lebensmitteleinkäufe, aber den Weg zum Blumenladen sparten sie sich. Es war ja auch bequemer, den Bund Rosen zum Spottpreis im Supermarkt mitzunehmen. Und tatsächlich sah man dieser Ware oft gar nicht an, wie minderwertig sie war oder unter welchen Bedingungen sie erzeugt worden war.

Vor einigen Abenden hatte Fleur in ihrem Hinterzimmer gesessen und ernsthaft überlegt, den Laden zukünftig ab Ende Oktober zu einem *Christmas Shop* zu machen. Falls es ihn im nächsten Jahr Ende Oktober noch gab. Doch dann wurde ihr klar, dass ein Blumenladen sehr stark davon lebt, dass er eine gewisse Aura verbreitet. Und diese Aura würde sich nicht aus Plastiksternen, Duftkerzen, Glaskugeln, Lebkuchenmännchen und Glitzerbändern ergeben, sondern eben immer noch aus dem, was einen Blumenladen einzigartig machte: aus der Vielfalt der Pflanzen und ihrer unermesslichen Schönheit.

So glänzte *Fleurs de Fleur* auch in diesen ersten Dezembertagen mit Orchideen und Rosen, ließ die Kunden und Schaufensterflaneure von Veilchen und Azaleen träumen, holte den Sommer in die Stadt und verzichtete weitgehend auf den Kitsch der Weihnachtsgeschäfte. Nur dort, wo der kleine Blumenladen die großen Kaufhäuser, Supermärkte und Discounter übertreffen konnte, hatte Fleur sich auf Weihnachten eingerichtet: bei den bezaubernden, sichtbar wertvollen Schmuckstücken aus Tannenzweigen, Misteln oder Stechpalmen. Und in der Tat waren diese Gaben der Natur nicht weniger zauberhaft als die prachtvollen Blüten des Sommers.

Fleur blies sich die Schneeflocken von den Wimpern, stellte die Schippe eilig unter den Türsturz des Nachbargebäudes und huschte zurück in den immer noch nicht besonders warmen Laden. Konnte es sein …? Sie legte eine Hand auf die Heizung, dann auf die andere. Auch wenn ihre Finger gerade eisig waren von der Arbeit im Freien, war ihr doch eindeutig so, als hätte sich an der Temperatur nichts geändert. Jedenfalls nicht in die richtige Richtung. Sie blickte auf das Thermometer und sah ihren Verdacht bestätigt. «Bitte nicht», flüsterte sie und prüfte auch die Heizkörper im Hinterzimmer. Das gleiche Ergebnis: Die Temperatur stieg nicht, sie schien zu sinken. Die Heizung war ausgefallen!

❁

Als wenig später das Glöckchen an der Tür klingelte, spürte Fleur schon die Erkältung, die sie gestern noch glaubte vermeiden zu können. Sie hatte sich ihren Schal um den Hals gewunden und ihn bis zur Nasenspitze hochgezogen. Doch das half nichts. Von dem kurzen Aufenthalt im Freien war sie ausgekühlt. Und jetzt wollte die Wärme einfach nicht wieder in ihren Körper zurückkommen. Das heißt: Sie würde kommen. Aber später. Und in

Form von Fieber. Da war sie sich absolut sicher. Dabei konnte sie eine Krankheit jetzt gar nicht gebrauchen. Es war ohnehin alles schon so schwierig … Der einzige Lichtblick war Madame Fréjus, die am Nachmittag kommen würde. Dann hätte sie Zeit, sich einer Teekur zu unterziehen und sich von innen her richtig aufzuwärmen. Vielleicht konnte sie eine Grippe dann doch noch vermeiden. «Bonjour, Monsieur», grüßte sie und spürte, wie es sie in der Nase kitzelte.

«Bonjour.»

«Was darf es sein?» Sie kannte ihn, hätte aber nicht sagen können, woher. Allerdings war kaum etwas von ihm zu sehen, er hatte den Kragen hochgeklappt, den Hut auf dem Kopf, und auch sein Schal verdeckte das halbe Gesicht.

«Ich … ich … nun, vielleicht haben Sie etwas … Sommerliches?»

«Etwas Sommerliches?» Mehr als genug, dachte Fleur. Kaufen Sie am besten alles! Ich schenke Ihnen die Hälfte! Aber tatsächlich sagte sie: «Gerne. Vielleicht ein paar Rosen? Ist es für jemand Bestimmten? Gibt es einen besonderen Anlass?»

«Ähm … eine … eine gute Freundin», erwiderte der Kunde und nahm seinen Hut ab. Ah! Jetzt erkannte sie ihn. Es war der Mann, der neulich schon einmal da gewesen war und zwei Blumenstöckchen gekauft hatte. Nicht schwer, sich das zu merken. Er hatte beinahe zu zahlen vergessen. «Zum Geburtstag.»

«Aber sicher, Monsieur. Dann würde ich Ihnen vielleicht einen Strauß gelber Rosen empfehlen? Dazu ein paar Freesien, zum Beispiel diese violetten hier.» Sie deutete auf einen Eimer, in dem weiße und bläuliche Blumen standen.

«Oder vielleicht doch lieber etwas, was zur Jahreszeit passt?» Der Mann sah sich um. Schien einen Moment lang zu schwanken, als er die Christsterne sah. «Aber vielleicht ist das auch zu banal», erklärte er.

«Ganz wie Sie wünschen, Monsieur! Ich kann Ihnen ja einmal einen kleinen Strauß binden, damit Sie sehen, wie es sich macht ...»

«Wenn Sie das tun würden, das wäre zu freundlich.» Auf seinen Wangen zeichnete sich eine leichte Röte ab. Vielleicht war es doch nicht so kalt hier drinnen, wie es Fleur inzwischen schien. Sie nickte und griff nach den Rosen. «Und wie viel möchten Sie ausgeben, Monsieur?»

«Tja, ich weiß nicht. Was halten Sie denn für angemessen?»

Fleur lachte, auch wenn sie das sofort bereute. Man sollte seine Kunden nicht auslachen. Ihnen nie das Gefühl geben, man nähme sie nicht ernst oder wüsste etwas besser als sie. «Pardon», sagte sie leise. «Aber das ist sehr schwer zu sagen. Eine gute Freundin ... Was gibt man für sie aus? Wirklich, Monsieur, ich weiß es nicht.»

Der Kunde nickte. «Sie haben recht. Es war eine dumme Frage. Aber vielleicht können wir es so machen, dass Sie einen Strauß binden, über den Sie sich selbst freuen würden. Wenn Sie eine alte Freundin wären. Ich meine ... keine *alte* natürlich ... Sie ... Sie wissen schon ...»

Auch wenn sie es partout nicht wollte, so konnte Fleur sich doch ein Grinsen nicht verkneifen. Sie räusperte sich. «Also, ich denke, ich habe eine Idee, was Sie meinen. Lassen Sie es mich versuchen. Wenn Sie es nicht mögen, müssen Sie es nicht nehmen.» Behutsam zog sie ein paar Rosen und einige Freesien aus den Gebinden. Dann nahm sie die Blumen mit nach hinten und schnitt sie auf gleiche Länge. Sie hatte sich für die Wintermonate überlegt, ein paar Stechpalmenzweige als Manschette zu binden, wo es passte. In der Tat sah das auch in dieser Kombination reizvoll aus. Aus den Augenwinkeln bemerkte Fleur, dass der Kunde sich nicht, wie fast alle anderen Kunden, während der Zeit des Aufbindens im Laden umsah, sondern sorgfältig ihre

Bewegungen beobachtete. Sie mochte das, weil es zeigte, dass jemand die Arbeit, die sie tat, schätzte, jedenfalls zu würdigen wusste. «Voilà, Monsieur!», sagte sie und trug den Strauß nach vorne. «Was meinen Sie? Würde sich Ihre alte Freundin über ein solches Geschenk freuen?»

«Was meinen Sie?», fragte der Mann zurück. «Würden Sie sich freuen?»

«Oh ja!», rief Fleur. «Ich würde es lieben!»

«Ich auch.» Der Mann blickte ihr nicht in die Augen, sondern starrte auf ihre Hände beziehungsweise auf den Blumenstrauß. «Ich auch», wiederholte er leise. Dann sah er lächelnd auf. «Dann wird es ihr sicherlich gefallen. Ich nehme ihn.»

Als Fleur ihm den Preis nannte, rundete er auf. Und als sie das Wechselgeld auf die Theke legte, vergaß er es, sodass sie ihm sogar hinterherrufen und es ihm an die Tür bringen musste. Ein schusseliger Mann, dachte sie. Aber irgendwie fand sie das nett. Er war wirklich deutlich jünger als sie zunächst angenommen hatte. Von weitem wirkte er älter, seriöser.

3

Es ist das Schicksal der Männer, dass niemand ihnen Blumen schenkt

Was um alles in der Welt war nur in ihn gefahren? Ohne Sinn und Plan in den Blumenladen zu stolpern und sich unsterblich zu blamieren … Und nun trug Nicholas wieder Blumen durch die Straßen, für die er keine Verwendung hatte. Wäre er wenigstens auf dem Weg nach Hause gewesen, dann hätte er ihn in eine Vase stellen und bei seinem Anblick an die Blumenhändlerin denken können. Denn das war ja wohl alles, was er noch zustande brachte. Immer wieder ertappte er sich dabei, wie seine Gedanken zu dem kleinen Blumenladen an der Rue du Cherche-Midi wanderten – und zu der jungen Frau, die dort offenbar ganz allein von morgens bis abends die Geschäfte führte.

Es war ihr Lächeln, dieser leicht fragende Blick. Das hatte es ihm angetan. Aber jetzt, da ihm der Schnee in die Augen flog und er fröstelnd an der Ampel stand, da dachte er an ihre Hände, die so zierlich waren und doch so souverän die Blumen gebunden hatten. Oder war es ihre Figur, ihre Haltung? Wie sie hinter ihrer Theke stand?

Ein Wagen bremste und schlitterte fast in ihn hinein, als er

– die Ampel war schon wieder auf Rot gesprungen – doch endlich über die Kreuzung lief. «Pass doch auf, du Vollidiot!», schimpfte der Fahrer so laut, dass Nicholas ihn sogar durch das geschlossene Fenster hören konnte. Entschuldigend hob er die Achseln, da er keine Hand frei hatte – in der rechten trug er die Aktentasche, in der linken die Blumen. Er atmete tief durch. Das hätte böse enden können. Da er immer noch vor dem Auto stand, begann der Fahrer, der inzwischen einen hochroten Kopf hatte, zu hupen. Nicholas trat an das Fahrerfenster und klopfte an die Scheibe. «Was?», blaffte ihn der Mann an. «Sie sind bei Rot gegangen!»

«Das weiß ich», sagte Nicholas. «Tut mir leid. Hier …» Er hielt ihm den doppelt eingepackten Blumenstrauß hin. «Als Wiedergutmachung.»

«Wiedergutmachung? Wofür?»

«Für den Ärger.»

«Ach rutsch mir doch den Buckel runter!» Im nächsten Moment war der Wagen über die Kreuzung – auch er nun bereits wieder bei Rot – und hätte beinahe ebenfalls einen Unfall verursacht.

Jean war längst im Büro, als Nicholas eintraf. «Guten Morgen!»

«Guten Morgen, Jean. Und alles Gute zum Geburtstag!» Nicholas legte den Blumenstrauß vor ihn auf den Schreibtisch.

«Ich habe im September Geburtstag, wie du vielleicht weißt …» Tatsächlich war es an Jean Pelissiers Geburtstag gewesen, an dem Nicholas seine Stelle im *Louis XV* angetreten hatte.

«Oh!», erwiderte Nicholas. «Dann muss ich da wohl etwas durcheinandergebracht haben.» Er hängte seinen Mantel und den Hut an den Haken neben der Tür. «Aber Glückwünsche kommen ja bekanntlich nie zur Unzeit.»

«Also, Blumen habe ich das letzte Mal … Genau genommen …» Jean blickte auf. «Genau genommen habe ich noch nie Blumen geschenkt bekommen.»

Seufzend setzte sich Nicholas an seinen Platz, holte seine Unterlagen aus der Aktentasche und blickte ihn nachdenklich über den Schreibtisch hinweg an. «Das Schicksal der Männer», sagte er. «Niemand schenkt uns Blumen. Ist das nicht traurig?»

«Tja, ich weiß nicht. Eigentlich habe ich es nie vermisst.»

Nicholas musste grinsen. «Die Frage ist doch, ob das nach diesem Erlebnis noch so bleiben wird.»

«Du meinst, ich werde nach einer einzigen Dosis Blumen gleich süchtig?»

«Hm, stimmt. Eher unwahrscheinlich.»

Jean musterte den Freund und Kollegen. «Aber jetzt mal im Ernst, für wen sind diese Blumen eigentlich? Die hast du doch nicht wirklich für mich gekauft.»

«Sagen wir, es hat sich so ergeben.»

«Hm. Wenn du meinst ... Dann mache ich mich mal besser auf die Suche nach einer Vase.»

Einen Augenblick später war Jean aus dem Büro. Nicholas saß an seinem Platz und schaute aus dem Fenster. Immer noch schneite es heftig, Wenn es nicht bald aufhörte, würde er am Abend durch tiefen Schnee nach Hause stapfen. Und er wusste jetzt schon, dass er gehen würde – auch wenn ihm sein Kollege anbieten würde, ihn daheim abzusetzen. Der Weg zwischen dem *Louis XV* und Nicholas' Wohnung am Montparnasse war nach Feierabend gerade noch so zu bewältigen. Vor allem aber lag auf diesem Weg – wenn man einen kleinen Umweg in Kauf nahm – ein Ort, an den es ihn immer mehr und immer stärker hinzog: der kleine Blumenladen in der Rue du Cherche-Midi.

❁

«Madame Fréjus! Ich bin so froh, dass Sie da sind.» Längst spürte Fleur, dass sie inzwischen erhöhte Temperatur hatte. Wenn es ganz dumm kam, würde sie sich in dieser wichtigen Vorweihnachtszeit mit Fieber herumschlagen müssen.

«Ich habe Ihnen ein wenig von meiner Wachtelpastete mitgebracht», verkündete die Frau, die es sich auch mit ihren Anfang sechzig nicht nehmen ließ, romantische Kleider und Schals in knalligen Farben zu tragen. Resolut, wie sie war, brachte sie Fleur mindestens an einem ihrer zwei Aushilfstage in der Woche etwas zu essen mit.

«Wie lieb von Ihnen, Madame Fréjus. Auch ein Rezept Ihrer Mutter?»

«Meiner Großmutter. Sie stammte aus Böhmen. Und ich kann Ihnen versichern, Mademoiselle Fleur, die Böhmen verstehen etwas von guter Küche.»

«Aber Wachteln? Um diese Jahreszeit?»

«Zufällig hatte meine Schwester ein Dutzend gekauft, von denen sie mir ein paar abgegeben hat. Sie sehen angeschlagen aus, Mademoiselle. Geht es Ihnen nicht gut?»

Fleur zuckte die Achseln. «Ich fürchte, ich habe mir eine ordentliche Erkältung eingefangen.»

«Kein Wunder bei dem Wetter. Ich finde es aber auch ungemütlich hier drinnen. Können wir nicht etwas besser heizen?»

«Ich habe es schon versucht. Aber leider scheint es im ganzen Haus ein Problem mit den Heizungen zu geben.» Tatsächlich hatte Fleur noch am Morgen mit dem zuständigen Mitarbeiter von *Île-de-France Facility Management* gesprochen, mit der Hausverwaltung telefoniert und mit den Stadtwerken. Alle hatten ihr versichert, das Problem sei so gut wie behoben. Leider war es das nicht. Inzwischen lag die Temperatur in Fleurs kleinem Laden nur noch knapp über zehn Grad. Fast hoffte die Blumenhändlerin, dass keine weiteren Kunden kamen, denn jeder, der die Tür öffnete, gewährte den eisigen Temperaturen Einlass und ließ ein wenig von der Restwärme nach draußen. Madame d'Alemberg hatte es ja kommen sehen. Aber dass die Heizung Knall auf Fall vollständig den Geist aufgab …

«Jetzt mache ich uns erst einmal einen Tee», sagte Madame Fréjus. «Und dann probieren Sie meine Pastete. Ich habe sie extra dick in Zeitungspapier eingewickelt, damit sie warm bleibt.»

Fleur seufzte. «Sie sind wirklich ein Engel, Madame Fréjus.»

Die Frau lachte. «Wenn Monsieur Fréjus das doch nur so gesehen hätte.» Fleur kannte die Geschichte, zumindest in Ansätzen. Ihr Ehemann hatte Madame Fréjus vor einigen Jahren verlassen. Wegen einer Älteren! So, wie sie es immer erzählte, schien es, als hätte sie gerade dieser Umstand besonders verletzt. Eine jüngere Frau, das hätte sie womöglich eingesehen. Aber eine ältere …

Fleur war in dieser Frage unentschieden. Jede Trennung war traurig. Und wenn ein Partner verlassen wurde, schlug das immer Wunden. Jedenfalls war die gute Frau tatsächlich ein Engel. Einerseits. Andererseits konnte sie so resolut sein, dass es an Schikane grenzte. Einmal hatte sie eine Kundin, die die Pflanzen im Laden mit den Händen angesehen und dabei etwas zu wenig Feingefühl gezeigt hatte, so zurechtgewiesen, dass diese heulend nach draußen gestolpert war (Fleur hatte ihr zum Trost ein kleines Blumenstöckchen geschenkt). Ein anderes Mal hatte ein Kunde sie mit den fertig verpackten Blumen unverrichteter Dinge stehen gelassen, weil sie ihm wegen ehelicher Untreue Vorhaltungen gemacht hatte (worauf Madame Fréjus die Blumen selbst mit nach Hause genommen und die entgangenen Einnahmen in die Kasse gelegt hatte, denn auf Korrektheit legte sie stets Wert).

Mit schmerzenden Gliedern schleppte sich Fleur ins Hinterzimmer und legte sich auf das Sofa. Noch nie war es ihr so weich und tröstlich erschienen wie an diesem Tag. Und als Madame Fréjus mit der Wachtelpastete vor ihr stand, war die junge Blumenhändlerin bereits eingeschlafen. Kopfschüttelnd betrachtete die ältere Dame ihre Arbeitgeberin. Sie mochte Fleur sehr, vor allem ihren Idealismus. Er erinnerte sie an sich selbst in jenem Alter. Damals hatte sie noch gehofft, dass das Leben mehr für sie bereithalten würde als ein paar Jahre an der Seite eines untreuen Ehemannes, der sich für einen ganz tollen Hecht hielt, während er in Wirklichkeit nichts weiter war als ein mittelmäßig aussehender Mann in einer mittelmäßigen Position in einer mittelmäßigen Firma. Einer, an den sich nur noch wenige erinnern würden, wenn er mal in Rente ging. Einer, der nie am Herd gestanden, der nie den Müll rausgebracht hatte (jedenfalls nicht freiwillig). Einer, der am Sonntag zum Boule-Spielen ging, aber nie auf die Idee kam, seine Frau einmal zu fragen, was sie denn so vorhatte und ob man wohl etwas gemeinsam unternehmen wolle. Genau genommen war Madame Fréjus mehr als überrascht gewesen, als sie von seiner neuen Liebe erfahren hatte. Sie hatte gar nicht gedacht, dass so etwas wie Liebe überhaupt noch in diesem Mann existierte. Hätte man sie gefragt, sie wäre nicht einmal sicher gewesen, ob da überhaupt *jemals* Liebe gewesen war. Doch nun das. Eine andere Frau. Und die Erkenntnis, dass sie selbst schon lange keine Liebe mehr für ihn empfand. Das hatte sie hart getroffen. Nicht dass sie ihn verloren hatte, war die erschütternde Erkenntnis, sondern dass sie so viele Jahre ihres Lebens an ihn verschwendet hatte, ohne ihn zu lieben oder von ihm geliebt zu werden.

Sie stellte die Pastete in den kleinen elektrischen Backofen, den Fleur neben der Kochplatte installiert hatte. Man konnte sie auch später noch warm machen. Madame Fréjus bereitete den Tee vor. Sie mischte ein paar Gewürze, Kardamom, Nelken, Anis, Fenchelsamen, ein kleines Röllchen Zimt und etwas Ingwer, mit einer kleinen Handvoll English Breakfast, goss Wasser dazu und stellte das Töpfchen auf den Herd. Einen Chai-Tee würde sie Mademoiselle Danton machen. Der wärmte und tat der Seele gut.

Kaum hatte sie alles vorbereitet, klingelte das Türglöckchen, und sie eilte nach vorne in den Laden. Es war Madame de Beaumarchais, eine ebenso anspruchsvolle wie großzügige Kundin. «Bonjour, Madame!», grüßte Madame Fréjus. «Was darf es heute für Sie sein?»

«Eine Bestellung», erwiderte die Gräfin knapp. «Sie fertigen doch auch Trauerkränze?»

«Bien sûr, Madame», bestätigte die Aushilfsfloristin und griff nach einem Block neben der Kasse. «Ich hoffe, Sie beklagen keinen Todesfall in Ihrer Familie? Dann würde ich Ihnen gerne mein Beileid …»

«Lassen Sie nur», winkte die Beaumarchais ab, die zwar nur eine angeheiratete Beaumarchais war, aber dennoch mit jedem Blick und jeder Geste zum Ausdruck brachte, dass sie gewissermaßen vom ältesten Adel der Nation abstammte. «Nur unser Vermögensverwalter.»

«Oh, da werden Sie sich sicherlich mit einer Menge Arbeit herumschlagen müssen», vermutete Madame Fréjus. Doch die Kundin warf nur einen müden Blick auf die ältere Dame mit dem Block. «Er war schon im Ruhestand.»

«Ah, verstehe. Ja, was soll es denn sein, Madame?»

«Machen Sie einen schönen Kranz mit einer Schleife, nichts Großes. Nur ein paar Worte in goldenen Lettern. Ruhe in Frieden. Mme. und M. de Beaumarchais. Ein bisschen Lorbeer vielleicht? Ein paar Disteln?»

«Disteln, Madame?»

«Sie wissen sicher, was am besten wirkt.»

«Natürlich, Madame. Sehr gerne.» Madame Fréjus schrieb sich Ort und Zeit des Begräbnisses auf, notierte die Auftraggeberin und schickte ein dienstfertiges Lächeln hinterher. «Und an welche Summe haben Sie gedacht?»

«Summe?»

«Nun, wie viel möchten Sie denn dafür ausgeben, Madame?»

«Oh. Bitte nichts Großes. Es soll natürlich nicht mickrig aussehen. Tja, sagen wir achthundert?»

«Achthundert Euro?»

«Oui. Ist das zu wenig?»

«Nein, Madame, dafür werden wir sicher einen sehr schönen und würdigen Kranz für Sie vorbereiten und zur Beerdigung bringen.»

«Gut. Schicken Sie dann bitte eine Rechnung an die Adresse meines Mannes.»

«Gerne, Madame. Vielen Dank.»

Die Gräfin verließ grußlos die kleine Blumenhandlung, Madame Fréjus aber atmete tief durch. Achthundert Euro! Für einen Trauerkranz! Das rettete diesen ganzen Tag, vielleicht sogar zwei Tage. Geld war für diese Menschen einfach nichts. Sie hatten gar keine Ahnung, wie viel eine solche Summe für andere Menschen bedeutete. Für *ganz normale* Menschen. Vermutlich hätte Madame Fréjus auch sagen können: Fünfzehnhundert müssen Sie schon ausgeben, Madame, sonst sieht das armselig aus.» Hatte sie aber nicht. Vielleicht aus Dummheit. Vielleicht auch nur aus Gründen des Anstands. Vielleicht aber auch, weil man sich mit solcher Art Bauernschläue oft genug selbst ein Bein stellte. Madame Beaumarchais war eine gute Kundin. Sie sollte es bleiben. Käme sie sich übervorteilt vor, wäre der Schaden größer als der Gewinn durch die kleine Schwindelei.

Im Hinterzimmer kochte der Tee wie verrückt. Madame Fréjus eilte an die Herdplatte und nahm den Topf herunter. Es duftete nach den Gewürzen, dass einem schwindelig werden konnte. Sie goss das Gebräu durch ein Sieb in Fleurs Becher und gab etwas Milch und Honig dazu. Dann weckte sie ihre Arbeitgeberin auf, indem sie sie sacht an der Schulter berührte. «Madame Danton? Ich habe Ihren Tee hier.»

«Mhhh, danke, Madame Fréjus.» Fleur rieb sich die Augen. Sie richtete sich seufzend auf. «Wie lange habe ich geschlafen?»

«Nur ein paar Minuten.»

«Gott sei Dank. Ich habe noch so viel zu erledigen.»

Madame Fréjus nickte. «Das haben Sie. Allerdings nicht das, woran Sie gerade denken.»

Den etwas glasigen Blick verwirrt auf ihre Mitarbeiterin gerichtet, griff Fleur nach der Tasse. «Ich verstehe nicht …»

«Was Sie jetzt tun müssen, ist, gesund zu werden. Sie wissen, dass ich nur an zwei halben Tagen die Woche da bin. Wenn Sie krank sind, müssen Sie Ihren Laden zusperren. Und dann …» Sie ließ die Konsequenzen unausgesprochen. Fleur wusste natürlich, was sie meinte. «Allerdings habe ich auch eine gute Nachricht.»

«Wirklich? Das kann ich brauchen.» Fleur nahm einen kleinen Schluck und schloss die Augen. Welch ein Duft! Welch eine Wohltat. Sie spürte, wie das heiße Getränk durch ihre Kehle floss, wie es ihren Bauch wärmte. «Und zwar?»

«Und zwar hat Madame Beaumarchais einen Trauerkranz bestellt.»

«Oh! Einen Trauerkranz! Wo soll denn da bitte die gute Nachricht sein?» Fleur sah die alte Dame mit gerunzelter Stirn an. «Ein Mensch ist gestorben!»

«Nur ein Vermögensverwalter», erklärte Madame Fréjus, als verdienten alle Vermögensverwalter den Tod. «Kein enger Freund von Madame Beaumarchais, kein naher Verwandter …»

«Hm.» Fleur überlegte, ob das in irgendeiner Weise als mildernder Umstand gelten konnte.

«Ich freue mich ja auch nicht darüber, dass der Mann gestorben ist, sondern dass wir einen Kranz liefern sollen.» Madame Fréjus holte kurz Luft. «Für achthundert Euro.»

Einen Moment stockte Fleur der Atem, und sie hätte sich beinahe an ihrem Tee verschluckt. «Achthundert? Was möchte sie denn dafür haben? Blattvergoldung? Oder eine handgewebte Bordüre?»

«Einen ganz einfachen Kranz mit Schleife», sagte Madame Fréjus mit triumphierender Stimme. «Nichts weiter.» Und sie imitierte die Kundin: *«Nichts Großes. Ein bisschen Lorbeer vielleicht …»* Und sie wedelte wie die Gräfin mit der Hand. *«Ein paar Disteln.»*

«Disteln?»

Madame Fréjus zuckte amüsiert mit den Schultern. «Weiß der Himmel, was sie sich unter Disteln vorstellt. Aber wir sollen uns was einfallen lassen.»

«Dafür sind achthundert Euro eine Menge Geld. Wie konnten Sie Ihr einen so hohen Betrag nennen?»

«Sie hat ihn selbst vorgeschlagen.»

«Tja dann …» Fleur rang noch einen Augenblick mit sich selbst, entschied aber schließlich: «Dann ist das wirklich eine gute Nachricht, Madame Fréjus. Wirklich eine sehr gute Nachricht.»

Als Nicholas das Büro verließ und durch den Seiteneingang vor das Hotel trat, war der Schnee natürlich längst wieder in Regen übergegangen, der all die weiße Schönheit von den Straßen und Dächern fraß. Übrig blieben nur grauer Matsch und Pfützen. Schon nach wenigen Metern waren Nicholas' Schuhe völlig durchweicht. Er beeilte sich. Den Kragen hochgeklappt, den Schal über das halbe Gesicht gezogen, den Hut tief in die Stirn gerückt, stapfte er durch die zugigen Straßen, vorbei an den Schaufenstern und den weihnachtlich blinkenden Dekorationen. Auf dem Platz vor Saint-Sulpice hielt er kurz inne: Ob er sich ein paar geröstete Kastanien kaufen sollte? Oder unter dem

Dach eines der Marktstände einen Becher Glühwein trinken? Er entschied sich für die Kastanien, die er auch im Gehen essen konnte. Sie würden ihn warm halten, bis er zu Hause war.

Und doch konnte er den Umweg nicht sein lassen. Er musste einfach an der Rue de Rennes, Ecke Rue du Regard, noch einmal rechts abbiegen in dieses kleine Sträßchen, das zur Rue du Cherche-Midi führte. Musste noch einmal für einen kurzen Augenblick an dem Blumenladen vorbeigehen und hineinsehen. Auch wenn er natürlich unmöglich wieder dort etwas kaufen konnte.

Doch leider war der Laden schon geschlossen. Nicholas wandte sich ab, da sah er aus den Augenwinkeln eine Bewegung und blickte sich noch einmal um: Eine ältere Dame trat von innen an die Tür, sperrte auf, kam nach draußen und sperrte hinter sich wieder zu. «Monsieur!», sagte sie, als sie ihn entdeckte. «Wir haben bereits geschlossen.» Sie deutete auf die Tür.

«Natürlich, Madame», erwiderte Nicholas mit einem Lächeln. «Ich habe mir nur die Blumen im Schaufenster angesehen.»

«Natürlich. Ein Blick in den Sommer. Und das mitten im Winter, nicht wahr?»

«Ja wirklich», sagte Nicholas und betrachtete die Pflanzen, die nur durch eine Glasscheibe von ihm getrennt und doch wie aus einer anderen Welt wirkten. «Ein Paradies. Es nimmt die Phantasie mit und lässt uns träumen.» Sie konnte ja nicht wissen, wovon er träumte.

«Nun, für mich ist es vor allem Arbeit», versetzte die Blumenhändlerin trocken. «Und zwar jede Menge. Bonsoir, Monsieur.»

«Bonsoir, Madame.»

Dann eilte die ältere Frau fort, und Nicholas musste sich endlich auch auf den Weg machen. Seine Füße waren inzwischen halb erfroren und ganz steif. Und seine Ohren waren gar nicht mehr zu spüren. In der Tasche kramte Nicholas nach der letzten

Kastanie, die längst kalt geworden war. Er schälte sie in die Papiertüte und steckte sie in den Mund. Warum um alles in der Welt musste der Spätherbst immer eine so elende Jahreszeit sein? Warum musste man gerade dann, wenn man sich innerlich auf Weihnachten vorbereitete, ständig gegen die Widrigkeiten des Wetters kämpfen? Und gegen Viren, die einen aus jedem Winkel überfielen? Nicholas spürte, dass er den Infekt diesmal nicht mehr würde in Schach halten können. Das Schlucken fiel ihm plötzlich schwer, und seine Nase lief.

Wer mochte die alte Dame wohl gewesen sein? Die Inhaberin des Ladens? Dann wäre die junge Blumenhändlerin ihre Angestellte gewesen. Naheliegend, dass es sich so verhielt. Selbstbewusst genug wirkte die alte Dame ja.

«Sie ist nicht so gefährlich, wie sie aussieht», sagte da plötzlich eine Stimme hinter Nicholas. Er drehte sich überrascht um und blickte in das lachende Gesicht eines Mannes mit unglaublich weißen Zähnen.

«Pardon?»

«Nichts für ungut. Sie sahen nur so erschrocken aus eben.» Der Mann nickte zu der Tür des kleinen Blumenladens hin. «Ich wollte Ihnen nicht zu nahe treten.» Er wirkte auf einmal ganz ernst.

«Kein Problem», beeilte sich Nicholas dem Mann zu versichern. «Sie sind mir nicht zu nahe getreten. Kennen Sie die Inhaberin des Ladens?»

«Die Inhaberin? Oder die Dame, die gerade zugesperrt hat?»

«Das ist also nicht ein und dieselbe?»

Der Mann stellte seinen Eimer ab und legte eine Schaufel hinein. Für einen Augenblick wirkte es, als ginge der Mann mit seinem Spielzeug an den Strand. Aber natürlich wollte er den Gehweg streuen. Was eine gute Idee war, denn es war durchaus möglich, dass es in der Nacht wieder kälter würde – dann würde es morgen spiegelglatte Straßen und Wege geben. «Nein. Die Dame eben war Madame Fréjus. Sie arbeitet hier nur ab und zu. Der Laden gehört Mademoiselle Danton.»

«Der jungen Frau, die sonst dort ist?»

Da war es wieder, das breite Lachen. «Genau der.» Er zuckte die Achseln in einer Geste, die ebenso gut bedeuten konnte *Mach dir keine Hoffnungen, Mann* wie *Die Arme, was hat sie sich damit nur angetan?*

«Und Sie sind?»

«Ich bin nur der Hausmeister von nebenan.»

«Verstehe. Tja, dann wünsche ich noch einen schönen Abend.»

«Ihnen auch, Monsieur.» Der Hausmeister nahm den Eimer wieder auf und fing an, mit schwungvollen Bewegungen kleine Kieselsteinchen auf dem Weg zu verteilen.

Dann war es also wirklich ihr eigener kleiner Laden, dachte Nicholas. Und er fand diesen Gedanken ungemein romantisch.

Eine Nachricht auf dem Handy riss ihn aus seinen Betrachtungen: *Morgen um 8.00 Uhr Besprechung. T.* Trebouchet. Nicholas ahnte schon, worum es ging.

4

Wo Blumen blühen, blühen auch die Menschen

Milch mit Honig half nur wenig. Milch mit einem kräftigen Schuss Rum half noch weniger, nur dass man es dann nicht so merkte. Am liebsten hätte sich Nicholas irgendeine alte Hollywood-Komödie angesehen, um sich ein wenig abzulenken. Eine Gute-Laune-Therapie half bekanntlich immer am besten gegen Krankheiten, vor allem gegen diejenigen im Frühstadium. Doch daran war nicht zu denken. Er hatte ohne Ende Arbeit. Am Freitag musste die Präsentation fertig sein, die er sich selbst eingebrockt hatte. Und er konnte unmöglich die ganze damit verbundene Arbeit seinem Kollegen Jean aufbürden. Der war schließlich an dem Plan gar nicht beteiligt gewesen. Also loggte sich Nicholas nach einem kleinen Abendessen und zwei wirkungslosen Bechern Milch mit Honig (und Rum) in seinen Account beim *Louis XV* ein und fing an, die Beschwerden der letzten Monate zu strukturieren. Er begann mit einer Einteilung nach «Beschwerden über Personal», «Beschwerden über Service», «Beschwerden über Preis-Leistungs-Verhältnis», «Beschwerden über Qualität» bis hin zu «Beschwerden über Management».

Strich den letzten Punkt. Und setzte ihn dann wieder auf die Liste. Vielleicht würde er diese Position am Ende noch einmal umbenennen. Aber es war wichtig, dass alle verstanden, worum es dabei ging. Denn die Beschwerden über das Management hatten sich in den letzten Monaten signifikant gehäuft. Natürlich war es auch möglich, dass diese Probleme in der Vergangenheit einfach unter den Tisch gekehrt worden waren. Er selbst hatte ja erst vor einigen Monaten neu angefangen im *Louis XV*. Vorher war er bei *Media Plus* gewesen, einer Kommunikationsagentur, die sich irgendwo in der Grauzone zwischen Medien, Wirtschaft und Politik bewegte. Keine Arbeit, der er nachtrauerte. Nach dem Studium und einem verlängerten Volontariat war er dort hineingerutscht und dann hängen geblieben. Immerhin war die Zeit bei *Media Plus* äußerst lehrreich gewesen, denn er hatte nicht nur die Zusammenhänge zwischen den Welten des Geistes, des Geldes und der Macht kennengelernt, sondern auch viel über Bestechlichkeit gelernt – im Großen wie im Kleinen. Mechanismen, die sich überall in der Gesellschaft wiederfinden ließen, auch im *Louis XV*. Umso wichtiger also, dass die Fehler des Managements nicht unter den Teppich gekehrt wurden!

Als er gegen elf Uhr abends den Rechner herunterfuhr und die Schreibtischlampe ausknipste, hatte er an die zweihundert Beschwerden aus den letzten drei Monaten katalogisiert. Davon allein zwei Dutzend wegen eines «Holiday-Special»-Angebots, das mit einem besonderen Preis für zwei Nächte mit Candlelight-Dinner, Champagner auf dem Zimmer, Karten für die Oper und einigen anderen Extras geworben hatte. Leider nur hatten einige Gäste herausgefunden, dass die Summe der Einzelposten um einiges unter dem Preis des Arrangements gelegen hatte – ein typischer Managementfehler. So konnte man, so durfte man Gäste nicht verschaukeln. Nicholas hatte sich einiges einfallen lassen müssen, um die Kunden angemessen zu entschädigen. In drei

Fällen hatte er eine Einladung ins Restaurant des Eiffelturms ausgesprochen, in anderen einen Rabatt von fünfzig Prozent auf den nächsten Aufenthalt im *Louis XV* zugesagt. Wieder andere waren mit einer Magnumflasche *Taittinger* oder *Nuits St. Georges* nach Hause gefahren. Am Ende war das «Special» nicht nur ein Schuss in den Ofen und reichlich teuer gewesen, sondern auch überaus schlecht fürs Image. Denn die Kunden zögerten heutzutage keinen Augenblick, vernichtende Kritiken ins Internet zu stellen. Und das hatten etliche der so Betrogenen getan, trotz größter Entschädigungsbemühungen seitens des Hotels. Monsieur Trebouchet war wütend gewesen. «Können Sie das nicht unterbinden, Matin? Es kann doch nicht die Welt kosten, die Leute zu überzeugen, solch gehässige Äußerungen bleiben zu lassen.»

«Sie sind nicht gehässig», erklärte Nicholas. «Sie sind nur enttäuscht. Und diese Enttäuschung will sich nun einmal Bahn brechen.»

«Ich bin sicher, gegen eine angemessene Aufmerksamkeit sind die Leute bereit, ihre Meinung für sich zu behalten.» Trebouchets Ton hatte keinen Zweifel daran gelassen, dass er das Gespräch für beendet hielt.

«Sie meinen: eine Aufmerksamkeit in Form von Geld?»

«Wenn Sie es nicht anders hinbekommen …»

«Wir sollen den Leuten ihre Meinung abkaufen?»

«Sie sollen nur das Bedürfnis eindämmen, diese Meinung zu äußern.»

«Verstehe.» Nicholas nickte knapp. «Ich werde sehen, was ich tun kann.» Er würde nichts dergleichen tun. Diese Art von Job hatte er schon bei *Media Plus* gehabt. Wenn ein Gast seine Meinung öffentlich kundtun wollte, dann sollte er das tun. Am Ende würde das Management sogar davon profitieren – indem es aus seinen eigenen Fehlern lernte.

Müde blickte Nicholas in die Pariser Nacht hinaus. Von seiner kleinen Wohnung im vierten Stock aus konnte er weit über Montparnasse blicken, sah die Türme der Kirche Saint Sulpice und den Palais du Luxembourg und, wenn er sich ein wenig hinausbeugte, sogar das blinkende Licht des Tour Eiffel ganz links. An schönen Tagen leuchtete vom Montmartre die weiße Kuppel von Sacré-Cœur herüber.

Der Regen hatte aufgehört. Tausende Lichter glitzerten unter ihm. Der Verkehr würde nie aufhören. Er schob sich immerfort durch die Pariser Straßen, nachts wie tagsüber. Hier oben spürte man zum Glück nicht viel davon. Nur die Züge, die am Gare Montparnasse einfuhren, waren an manchen Tagen laut zu hören. Doch das störte Nicholas nicht. Züge waren romantisch im Vergleich zu Autos. Sie waren ein Gruß aus der Ferne. Und manches Mal träumte Nicholas davon, in einem Zug zu sitzen, der sich auf den Weg machte, oder er dachte zurück an jenen Tag, an dem er in Paris angekommen war: ein junger Mann aus einem verschlafenen Ort in den Vogesen, voll Idealismus und Enthusiasmus, aufgeregt beim Gedanken an die große Stadt und das pulsierende Leben dort.

Paris hatte ihn nicht enttäuscht. Die Stadt war ein immerwährender Quell der Inspiration, ein aufregendes Sammelbecken von Kulturen und Lebensentwürfen. Menschen aus aller Herren Länder suchten hier ihr Glück, alle Sprachen dieser Welt waren in ihren Straßen zu hören. Doch das war nur die eine Seite. Die andere war, dass es nicht leicht war, hier jemanden zu finden, dem man sich wirklich verbunden fühlte. Zumindest nicht, wenn man eine gewisse Scheu davor hatte, sich dem Erstbesten oder – in seinem Fall – der Erstbesten an den Hals zu werfen. Einige Studienfreunde hatten so lange mit allen möglichen Mädchen ihr Glück probiert, bis sie irgendwann bei der Richtigen hängen geblieben waren. Vermutlich war das ein besserer Weg als der seine, der von Zurückhaltung geprägt war. Denn die wurde in einer Stadt, die so sehr an der Droge des eigenen Erfolgs hing, nicht belohnt. Da war Catherine gewesen, schön, klug, kühl und fordernd. Eine Frau, so aufregend und anspruchsvoll wie die Stadt, in der sie lebte. Sie hatte Nicholas in die besten Kreise von Paris eingeführt. Letztlich war die Beziehung daran zerbrochen, dass sie sie wie ein Unternehmen führte. Denn eine Partnerschaft ist nun einmal kein Businessplan, der sich ständig am Erfolg des Erreichten misst.

Und es hatte Louise gegeben, mit der er schon verlobt gewesen war, als er erfuhr, dass sie unheilbar erkrankt war. Sie hatte sich innerlich zurückgezogen, war ihm entglitten, egal wie sehr er sich um sie bemüht hatte. Eines Tages war er nach Hause gekommen und hatte sie im Schlafzimmer gefunden, tot, mit seinem Foto in den über der Brust gefalteten Händen – und einer leeren Packung Schlaftabletten neben sich. Ein Verlust, den er immer noch nicht verwunden hatte.

Und so kam es, dass Nicholas, nachdem er zwei auf ganz unterschiedliche Weise unglückliche Partnerschaften in dieser Stadt geführt hatte, seit einiger Zeit allein lebte. Es fühlte sich nicht gut an, aber es war allemal besser, als mit der Falschen zusammenzuleben. Und vielleicht entschied sich das Glück ja doch noch einmal, an seine Tür zu klopfen.

Schwer von der Erkältung, von der Milch mit Rum und von den trüben Gedanken dieses späten Abends, schleppte er sich ins Bett und sank in einen unruhigen Schlaf, aus dem er gelegentlich erwachte. Dann dämmerte er wieder weg, dem nächsten Morgen entgegen, der sich schon in der Nacht mit Frost und Eis ankündigte.

Am liebsten wäre Fleur an jenem Donnerstagmorgen liegen geblieben, hätte einfach weitergeschlafen auf dem Sofa zwischen all ihren Pflanzen, hätte vom Sommer geträumt und die Augen gar nicht erst geöffnet. Aber leider ging das nicht. Es war ein ganz normaler Wochentag, und der Laden musste geöffnet sein. Sie durfte nicht riskieren, dass Kunden kamen und vor einer verschlossenen Tür standen. So etwas merkten sich die Leute. Und wenn sie erst einmal den Weg zu einem anderen Blumenladen auf sich genommen hatten und dort womöglich gut bedient worden waren, würden sie in Zukunft dorthin gehen und gar nicht mehr beim *Fleurs de Fleur* vorbeischauen. Die beste Werbung für ein Geschäft war das Geschäft selbst. Die schlechteste war, wenn es zu gewöhnlichen Geschäftszeiten geschlossen war.

Also raffte Fleur sich auf und machte sich leidlich frisch, warf die Kaffeemaschine an, fühlte mit dem Handrücken ihre Stirn, seufzte und ging hinüber in den Laden. Draußen bildete ihr Atem kleine Dampfwölkchen. Es war noch kälter geworden. Die Nässe auf den Gehwegen und Straßen war über Nacht gefroren, die Menschen schlitterten durch die Gegend, hielten sich an Hauswänden fest und fluchten. Aber irgendein guter Geist hatte vor dem kleinen Blumenladen gestreut, und Fleur bezweifelte sehr, dass es die Facility Manager von Madame d'Alemberg gewesen waren.

Kopfschüttelnd sperrte sie die Tür auf, nahm sich ihre Daunenjacke von der Garderobe (die nur ein Haken an der Tür zur Putzkammer war) und räumte dann die Kränze, Gestecke und Koniferen nach draußen, all die jahreszeitlichen Besonderheiten, die es kalt mochten und sogar länger frisch blieben, wenn sie in feuchter Kühle standen – solange es nicht fror. Sie war kaum fertig damit, da stand Madame Fréjus vor ihr. «Ab ins Bett mit Ihnen», bestimmte sie knapp und ließ keinen Zweifel daran, dass sie es ernst meinte.

«Heute ist gar nicht ihr Tag, Madame Fréjus», erwiderte Fleur, die sich inständig wünschte, es *wäre* der Tag ihrer Mitarbeiterin.

«Ihrer ist es schon gar nicht», erklärte die resolute Frau und schob Fleur nach hinten und aufs Sofa. «Von mir aus trinken Sie noch einen Kaffee …», sagte sie mit Blick auf die Maschine, die vor sich hin zischte. «Aber dann packen Sie Ihr Zeug und verschwinden nach Hause. Zumindest haben Sie es ja nicht weit.»

Was stimmte. Fleur wohnte im selben Haus. Sie musste nur von ganz unten nach ganz oben ins Dachgeschoss steigen, dann war sie in ihrer kleinen Wohnung. Sie hätte sich zwar am liebsten einfach wieder auf ihr liebes altes Sofa im Hinterzimmer gelegt. Aber erstens würde Madame Fréjus das nicht erlauben, und zweitens war es inzwischen so frostig in dem kleinen Laden, dass sie auf etwas mehr Wärme oben in der Wohnung hoffte.

Natürlich wurde sie in ihrer Hoffnung enttäuscht: Im ganzen Haus war die Heizung ausgefallen, auch die Wohnung war inzwischen völlig ausgekühlt. Immerhin funktionierte der Herd. Fleur schob sich einen Sessel vor den Backofen und öffnete die Klappe. Dann schaltete sie auf Umluft und drehte die Temperatur hoch. Schon nach wenigen Augenblicklich durchströmte angenehme Wärme ihre zitternden Glieder. Sie holte eine Decke und hielt sie vor den Herd, bis sie kuschelig warm war, um sie dann eng um ihre Schultern zu schlingen und seufzend auf den Sessel zu sinken. Beinahe wäre sie wieder eingeschlafen, doch gerade als ihre Lider schwer wurden und ein leichtes Kribbeln durch ihren Leib schauerte, klopfte es an der Tür.

Mühsam kämpfte sie sich wieder hoch und sah nach. Madame d'Alemberg stand draußen und musterte sie von oben bis unten, als Fleur die Tür öffnete. «Haben Sie etwa geschlafen?»

«Madame d'Alemberg. Bonjour. Ich bin leider krank.»

Die Vermieterin ging gar nicht darauf ein. «Ich bin wegen der

Heizung hier. Wir werden vor Montag niemanden für die Reparatur bekommen. Das wollte ich Ihnen nur sagen.»

«Bis Montag?» Fleur war mit einem Mal hellwach. «Sie meinen, es gibt bis Montag keine Heizung?»

«Sagte ich das nicht gerade?»

«Aber wie soll das gehen!» Fleur rang um Worte. Sie sah so entsetzt aus, dass die alte Dame laut lachen musste. «Nun seien Sie mal nicht so empfindlich. In meiner Jugend kam das ständig vor. Sie wissen gar nicht, wie gut Sie es haben ...»

Fleur schlug die Hände vors Gesicht. Die Decke glitt herab und fiel zu Boden. «Aber Madame d'Alemberg! Wir können doch nicht fünf Tage ohne Heizung sein. Bei den Temperaturen ...! Meine Blumen!»

Die alte Dame seufzte und zuckte die Schultern. «Ich wäre auch froh, wenn es schneller ginge. Aber so sind die Zeiten nicht. Dieser Auftrag hier ist nichts, worum sich die Firmen reißen. Viel Arbeit, wenig Geld.»

Fleur versuchte, sich zu beruhigen. «Woran liegt es denn?», fragte sie. «Was ist denn eigentlich kaputt?»

«Wenn ich das wüsste, mein Liebe, würde ich es selbst reparieren. Aber ich muss weiter. Den anderen Mietern Bescheid geben.» Damit ließ sie Fleur in der Tür zu ihrer kalten Wohnung stehen und lief mit klappernden Schritten die Treppe hinab, um an der nächsten Tür zu klingeln. Ratlos und voll banger Sorge wandte sich die junge Floristin wieder um und wankte zurück in ihre Küche, wo es nun etwas wärmer war. Aber so würde sie nicht die ganze Wohnung heizen können, schon gar nicht bis Montag. Als sie sich wieder in ihren Sessel fallen ließ, schossen ihr schon die Tränen in die Augen. Die Hälfte der Blumen würde nicht überleben. Mindestens. Wenn es ganz schlimm kam und die Außentemperaturen noch weiter fielen, war womöglich das meiste nicht mehr zu retten.

Sie ging ins Bad und machte sich – mit eisigem Wasser – etwas frisch, zog sich neue Kleider an und drehte dann den Herd aus. Außergewöhnliche Zeiten verlangten außergewöhnliche Maßnahmen! Krank sein konnte sie später. Jetzt galt es, das Beste aus dem Unglück zu machen.

❁

«Und?», fragte Jean Pelissier. «Was wollte Trebouchet?»

«Ach, es ging nur um eines der Zimmermädchen», antwortete Nicholas und packte seine Unterlagen aus. Er war vor dem Treffen mit dem Geschäftsführer nicht in sein Büro gegangen, sondern hatte dem Kollegen lediglich eine kurze Nachricht geschickt. Das «Meeting» war dann nur ein Gespräch unter vier Augen gewesen: Nicholas' und Trebouchets.

«Lass mich raten: Bérénice.»

«Du solltest entweder ins Fernsehen zu einer Quizshow gehen oder zum Zirkus. Offenbar hast du hellseherische Fähigkeiten.»

«Und?»

«Was und?»

«Was ist dabei herausgekommen?»

Nicholas zuckte die Achseln. «Er fand es deplatziert, dass ich ihr Blumen geschenkt habe. Schließlich sei sie die Mitarbeiterin mit den meisten Abmahnungen.» Nicholas musste schmunzeln. «Er wollte wissen, ob ich was mit ihr habe.»

«Oho!» Jean lehnte sich in seinem Stuhl zurück und musterte seinen Vorgesetzten neugierig. «Und? Hast du?»

«Also wirklich, mein Freund, wie kannst du das fragen? Bérénice ist verlobt! Sie wird nächsten Monat heiraten.»

«Bof. Muss das ein Hinderungsgrund sein?» Immer noch hatte Jeans Blick etwas Lauerndes.

«Nun, ich kann ja mal deine Frau dazu befragen, wenn du meinst», sagte Nicholas. «Vielleicht bei einem netten Abendessen im *Fouquet?*»

Jean setzte sich aufrecht hin und rückte wieder näher an seinen Schreibtisch. «Schon gut», sagte er. «Ich hab's kapiert.» Eine kleine Weile schwieg er. Dann aber überwog doch wieder die Neugier: «Und was hast du ihm geantwortet?»

«Na, was wohl? Dass ich natürlich nichts mit ihr habe.»

«Und damit war er zufrieden?»

«Natürlich nicht. Er fand es trotzdem deplatziert. Das mit den Blumen, meine ich.» Nicholas betrachtete die leere Vase auf dem Fensterbrett. «Ich habe ihm erklärt, dass die Blumen eine Motivation sein sollten. Und dass ich diese Methode aus dem *Harvard Business Manager* hätte.»

«Echt jetzt?» Jeans Blick fiel auf die Vase mit den Blumen «zum Geburtstag», den er gar nicht gehabt hatte.

«Spielt es eine Rolle?», fragte Nicholas. «Die Hauptsache ist, dass Bérénice nicht noch mehr Ärger bekommt. Und das scheint geklappt zu haben.»

Die Sonne war endlich herausgekommen. Die vereisten Straßen glitzerten im hellen Licht. Vorsichtig bewegten sich die Menschen auf den Gehwegen. Fleur sah durch das Schaufenster, dass Madame Fréjus hinter der Theke stand und in einer Zeitschrift für Floristen blätterte, während sie auf Kunden wartete. Sie hatte ihren Mantel wieder angezogen und rieb sich immer wieder die Hände. Fleur war ihr so dankbar, dass sie heute gekommen war, und das, obwohl die alte Dame damit rechnen musste, dass Fleur ihr das Gehalt für diesen Tag nicht würde zahlen können. Aber sie war eben auch beinahe so etwas wie eine liebe Freundin geworden in den zwei Jahren, die sie nun schon für *Fleurs de Fleur* arbeitete. Fleur hatte ein schlechtes Gewissen und war gleichzeitig gerührt, als sie eintrat.

«Mademoiselle Danton! Sie sollten doch nicht hier sein. Hatte ich Sie nicht ins Bett geschickt?»

«Ich habe mich ein bisschen aufgewärmt, jetzt geht es mir wieder besser», schwindelte die junge Blumenhändlerin. Aber bis zu einem gewissen Grad stimmte es ja vielleicht sogar. Pläne beflügeln, sie geben Energie. Selbst wenn es Notfallpläne sind und man kaum die Kraft aufbringt, die für sie nötig ist. «Können Sie uns einen großen Topf Glühwein machen?»

«Einen großen Topf? Für uns beide? Sie sind ja nicht ganz bei Trost.»

«Nun», sagte Fleur, «ich denke nicht, dass wir beide sehr viel davon abbekommen werden.» Und sie stellte die vier Flaschen Wein und die Gewürze, die sie aus der Wohnung mitgenommen hatte, vor ihrer Mitarbeiterin ab.

Vor dem Laden entdeckte Fleur den Hausmeister von nebenan, der mit einer kleinen Eisenklinge an einem langen Stiel das Eis vom Gehweg klopfte. «Monsieur Said! Könnten Sie mir wohl helfen?»

Es mochte für manchen Passanten befremdlich klingen, für die meisten war es aber amüsant: Die orientalische Musik, die Monsieur Said aus seinem halb geöffneten Fenster auf die Straße dringen ließ, bildete einen seltsamen Kontrast zu den weihnachtlichen Gestecken und Kränzen vor dem Blumenladen und zu dem großen Kessel mit Glühwein, aus dem Madame Fréjus jedem einen Becher ausschenkte, der des Weges kam und nicht völlig abgeneigt war. Nachdem sich erst einmal ein paar Neugierige eingefunden hatten, blieben mehr und mehr Menschen vor dem kleinen Laden in der Rue du Cherche-Midi hängen. Fleur hatte ein Plakat geschrieben und ins Schaufenster gehängt: *Zu jedem Kranz ein paar Blumen gratis!*

Während nun Madame Fréjus mit klaren Befehlen und unmissverständlichen Ansagen Kunden ins *Fleurs de Fleur* kommandierte, wickelte die junge Inhaberin des Geschäfts Kränze und Blumen ein und verkaufte so viel wie sonst in einer ganzen Woche nicht, ach was: in drei Wochen! Denn es war nun einmal so, dass vor allem das Interesse der Menschen Interesse bei immer noch mehr Menschen weckte. Kaufte eine Frau einen Kranz (und bekam dazu einen kleinen Alpenveilchenstock geschenkt), so wollte die Nachbarin ihr nicht nachstehen und erwarb ebenfalls einen Kranz oder ein Gesteck (und freute sich an dem gemischten Bouquet, das sie kostenlos dazubekam). Einstweilen sorgte Monsieur Said für das körperliche Wohl der Kunden – und seine Frau sah großzügig darüber hinweg, dass der Glühwein, den er ausschenkte, Alkohol enthielt.

Innerhalb von wenigen Stunden war nahezu der gesamte Laden leergekauft. Madame Fréjus hatte dreimal den Kessel neu füllen müssen, Monsieur Said hatte am Ende doch noch Ärger mit seiner Frau bekommen, weil das Fenster zu ihrer Wohnung so lange offen stand (und sie dann sofort mit einem prächtigen Rosenstrauß beschwichtigen können, den Fleur ihm für seine Mühen geschenkt hatte). Und Fleur war glücklich über das gute Geschäft und den wunderschönen Tag, der sie vergessen ließ, dass sie in der Kälte eigentlich nichts zu suchen hatte.

Als alle Kränze und Gestecke verkauft, aller Wein getrunken und die meisten empfindlichen Blumen verschenkt waren, erkannte sie, dass sie es übertrieben hatte. Von plötzlichem Schwindel befallen, musste sie sich hinter der Theke auf den Boden setzen, weil ihr schwarz vor Augen wurde.

Madame Fréjus war noch dabei, die leeren Metallregale wieder hereinzuräumen, der Hausmeister hatte längst Feierabend genommen, und die Kunden hatten sich verlaufen. Erst als die junge Blumenhändlerin wieder aufstand, entdeckte ihre Mitarbeiterin sie. «Mademoiselle! Ist Ihnen nicht gut? Sie haben es übertrieben!» Besorgt trat sie hinter die Theke, stützte Fleur und legte ihr die Hand auf die Stirn. «Sie glühen ja! Sie müssen sofort ins Bett. Und da müssen Sie auch bleiben!» Schon wollte Madame Fréjus Fleur zu ihrer Wohnung begleiten, da wurde ihr wieder bewusst, wie kalt es auch dort sein musste. «Wissen Sie was?», sagte sie. «Sie kommen jetzt mit zu mir. Ich rufe uns ein Taxi.»

Wenige Minuten später saßen die beiden Frauen in einem Wagen, der durch die nächtliche Stadt glitt. Und während draußen die Lichter vorbeiflogen und überall Weihnachten angekündigt wurde, fror Fleur Danton und sehnte sich nur noch nach Schlaf.

«Wärst du mal besser zu Hause geblieben», sagte Jean griesgrämig. Er gab sich nicht einmal die Mühe, so zu tun, als ginge es ihm um seinen armen, kranken Kollegen. Denn es war allgemein bekannt, dass Jean Pelissier zur Hypochondrie neigte und nichts mehr fürchtete als kranke Menschen um sich herum. Dass er das Büro mit Nicholas teilte, der alle Symptome einer ausgewachsenen Erkältung zeigte, behagte ihm gar nicht. «Wer krank ist, sollte nicht zur Arbeit kommen», erklärte Jean mit Leichenbittermiene. «Das ist für niemanden gut.»

«Zu Hause zu bleiben?»

«Zur Arbeit zu kommen.»

«Tut mir leid, Jean. Aber die Arbeit erledigt sich nun einmal nicht von allein.»

«Sei nicht so deutsch.» Es verging kaum ein Tag, an dem Jean seinem Kollegen nicht vorhielt, deutscher zu sein, als es ihm (und Jean) guttat. Nicholas hatte einen deutschen Großvater, den Jean für alles verantwortlich machte, womit Nicholas ihm und anderen auf die Nerven ging: Wenn man Jean fragte, neigte Nicholas zu Pedanterie, Rechthaberei und übertriebener Pünktlichkeit. «Du hättest als Atomuhr zur Welt kommen sollen», sagte er oft.

Nicholas hatte seinen deutschen Großvater noch nicht einmal kennengelernt und empfand sich keineswegs als so perfektionistisch. In seinen Augen waren es die Liebe zu Details, ein natürliches Verantwortungsbewusstsein und seine innere Uhr, die diesen falschen Eindruck von ihm erzeugten. Diese innere Uhr war in seiner Kindheit und Jugend dadurch geeicht worden, dass er auf dem elterlichen Bauernhof jeden Tag – auch an den Wochenenden – morgens mit der Sonne hatte aufstehen müssen, um im Stall zu helfen. Und es war eine glückliche Kindheit gewesen! Nicht so kompliziert wie die der Kinder in der großen Stadt heutzutage, deren Zeit ständig von den Eltern organisiert werden musste. Wenn die Tiere am Morgen versorgt waren, hatte die Mutter das Frühstück bereitet, dann ging es in die Schule. Danach ging man einfach nach draußen, traf seine Freunde und spielte. Es gab keinen elterlichen Shuttleservice zur Klavierstunde oder zum Hockey. Sport machte man draußen unentwegt – man bolzte oder spielte Fangen, man sprang über Pfützen oder Bäche, man warf Steine oder Stöcke … all die Aspekte, die das Leben von und mit Kindern in der Stadt so anstrengend machten, sie hatten in seiner Jugend einfach keine Rolle gespielt. Das hatte ihn geprägt. Es hatte die Dinge, die für andere schwierig waren, für ihn ganz klar erscheinen lassen. Umgekehrt hatte er schon früh Verantwortung übernehmen müssen und gelernt, dass es gut war, wenn andere sich auf einen verlassen konnten. Nicholas hätte sich keinen einfacheren Menschen als sich selbst vorstellen können. Wäre nur der Teil seines Lebens nicht so kompliziert gewesen, der eigentlich ganz einfach hätte sein sollen: die Liebe … Natürlich hatte er hin und wieder einen Flirt. Aber er hasste es, bei einer Frau falsche Hoffnungen zu wecken. Das war einfach nicht sein Stil.

«Träumst du?»

«Bitte?»

«Ich hatte dich gefragt, ob du die Präsentation für morgen schon fertig hast.» Jean musterte ihn skeptisch.

«Fertig nicht», erwiderte Nicholas. «Aber ich bin schon ziemlich weit. Ich hoffe, heute im Laufe des Tages fertig zu werden.»

«Dann hoffen wir mal, dass nicht zu viele neue Reklamationen reinkommen. Bei mir ist gerade eine Beschwerde aus dem Spa gelandet.»

«Ja? Und worum geht es?»

«Die sauberen Badetücher waren aus.»

Im Schwimmbad des Hotels, das im Dachgeschoss untergebracht war und den meisten Gästen eigentlich nur als Kulisse für einen Drink im Bademantel diente oder als Zwischenstopp auf dem Weg zur Massage, stand ein prächtiger Nussholztisch, auf dem Stapel frischer, duftender Badetücher lagen. Jeder Hotelgast konnte sich dort bedienen, sich eine Liege suchen und etwas zu essen oder zu trinken bestellen, den leisen Klängen unaufdringlicher Musik lauschen oder sich zum Plaudern verabreden. Entspannung pur für Menschen, von denen die meisten keine Entspannung brauchten, weil sie tagein, tagaus nur um sich selbst kreisten. Manche der Gäste betrachteten den Aufenthalt im *Louis XV* allerdings auch als etwas ganz Besonderes, das man sich zum Ausgleich für den harten Alltag gönnte. In der Regel waren das die Gäste, die sich nicht über jede Kleinigkeit beschwerten, sondern die all das Gute sahen und nicht selten auch bestaunten, was ihnen in einem so luxuriösen Haus geboten wurde. So oder so: Wo Badetücher erwartet wurden, mussten Badetücher sein. «Und hast du dich schon darum gekümmert?»

«Habe ich. Der Engpass ist behoben. Die Frage ist, ob ich der Kundin eine Kleinigkeit als Entschädigung zukommen lassen sollte.»

«Und woran denkst du?»

«Eine Seife, hübsch verpackt?»

Nicholas schüttelte den Kopf. «Seifen verschenkt man nur an Menschen, mit denen man sehr vertraut ist. Alle anderen könnten das falsch verstehen. Schenk ihr zwei Cocktails in der Poolbar. Das versöhnt sie mit dem Ort und macht gute Laune.»

«Gute Idee.»

Nicholas reagierte mit einem kräftigen Husten, was Jean dazu bewog, seinen Schal von der Garderobe zu holen und ihn sich um den Hals zu schlingen und über Mund und Nase zu ziehen. «Alter Hypochonder», murmelte Nicholas.

«Virenschleuder», knurrte sein Kollege.

Nachdem sie eine Weile schweigend vor sich hin gearbeitet hatten, machte sich Nicholas auf seine Tour. Es gehörte zu seinem täglichen Ritual, dass er als Leiter der Abteilung für «strategische Verbesserungen» eine Runde durch das Haus drehte, sich von der Arbeit der Hoteldiener, Zimmermädchen und Wagenmeister ein Bild machte, die Qualität der Lieferungen an die Küche prüfte, einen kritischen Blick auf Flure, Zimmer und Lobby warf und dergleichen mehr. All dies natürlich so diskret wie irgend möglich. Schließlich war es oberstes Gebot eines Hotels dieser Kategorie, die Gäste niemals zu stören oder gar zu belästigen.

Nicholas liebte diese Kontrollgänge. Sie erlaubten ihm den Blick eines Außenstehenden auf das tägliche Werk seiner selbst und seiner Kollegen. War das, was sie taten, auch das, was die

Gäste erwarteten? Das musste gewährleistet sein. Andererseits lag das Geheimnis eines vollendeten Hotels der Spitzenklasse gerade darin, genau diese Erwartungen immer wieder und in möglichst vielen Belangen zu übertreffen. «Überraschen Sie den Gast, wo er es nicht erwartet!», hatte der Gründer des *Louis XV* an seinem ersten Arbeitstag zu Nicholas gesagt. Es war seine, Charles Tourignons, Idee gewesen, eine eigene Abteilung ins Leben zu rufen, die die Perfektion des Hotels gewährleistete. Und Nicholas war ihm für die wenigen Gespräche, die er mit ihm führen durfte, sehr dankbar. Leider war der alte Mann, ein Grandseigneur erster Güte, vor einer Woche von einem schweren Hirnschlag heimgesucht worden und in der vergangenen Woche verstorben. Man merkte, wie sehr sein Tod die Mitarbeiter des *Louis XV* getroffen hatte. Seither lag eine gewisse Befangenheit über dem Haus, war die Stimmung gedeckt. Andererseits kam der Tod des Seniorchefs nicht vollkommen überraschend – der alte Monsieur Tourignon war immerhin weit in den Neunzigern gewesen.

Es würde eine Trauerfeier geben, vermutlich eine, die einem Staatsakt gleichkam. Denn es gab wohl niemanden, der in Paris und ganz Frankreich und weit darüber hinaus von Rang und Namen war, mit dem er nicht auf vertrautem Fuße gestanden hätte. Man hatte die Tür zum verwaisten Büro des alten Mannes weit geöffnet, vielleicht um seinen Geist durch das Haus wehen zu lassen. Vielleicht aber auch, um den Mitarbeitern die Möglichkeit zu geben, noch einmal einen Blick auf sein Reich zu werfen, in dem so viele von ihnen wichtige, ja für ihr Leben entscheidende Gespräche geführt hatten, auch Nicholas. Und als er jetzt an diesem Zimmer vorbeikam, blieb er kurz stehen und blickte auf den mächtigen Schreibtisch und den Sessel, der mit grünem Leder bezogen war, auf die Ansicht einer Regatta auf der Seine, die ein ihm nicht bekannter Impressionist gemalt hatte.

Auf die sauber sortierten Materialien, die leeren Briefbögen mit dem persönlichen Signet.

«Man sagt, Monsieur Tourignon hätte für jedes Problem eine Lösung gewusst», sagte jemand leise neben ihm. «Und für jede Lebenslage einen Rat gehabt.» Es war Claire Fisher, die Chefin der Zimmerausstattung.

«Ich weiß», erwiderte Nicholas. Und im Geiste fügte er hinzu: Jemanden zu haben, der das kann …

«Sehr traurig, nicht wahr?»

Er nickte. «Ja. Sehr traurig. Aber ich bin sicher, es gibt nicht viele Menschen, die ein so erfülltes Leben hatten.»

«Da haben Sie recht. Adieu, Monsieur Matin.»

«Adieu, Madame Fisher.»

Er blickte der Kollegin hinterher, die in ihren wallenden Gewändern eher wie jemand aussah, der im *Louis XV* abgestiegen war. Eine kluge und eindrucksvolle Frau. Ein Rat in jeder Lebenslage, ja, das wäre so wertvoll …

Was um alles in der Welt machte er da nur? Schleppte sich in seinem Zustand durch die nasskalten Pariser Straßen, statt direkt nach Hause zu gehen! Bog rechts ab statt links. Fluchend stellte Jean Pelissier seinen Wagen an den Straßenrand. Einbahnstraße. Hier konnte er nicht anders als zu Fuß folgen. Schon seit Tagen war ihm Nicholas seltsam vorgekommen. Sie waren nicht die engsten Freunde, das nicht, und eigentlich ging es ihn auch gar nichts an. Aber andererseits machte er sich durchaus ein wenig Sorgen. Er hatte seinen Kollegen nun schon einige Male beim Tagträumen erwischt, ja manchmal war ihm Nicholas geradezu verwirrt erschienen, desorientiert! So etwas kannte Jean aus seiner Schulzeit. Da hatte es Mitschüler gegeben … er natürlich nicht! Er hätte das Zeug nie genommen. Aber Fachon. Bernier. Tatambouille … Man sah ja, wohin es sie gebracht hatte.

Und wenn Nicholas sich nun in irgendwelchen dunklen Ecken im Montparnasse herumtrieb … Nicht, dass das Viertel besonders schäbig gewesen wäre. Eher im Gegenteil. Aber andererseits wohnten hier natürlich auch Leute, die das nötige Kleingeld hatten. Was wohl ein Säckchen Gras kostete? Aber nein, Gras musste man rauchen, das wäre ihm aufgefallen. Nicholas roch nicht nach Gras und auch nicht nach Tabak. Also weißes Pulver? War es das? Nun, es würde immerhin erklären, weshalb der Gute in letzter Zeit so neben sich stand.

Jetzt blieb der Kollege stehen. Jean presste sich an eine Hauswand, wandte sich etwas ab, tat, als müsse er seinen Schnürsenkel zubinden. Aus den Augenwinkeln beobachtete er, wie Nicholas vor einem Schaufenster stehen blieb. Die Straße teilte sich dort vorne. Ein kleiner Platz, zwei, drei Geschäfte. Ein kahler Baum ragte schwarz in den Himmel. Herrgott, warum musste es ständig so dunkel sein! Morgens kam man zur Arbeit, abends ging man nach Hause – und immer war es Nacht. Nur wenn man es schaffte, sein Mittagessen nicht im Hotel einzunehmen, hatte man eine Chance, ein wenig Tageslicht abzubekommen. Aber das kam selten genug vor. Nun gut, er selbst schaffte es relativ oft. Doch das hing natürlich auch damit zusammen, dass Nicholas so gewissenhaft war und nie mehr als seine halbe Stunde nahm. Wenn das erst einmal einriss …

Jetzt ging der Kollege weiter, wandte sich in die Straße linker Hand. Klar, in dieser Richtung lag seine Wohnung, auch wenn er noch ein gutes Stück gehen musste. Jean fragte sich, ob er dort vorne jemanden getroffen hatte. So genau war das nicht zu erkennen gewesen. Er huschte hinterher und blieb vor einem Schaufenster stehen: *Fleurs de Fleur.* Ein Blumenladen. Geschlossen und nicht sehr gut ausgestattet. Nachdenklich betrachtete

Jean Pelissier die Pflanzen, die links und rechts der Tür standen, die leeren Metallregale, die im Inneren des Ladens geparkt waren. Aus den Augenwinkeln bemerkte er einen Mann, der nur ein paar Schritte entfernt stand und ihn anscheinend beobachtete. «Monsieur?»

«Oui», sagte der Mann.

«Sie haben nicht zufällig etwas …?»

«Etwas?», entgegnete der Mann und kam einen Schritt näher. Ein Araber!, fuhr es Jean durch den Kopf. Jetzt ist alles klar! «Ja», sagte er. «Was kostet es denn?»

«Pardon, Monsieur, was kostet *was?*» Der Mann war gut. Gab sich absolut glaubwürdig, als hätte er keine Ahnung. Als könnte er kein Wässerchen trüben.

«Pulver», flüsterte Jean.

«Salz», sagte der Araber und hielt ihm einen Eimer unter die Nase.

«Äh, Salz?»

«Streusalz.» Der Araber musterte ihn misstrauisch. «Was meinten Sie denn?»

«Ach nichts», murmelte Jean und drehte hastig um. «Nichts. Bonsoir.» Wenige Augenblicke später war er auf der anderen Straßenseite. Nicholas freilich war weit und breit nicht mehr zu sehen.

Die Wohnung von Madame Fréjus war eine Sehenswürdigkeit! Kopfschüttelnd ließ Fleur ihren Blick über all die Absonderlichkeiten gleiten, die hier eine Heimat gefunden hatten: Eine Sammlung orientalischer Teegläser stand auf einem Regal über dem Esstisch, über dem Sofa thronte ein hölzerner Buddha, von dem man befürchten musste, dass er jeden Augenblick auf etwa dort sitzende oder liegende Personen stürzen könnte. Die Wände waren mit Teppichen behängt, der Bücherschrank so überladen, dass sich die Böden in der Mitte durchbogen. Überall standen Kerzen, und zwar in den ungewöhnlichsten Behältnissen: in einer alten Messingteekanne, in einer Schale mit schwimmenden Blüten, in einem Paar Kinderschühchen, links und rechts eines echten Grammophons! Fleur kam sich vor wie in einem Fiebertraum. Hier also wohnte die gute alte Madame Fréjus? Hatte sie sie so gänzlich falsch eingeschätzt? Fleur war immer der Meinung gewesen, es gäbe niemand Strengeres als diese Mitarbeiterin, wenn man von ihrer jugendlichen Art, sich zu kleiden, einmal absah. So rational, so beherrscht, so ... ja, so langweilig war sie immer gewesen, dass es Fleur nicht im Entferntesten in den Sinn gekommen wäre, die Frau aus Le Havre könnte in einem solchen Hexenhaus leben – in einer Hexenwohnung, besser gesagt. Einer sehr kleinen Hexenwohnung sogar. «Wie geht es Ihnen, Mademoiselle?» Madame Fréjus folgte Fleurs schockiertem Blick, der sich an eine ausgestopfte Katze geheftet hatte, die über den Rand des Bücherschranks stolzierte. «D'Artagnan», erklärte Madame Fréjus. «Er gehörte meiner Mutter. Sie konnte sich nicht von ihm trennen. Und nun habe ich ihn geerbt.»

«Verstehe», krächzte die junge Blumenhändlerin und sank auf das Sofa zurück. «Es tut mir so leid, dass ich Ihnen zur Last falle.»

«Ach was. Gut, dass ich Sie überreden konnte mitzukommen.»

Von überreden konnte natürlich nicht die Rede sein. Madame Fréjus duldete so etwas wie Widerspruch ohnehin nicht. Außerdem war Fleur für jeden Widerstand viel zu erschöpft. Inzwischen zitterte sie am ganzen Leib. «Hier», sagte Madame Fréjus und legte ein Bündel vor sie auf den Wohnzimmertisch. «Ziehen Sie das an. Ich hole eine Decke.» Es war ein Schlafanzug. Mit kleinen Bärchen und einer Schleife um den Bauch. Aber

Fleur befolgte die Anweisung ihrer Mitarbeiterin und schlief bereits, als Madame Fréjus mit einer kuscheligen Decke kam, die sie behutsam über sie breitete.

Erst am Morgen des nächsten Tages erwachte Fleur vom Geräusch einer Kaffeemühle. Ihr Schädel brummte, aber das Fieber schien gesunken zu sein. Zumindest war ihr nicht mehr so kalt. «So!», rief Madame Fréjus und trat mit einem Tablett ins Wohnzimmer, auf dem sie zwei chinesische Essschalen mit Café au Lait und ein paar obskuren Gebäckstücken balancierte. «Jetzt gibt es ein kleines Frühstück, und dann gehe ich in den Laden. Sie bleiben schön hier und kommen wieder in die Spur.»

«Aber ich …»

«Kein Aber. Trinken Sie. Essen Sie und überlassen Sie das Entscheiden mir. Sie sind doch gar nicht zurechnungsfähig.»

Fleur schwieg. Vielleicht hatte Madame Fréjus recht. Vielleicht war es wirklich besser, ein, zwei Tage zu pausieren. «Aber ich kann mir das gar nicht leisten», sagte sie dann.

«Unsinn. Sie können sich nicht leisten, krank zu sein!»

«Sie verstehen mich falsch, Madame Fréjus.» Beschämt blickte Fleur zu Boden. «Ich kann mir *Sie* nicht leisten. Nicht für so viele Tage.»

Ihr Handy machte «Pling». Eine Nachricht:

Wie nackt und leer …

5

*Wie nackt und leer ist diese Welt im Winter.
Wie wunderschön und übervoll an Freude ist sie,
wenn Flora sie geschmückt.*

Die ersten Tage des Dezembers waren wechselhaft wie der April: Bisweilen sandte die Sonne helles Licht auf die Stadt, dann wieder türmten sich dunkelste Wolken über Paris. Schneidender Wind fegte durch die Straßen, kleine Schneeflöckchen tanzten durch die Luft, märchenhaft und romantisch, bis der nächste Regenguss den Zauber wieder zunichtemachte. Fleur verbrachte drei Tage bei Madame Fréjus. Die meiste Zeit schlief sie. Wenn sie wach war, studierte sie die seltsamen Artefakte, die aus der Wohnung etwas machten, was ein wenig an das Kuriositätenkabinett eines Fürsten früherer Jahrhunderte erinnerte. Es hätte sie nicht gewundert, wenn sie plötzlich einen Schrumpfkopf entdeckt hätte oder … Aber nein, es *hätte* sie gewundert. Natürlich. Denn das, was in dieser kleinen Wohnung versammelt war, waren doch letztlich alles Erinnerungen an besondere Augenblicke oder romantische Sehnsüchte einer Frau, die ihre Jugend, ihre Ehe und vermutlich auch viele ihrer Hoffnungen bereits hinter sich gelassen hatte. Andere hätten diese Sammlung zweifellos als sehr stillos betrachtet, Fleur rührte sie. All das Bunte, das Florale, die Kerzen, Düfte und Kleinigkeiten. Fleur betrachtete die Einladung in Madame Fréjus' Wohnung als eine Einladung in ihr Leben. Sie hatte ihr die Wohnung anvertraut und sich ihr ganz geöffnet.

Gegen Mittag kam sie zurück, etwas Käse und ein Baguette im Gepäck. «Ich habe noch etwas Obst da, wir machen uns ein kleines Mittagessen, dann verschwinde ich wieder.»

Widerrede ließ sie nicht zu. Weder beim Essen noch was ihre Arbeit im Laden anging. «Denken Sie im Ernst, dass irgendein Kunde sich freut, wenn er Sie in diesem Zustand hinter der Theke stehen sieht? Die flüchten doch alle – und zu Recht!»

«Aber ich kann doch unmöglich erwarten, dass Sie die ganze Arbeit machen.»

«Für mich ist das kein Problem. Sie sehen es ja selbst, ich hause hier ganz allein.»

«Hause … Wie können Sie so etwas sagen?»

«Aber es ist doch die Wahrheit, Mademoiselle Danton. Wie Sie sehen können, bin ich hoffnungslos verkitscht. Haben Sie mal einen Blick in mein Schlafzimmer geworfen?»

Fleur schlug die Augen nieder. «Aber nein, Madame. Das würde ich nie tun!»

«Sollten Sie aber. Damit Sie die Ausmaße meines Wahnsinns erkennen. Kommen Sie!» Und sie ging voran, öffnete die Tür zum Schlafzimmer und schob Fleur hinein. Darin sah es aus wie ein Traum aus Tausendundeiner Nacht. Überall hingen bunt bedruckte Tücher, in der Mitte stand ein Himmelbett, das mit Bändern bunter Glasperlen verziert war, auf dem Boden standen in jeder Ecke filigran verzierte Laternen, in denen Kerzen unterschiedlichster Größen und Farben darauf warteten, die Nächte in magisches Licht zu tauchen. Im Fenster hing ein Vogelkäfig, dessen Form der Kuppel einer Moschee nachempfunden schien und in dem ein kleiner, bunt bemalter Blechvogel saß. «Wunderschön», flüsterte Fleur. «Und kein bisschen wahnsinnig.»

«Nett, dass Sie das sagen. Nun ja, *ich* mag es ja. Aber es ist nicht jedermanns Sache.»

«Sie meinen, Monsieur Fréjus mag so etwas nicht.»

«Zum Beispiel.» Die Kollegin legte Fleur den Arm um die Schulter und ging mit ihr wieder zurück zum Esstisch. «Nun aber zu Wichtigerem.»

Fleur nickte. «Es kann so nicht weitergehen.»

Madame Fréjus sah sie irritiert an. «Wie meinen Sie das?»

«Mit Ihrer Arbeit. Aber ich habe mir überlegt, dass ich Ihnen ja zumindest die Einnahmen vom Mittwoch überlassen kann. Da müssten wir doch einen stolzen Umsatz gemacht haben.»

«Aha? Und was tun Sie, um neue Ware zu bekommen? Der Laden ist fast leergekauft. Mit den Farnen, den Palmen und den Exoten werden Sie nicht bis Weihnachten durchhalten – und übers Jahr schon gar nicht.» Die gute Frau legte ihr etwas Brot und Käse auf den Teller und schenkte Tee aus einer mächtigen Messingkanne ein. «Wenn Sie sich um mich Sorgen machen, Mademoiselle, dann müssen Sie sich erst einmal um den Laden Sorgen machen. Denn wenn der weg ist, dann ist auch mein Arbeitsplatz weg.»

«Und was sollte ich Ihrer Meinung nach tun?»

«Gesund werden. Und dann weitermachen wie am Mittwoch.»

«Sie meinen, einen Weihnachtsmarkt aus dem Laden machen und die Hälfte der Waren verschenken?»

«Nein», widersprach Madame Fréjus. «Ich meine, Sie sollten sich etwas Besonderes überlegen und die Kunden zwingen, zu uns ins Geschäft zu kommen.»

Fleur musste lächeln. «Das war tatsächlich mein Plan.»

«Dann verfolgen Sie ihn weiter. Es ist ja mehr als offensichtlich, dass es der richtige Weg ist.»

«Aber Sie müssen mich dabei unterstützen, Madame Fréjus.»

«Tue ich das nicht?»

«Und Sie müssen mir erlauben, mich zu revanchieren.»

«Revanchieren Sie sich, Mademoiselle, aber gefährden Sie nicht meinen Arbeitsplatz.»

«Im Gegenteil.» Fleur sah ihr in die Augen. «Ich werde für ihn kämpfen. Und wir erhöhen Ihren Lohn. Um … sagen wir, fünfzig Prozent?»

Madame Fréjus lachte. «Sie sind krank. Gehen Sie wieder schlafen.»

Als Fleur nach drei Tagen endlich wieder in den Laden kam, waren die Eisblumen am Fenster das Erste, was ihr auffiel. Immer noch funktionierte die Heizung nicht. Einige Pflanzen litten, das war deutlich zu erkennen. Anderen machte die Kälte nichts aus, aber es war höchste Zeit, endlich frische Ware zu kaufen, und die konnte Fleur nicht dauerhaft in diesem Eisschrank lagern. Zum Glück gab es fünf Minuten entfernt einen großen Elektronikmarkt. Und dank der guten Umsätze bei ihrer Aktion vor ein paar Tagen hatte sie auch genügend Geld, um sich die nötige Ausstattung zu kaufen.

Wenig später stand sie erneut im Laden – diesmal aber mit einem Heizstrahler unter dem Arm und einem zusätzlichen Elektroheizkörper im Kofferraum ihres Autos. Mit Ersterem konnte sie nicht nur die Temperatur, sondern auch die Luftfeuchtigkeit steuern, Letzterer ließ sich sanfter einsetzen, was für die empfindlicheren Pflanzen besonders wichtig war.

Als endlich die Wärme zurückkehrte in die Räume in der Rue

du Cherche-Midi, blühte Fleur auch selbst auf. Endlich konnte sie ihre Energie wieder auf das Wesentliche lenken – und dazu hatte sie sich einiges überlegt!

Die Kunden kamen nur sporadisch, aber das machte nichts. Denn nun ging es erst einmal darum, den kleinen Laden neu zu erfinden. Natürlich würde sie all das auch weiterhin machen, was sich in der Vergangenheit bewährt hatte, aber sie würde auch Neues ausprobieren. Vor allem aber würde sie *Fleurs de Fleur* interessant machen. Sie würde die Neugier der Kunden anfachen. Und die ausdauernde Anwesenheit von Madame Fréjus gab Fleur die nötige Kraft. «Wenn etwas ist, erreichen Sie mich auf dem Mobiltelefon, Mathilde.»

«Oui, Mademoiselle. Aber es wird nichts sein.»

Dann saß Fleur wieder hinter dem Steuer ihres alten Renault. Sie würde ein, zwei Baumärkte aufsuchen, ein kleines Geschäft für Künstlerbedarf, eine Tapisserie, einen Schreibwarenladen – und natürlich den Großmarkt, auch wenn er ihr um diese Uhrzeit (es war beinahe Mittag) nicht mehr viel Wertvolles bieten konnte. Aber das würde sie dann am nächsten Morgen vervollständigen.

Außerdem hatte sie sich den Wohnungsschlüssel von Madame Fréjus geliehen und einen großen Gefallen erbeten, den ihr die Mitarbeiterin mit dem größten Vergnügen, ja beinahe ein wenig geschmeichelt, gewährt hatte. Und so kam es, dass sie einige Stunden später mit einem bis unters Dach beladenen Wagen ebenso glücklich wie erschöpft wieder in der Rue du Cherche-Midi vorfuhr und ein paarmal hupte.

Drei Tage lang war Nicholas an dem kleinen Blumenladen in der Rue du Cherche-Midi vorbeigegangen – morgens und abends! –, und jedes Mal hatte er nur die ältere Dame hinter der Theke stehen sehen. Wo war nur die junge Floristin? Schließlich hielt er es nicht mehr aus und trat ein. Er nahm seine Brille ab, die sich beschlagen hatte, und wischte sie trocken. Dann sah er sich neugierig um. Es war seltsam leer in dem Laden.

«Bonjour, Monsieur», grüßte die ältere Dame mit verbindlichem Lächeln. Sie erinnerte ihn entfernt an Antoine, den Chefconcierge des *Louis XV*.

«Bonjour, Madame. Ich sehe mich nur etwas um.»

«Aber gerne. Wenn ich Ihnen helfen kann, sagen Sie Bescheid.»

«Das werde ich.» Nicholas streifte etwas unsicher zwischen den Töpfen und Vasen umher. «Sie haben ja nicht viele Blumen», stellte er fest. Denn in der Tat standen vor allem Grünpflanzen auf den Tischen und in den Regalen – Palmen, Farne, Nadelgewächse. «Das ist richtig, Monsieur. Wir hatten vor ein paar Tagen eine große Aktion, bei der wir fast alle verkauft haben. Die Kälte, Sie verstehen …»

Nun fiel es auch Nicholas auf. «Es ist kalt hier.»

«Die Heizung …»

«Oh. Das muss aber sehr ärgerlich für Sie sein.»

«Wir werden es überleben.»

Nicholas nickte. «Und die Besitzerin …»

«Mademoiselle Danton? Sie hat sich natürlich längst darum gekümmert. Aber es ist schwierig mit den Handwerkern.»

«Verstehe.»

«Außerdem ist sie krank geworden.»

Das erklärte, weshalb sie tagelang nicht im Laden gewesen war. «Ich hoffe, nichts Schlimmes!», sagte Nicholas.

Die ältere Dame schüttelte den Kopf. «Nur eine Erkältung.»

«Kein Wunder bei den Temperaturen.» Wie zur Bestätigung musste er niesen. «Verzeihung.» Er setzte seinen Hut wieder auf.

«Dann richten Sie ihr bitte meine besten Genesungswünsche aus.»

«Sicher», erklärte Madame Fréjus, jetzt etwas schmallippig. «Und die wären also von wem?»

«Von mir, Madame.»

«Gewiss, Monsieur. Und Sie sind …?»

«Ach so! Pardon. Natürlich. Nicholas Matin.» Er nickte der Verkäuferin noch einmal zu und verließ den kleinen Laden wieder.

Eilig schritt er die Straße hinab Richtung Rue de Rennes. Unterschiedliche Gefühle standen in seinem Inneren in Widerstreit: Einerseits war er erleichtert, weil die Blumenhändlerin nur eine Erkältung hatte. Andererseits ärgerte er sich über sich selbst: Wie eitel wirkte es, Grüße auszurichten, ohne den eigenen Namen zu nennen! Die Dame musste ja denken, dass er glaubte, alle Welt kenne ihn! Er schüttelte den Kopf. Es war wie verhext! Es war, als käme ihm mit dem Übertreten der Türschwelle zu diesem kleinen Blumenladen alle Weltläufigkeit, alles Selbstbewusstsein und jeder klare Gedanke abhanden. Übrig blieb ein unbeholfener Mann mit zwei linken Händen und – er lachte innerlich, als ihm der Gedanke kam – zwei linken Gehirnhälften.

Der Laden sah völlig verzaubert aus. Überall hingen Lichter in den unterschiedlichsten Farben. In die Lichterketten hatte Fleur kleine Papierschirmchen gesteckt, sodass statt einer weihnachtlichen Festbeleuchtung beinahe so etwas wie die Atmosphäre eines karibischen Sommerabends entstanden war. Auf jeden der Tische hatte sie eine der orientalischen Laternen von Madame Fréjus gestellt. Und wo diese gestern noch die Nächte der älteren Kollegin beleuchtet hatten, warfen sie nun ihren eigentümlichen

Zauber auf die Pflanzen, die Fleur in geschickter Dramaturgie um sie herum platziert hatte. Bunte Tuchbahnen bildeten einen Himmel unter der Decke und fielen an der Fensterfront wie der Vorhang zu einem geheimnisvollen Boudoir bis auf den Boden. Zwischen die Steine, mit denen einige der Glasvasen beschwert waren, hatte Fleur kleine wasserdichte Leuchten gelegt, sodass die Blumen plötzlich von unten bestrahlt wurden, was durch das Wasser einen ganz magischen Schimmer erzeugte. Alles wirkte wie ein Märchenland.

Tagsüber würden viele der Effekte nicht ihren ganzen Zauber entfalten. Doch die meisten Kunden kamen ohnehin nach Einbruch der Dämmerung – und die begann in diesen Tagen früh. Nun kam es nur noch darauf an, den Blick des Betrachters auch auf die Kostbarkeiten ihres Geschäfts zu lenken: Fleur brauchte Blumen. Viele Blumen, prächtige, verführerische, gerne auch teure!

Die Arbeit an der Verwandlung ihres hübschen kleinen Ladens in ein schillerndes, funkelndes Schatzkästlein hatte zwar mehr als den restlichen Tag und dazu die halbe Nacht gedauert. Aber sie hatte Fleur auch Energie geschenkt. Mit einem so zauberhaften Geschäft würde sie die Kunden in Scharen anlocken! Entsprechend beschwingt startete Fleur Danton in den neuen Tag. Schon im Morgengrauen (das spät genug kam) tankte sie Wohlbefinden und Tatendrang in Form einiger Tassen frisch gebrühten Kaffees und zweier Croissants vom nahe gelegenen *Café du Midi*. Und nach einigen raschen Telefonaten saß sie bereits wieder in ihrem alten Renault und war unterwegs zum Großmarkt.

Natürlich hatte sie ihre Bestellungen am Vortag abgegeben, sodass ihr die Händler (zumindest diejenigen, die ihr gewogen waren) gute Ware reserviert hatten. Sie musste nur noch zum Geldautomaten und sich mit Bargeld versorgen. Doch aus irgendeinem Grund streikten scheinbar alle Geldautomaten der Stadt. Wohin sie auch kam: Sie erhielt keinen Zugriff auf ihr Konto. Lediglich ein paar Auszüge konnte sie machen – doch das war ihrer Laune erst recht nicht förderlich. Denn inzwischen war sie so tief im Minus, dass sie Bauchschmerzen bekam, wenn sie nur daran dachte.

«Bonjour, Serge!», begrüßte sie den Großhändler, bei dem sie üblicherweise ihre Rosen und Orchideen kaufte. Serge war ein Baum von einem Mann, man hätte ihn auch für einen Holzfäller halten können.

«Bonjour, Fleur! Du hast Glück, ich hätte heute mehr verkaufen können, als ich dahabe. Gut, dass du dir die Ware reserviert hast.»

«Serge, bitte sei mir nicht böse. Ich habe kein Geld dabei. Kann ich dich morgen bezahlen?»

«Hm.» Es war sehr deutlich sichtbar, dass Serge von Kauf auf Kredit nichts hielt, zumindest nicht bei kleinen Blumenhändlerinnen mit zweifelhaftem Umsatz. «Gut», brummte er. «Weil du es bist. Aber komm mir morgen nicht mit Ausreden.»

«Ausreden? Ich habe bisher noch jedes Mal bezahlt!»

«Klar. Sonst hätte ich auch nicht zugestimmt.» Die Augen des mächtigen Mannes blitzten über seinem Vollbart. Mit einem Seufzen packte er einen großen Trog mit Blumengebinden. «Und die willst du alle in diese kleine Kiste pferchen?», fragte er mit Blick auf Fleurs Wagen.

«Hab kein anderes Auto.»

«Du musst es wissen.» Er wuchtete den Trog in den Kofferraum. Die junge Blumenhändlerin griff nach dem nächsten und stellte ihn daneben. «Einer kommt auf die Rückbank, das passt dann. Daneben schichte ich die Ware von Valentin.»

«Wie du meinst. Wir sehen uns.»

Keine fünfzig Meter weiter hatte Valentin Zahir seine Räume, einer der wichtigsten Großhändler für Koniferen und Ziersträucher. «Kein Geld?», sagte er, als Fleur ihm ihr Missgeschick vorgetragen hatte. «Tant pis. Die Zweige werden nicht schlecht. Hol sie einfach morgen, wenn du wieder Geld hast.»

«Aber …»

Der Sohn tunesischer Eltern hob die Hände. «Kein Aber, Fleur. Ich mag dich. Aber das hier ist nicht Freundschaft, das ist Geschäft.»

Also zog Fleur unverrichteter Dinge wieder ab, den Wagen längst nicht so voll wie gedacht. Aber vielleicht war das ja sogar ein Glück. Vielleicht gehörte zum neuen *Fleurs de Fleur* auch ein etwas anderes Sortiment! Vielleicht war sie gerade davor gerettet worden, alten Wein in neue Schläuche zu füllen.

Am Rande des Großmarkts hielt sie an und stieg aus ihrem alten Renault. Sie ging noch einmal durch die Gänge zwischen den verschiedenen Verkaufsständen, diesmal aber mit ganz neuem Blick: dem Blick der Neugier und der Abenteuerlust.

❁

Als Nicholas sich am selben Abend auf den Nachhauseweg machte, leuchtete ihm das Schaufenster des kleinen Blumenladens schon aus der Ferne entgegen. Und je näher er kam, desto verzauberter erschien ihm das Geschäft. Wie ein verwunschener Urwald wirkte das botanische Kabinett der Fleur Danton. Die exotischen Pflanzen, die überall im Laden verteilt waren, übten eine geradezu magische Wirkung in dem bunten Licht und zwischen den sich sacht bewegenden Stoffbahnen aus: Calathea crocata, Bromelia, Aeschynanthus Twister, Skimmia, Pieris und Sansevieria. Lachsfarbene Hypericum, Protea und Strelitzien, Kalanchoe, Flamingoblumen, Calla und Chrysanthemen, Zierapfelbäumchen … überall waren Blumen, die er nie zuvor gesehen oder zumindest nie wahrgenommen hatte. Formen, die ihm zum ersten Mal bewusst wurden. Dazwischen standen Schalen, übervoll mit Limetten, Granatäpfeln und Mangos, die in diesem Umfeld gar nicht mehr wirkten wie Obst, sondern wie entzückende Kunstwerke, vom lieben Gott allein zur Freude der Menschheit erschaffen.

Es war noch geöffnet, also trat er ein und wurde von sanfter Musik begrüßt. Chopin, wie er sofort erkannte. Aber da war noch etwas, ganz leise im Hintergrund, eine zweite Geräuschkulisse: Klänge, die an einen Dschungel erinnerten. Der gelegentliche Ruf eines Vogels, ein unvermitteltes Klopfen, ein tierischer Schrei. «Wie finden Sie es?», fragte Fleur, die hinter einer Zimmereibe hervortrat (die Nicholas selbst niemals hätte identifizieren können).

«Ich … ich bin … sprachlos», sagte er zögerlich.

«Ich hoffe, nicht vor Entsetzen?» Sie ließ den Efeukranz sinken, den sie gerade zu winden begonnen hatte.

«Im Gegenteil!», beeilte sich Nicholas zu versichern. «Es ist … wunderschön. Traumhaft. Ja wirklich …» Er drehte sich um und blickte sich um. «Es gibt ein Restaurant in Singapur, das ganz ähnlich geschmückt ist.»

«Singapur?»

«Ich habe ein paar Monate dort gearbeitet …»

«Das muss sehr aufregend für Sie gewesen sein, Monsieur.»

Nicholas schenkte ihr ein Lächeln. «Vor allem war es lehrreich. Je weiter weg man von der Heimat ist, desto mehr weiß man sie zu schätzen.» Er atmete tief ein, roch den Duft der tausend Blüten. «Aber Sie haben es geschafft, die Ferne hierherzuholen. Es kommt mir vor, als hätten Sie die ganze Welt in diesen kleinen Laden gesteckt.»

«Das freut mich», erwiderte Fleur. «Denn genau das hatte ich mir vorgenommen.»

«Und das haben Sie ganz alleine gezaubert?»

Fleur legte den Kranz beiseite und zuckte die Achseln. «Nicht ganz alleine, nein. Ich hatte Hilfe.»

«Verstehe.» Die ältere Dame. Vielleicht auch noch jemand anderes. Aber den Löwenanteil an Arbeit hatte sie sicher selbst erledigt. «Und diese Blumen …»

«Eigentlich nichts Außergewöhnliches», erklärte Fleur. «Sie haben sie alle schon einmal gesehen.»

«Ich glaube nicht …»

«Doch! Glauben Sie mir! Sie haben sie nur nicht wahrgenommen. Denn es ist nun einmal so: Wenn Sie auf der Straße einer berühmten Opernsängerin begegnen, dann wird sie für Sie aussehen wie jede andere Frau. Aber wenn Sie sie abends auf der Bühne sehen und sie hören – oh, là, là, dann erkennen Sie, wie wunderschön sie ist.»

«Und Sie haben …» Nicholas suchte nach Worten. «Eine Bühne für Ihre Pflanzen gebaut!»

«Ich habe dafür gesorgt, dass das Ensemble interessanter wird, sodass jede einzelne Stimme gut zur Geltung kommt. Dann habe ich ein neues Bühnenbild geschaffen und versucht, alles in eine gelungene Inszenierung zu setzen.»

Nicholas nickte anerkennend. «Und das ist Ihnen wahrlich gelungen, Mademoiselle Danton.»

«Danke. … Und Sie sind …?»

«Nicholas. Nicholas Matin.»

«Ah!», rief Fleur. «Sie haben mir die Grüße geschickt, als ich krank war.»

«Ich wollte nicht aufdringlich sein.»

«Aber keineswegs, Monsieur Matin!» Die junge Blumenhändlerin griff nach einem kleinen Kaktus, der aussah wie ein Fliegenpilz. Zumindest hatte er eine knallrote Kappe und darauf weiße Punkte, Blüten vielleicht. Sie reichte ihn Nicholas. «Ich fand das ganz bezaubernd und habe mich sehr darüber gefreut. Hier, ein kleines Dankeschön.»

«Aber ich bitte Sie, Mademoiselle, ich kann doch nicht einfach Ihre Blumen …»

«Es ist ein Kaktus.»

«Trotzdem …»

«Gymnocalycium mihanovichii.»

«Tja, dann …», sagte Nicholas. «Ich werde an Sie denken, wenn ich ihn ansehe.»

«Oh! Dann war es vielleicht doch keine so gute Idee, einen Kaktus zu wählen!», lachte Fleur.

«Im Gegenteil. Dieser hier ist der entzückendste, den ich je gesehen habe.»

«Na dann …»

Er verließ das *Fleurs de Fleur,* die kleine Pflanze wie eine Trophäe in der Hand, und bemerkte nicht, dass die Blumenhändlerin ihm nachsah und wie ein halb amüsiertes, halb beglücktes Lächeln ihre Züge umspielte. Ihr Plan wirkte. Der Laden hatte an Anziehungskraft gewonnen.

Vor dem *Café du Midi* hielt Nicholas inne. Hinter den etwas beschlagenen Scheiben saßen lachende, plaudernde Menschen, er konnte sie sogar ganz leise hören. Verärgert schüttelte er den Kopf. Warum nur war er so befangen, wenn er mit der Blumenhändlerin sprach? Jeden Tag hatte er es doch mit Menschen zu tun, stand Managern und Wirtschaftsbossen Rede und Antwort, holte bei Gräfinnen und Operndiven für das Hotel die Kohlen aus dem Feuer, repräsentierte das *Louis XV* gegenüber Exzellenzen, Eminenzen und Majestäten. Gerade dann, wenn es um besonders exponierte Gäste ging, gehörte es zu seinen Aufgaben,

Reklamationen höchstpersönlich nachzugehen und nicht einfach nur den Hotelboy mit ein paar Blumen oder das Zimmermädchen mit einem Stapel frischer, duftender Badetücher zu schicken. Und immer war es seine Gewandtheit im Umgang mit Menschen, die ihm dabei half. Es musste ja niemand wissen, dass er seine Kenntnis über die Natur des Menschen im Grunde dem Studium der Tiere auf dem Bauernhof seiner Eltern verdankte. Denn im Grunde verhielten sich Menschen nicht anders als Rinder, Gänse oder Schafe. Letztlich machte diese Erkenntnis sie eher sympathischer für Nicholas.

Nur bei dieser Blumenhändlerin kam ihm der Mut abhanden. Er stellte sich in einen Hauseingang und blickte von Ferne zurück zu dem kleinen Laden, der so märchenhaft im Dunklen schimmerte. Zwischen den rot und golden angestrahlten Stoffbahnen, die sie in die Fenster gehängt hatte, konnte er ihre Silhouette sehen. Zierlich sah sie aus, so allein in dem Laden, zerbrechlich beinahe. Wie immer hatte sie ihr Haar hochgesteckt, was ihre Erscheinung noch ein wenig anmutiger machte. Nicholas beobachtete, wie sie zwischen den Pflanzen hindurchschritt, eine Gießkanne in der Hand, und wie sie den Stöcken Wasser gab, bei jedem einen Augenblick stehen blieb, hier einen Zweig in Form brachte, dort eine Blüte abzupfte und dann den ganzen Topf anders positionierte. Immer wieder stellte sie die Gießkanne auf dem Boden ab, und für diesen kurzen Moment verschwand ihr Kopf aus Nicholas' Blickfeld. Einmal dauerte es etwas länger, und er war schon im Begriff zurückzueilen, weil er dachte, sie könnte ausgerutscht und gestürzt sein. Doch gerade, als er sich aus dem Schatten des Hauseingangs herausbewegt hatte, tauchte sie wieder auf – und blickte aus dem Fenster! Ob sie ihn gesehen hatte? Aber auf die Entfernung und beim Zwielicht der nächtlichen Straße … Nein, vermutlich sah sie ohnehin nur ihr eigenes Spiegelbild, wenn sie Richtung Fenster blickte. Und tatsächlich trat die junge Blumenhändlerin ein, zwei Schritte auf ihn zu, das heißt: auf das Fenster, und beugte sich ein wenig vor. Sie zupfte an ihrem Haar, öffnete dann die Klammer, mit der sie es zusammenhielt, schüttelte ihre Locken, drehte sie wieder zu einem festen Strang und klipste sie fest. Ja, sie hatte tatsächlich sich selbst im Fenster betrachtet, hatte das Schaufenster als Spiegel benutzt.

Nicholas musste lächeln. War dieses Schaufenster nicht ein Spiegel dieser jungen Frau? Zeigte es nicht genau, wer sie war und wie sie die Dinge empfand? Niemand trägt doch sein Innerstes deutlicher an die Öffentlichkeit als eine Händlerin, die die Gegenstände ihrer Leidenschaft für die Welt in einem Schaufenster arrangiert! Ein solches Stillleben ist nichts weniger als der Ausweis der eigenen Persönlichkeit. *Seht, das ist es, was mir wichtig ist! Das ist es, was ich euch zeigen möchte!*

Ein eisiger Windstoß fuhr durch Nicholas' Kleider. Er merkte, dass seine Hände ganz klamm waren. Wenn er sich nicht beeilte, würde der kleine Kaktus diesen Heimweg nicht überleben. Eilig schritt er aus. Nur ein paar Minuten, dachte er, dann würde er diese ebenso seltsame wie entzückende Pflanze an sein eigenes Fensterbrett stellen. Und auch er würde dadurch der Welt etwas zeigen. Er würde zeigen, dass ihm dieses kleine Pflänzlein wichtig war. Auch wenn niemand wusste oder ahnen konnte, weshalb das so war.

Wenn die Tür am Abend abgesperrt war, dann kehrte eine ganz besondere Art von Ruhe in dem kleinen Blumenladen in der Rue du Cherche-Midi ein. Es war die vielleicht schönste Stunde des Tages für Fleur, weil sie ganz allein war mit ihren Schützlingen: mit all den Gewächsen, mit den Düften, mit sich selbst.

Wenn sie den Boden gefegt und die Kasse gemacht hatte, erledigte sie zuerst die Pflege der Sträucher: Mit ihren Pflanzenscheren – sie benutzte stets drei verschiedene – besuchte sie jeden der Stöcke und kappte dürre oder welke Zweige, pflückte Blüten ab, die ihre beste Zeit hinter sich hatten, prüfte die Erde, gab hier ein wenig Dünger dazu, dort ein wenig Substrat, topfte das ein oder andere Gewächs um, forschte nach Schädlingen, band wuchernde Zweige in Form oder kappte sie, stützte andere mit Bambus oder rückte sie näher ans Licht oder weiter davon weg und formte so jeden Abend aufs Neue das Gesamtkunstwerk ihres kleinen Ladens. Dann erst bekamen die Pflanzen Wasser und wurden die Schnittblumen in frische Eimer gestellt.

Fleur hatte schon als Mädchen festgestellt, dass Blumen sie zum Singen bewegten. Erst später, viel später, hatte sie erkannt, dass es dabei eine Wechselwirkung gab. Musik ganz allgemein, ihre Lieder aber im Besonderen führten dazu, dass die Pflanzen sich besser entwickelten. Es war verrückt, es war nicht beweisbar – aber es war eine Tatsache. Und je länger sie als Floristin arbeitete, desto deutlicher erkannte sie diese Wahrheit. Dass Orchideen eleganter wuchsen, wenn sie ihnen etwas vorsummte. Dass die Farbe der Rosenblüten noch kräftiger und ihr Duft noch intensiver wurde, wenn sie für sie sang. Dass selbst Palmen und Farne geschmeidiger wuchsen, wenn sie mit ihnen sprach. Es gab diesen Austausch zwischen Fleur und den Pflanzen. Als wollten ihre Schützlinge ihr etwas zurückgeben, wenn sie sie nur mit aller Hingabe pflegte, wenn sie sie als eigenständige Wesen anerkannte. Denn das waren sie! Schon als Kind, als sie zum ersten Mal einen Blumenstock bekommen hatte (eine Idee ihres Vaters, damit sie Verantwortung lernte), hatte sie es erkannt: Das Moosröschen bekam mehr Blüten, wenn sie es in fröhlicher Stimmung pflegte – und das bedeutete für sie, dass sie sang.

Und so streifte die junge Blumenhändlerin allabendlich durch ihr Geschäft und war eins mit ihren Pflanzen. Erkannte, wenn eine davon Stress hatte, etwa weil sie zu nah an der Tür stand und zu viel Licht oder Kälte abbekam – oder eine andere sich im Schatten nicht wohlfühlte. Verstand, wenn eine Blume vor der Zeit welkte, weil sie ihre Nachbarn nicht mochte. Spürte, wenn sich ein Stöckchen vernachlässigt fühlte oder in Ruhe gelassen werden wollte. All dies gehörte für Fleur zum Geheimnis der Pflanzen, das sie beschützte und für sich behielt. Aus Gründen, die sie selbst nicht zu benennen gewusst hätte, war Fleur sich sicher, dass die Pflanzen ihr diese Geheimnisse nur anvertrauten, weil sie wussten, dass sie bei ihr sicher waren.

«Gute Nacht, ihr Lieben», flüsterte die junge Blumenhändlerin, nachdem sie sich jeder Blume, jedem Stöckchen, jedem Zweig einmal zugewandt und alles erledigt hatte, was ihr wichtig erschienen war. Dann löschte sie das Licht und stellte die beiden Ersatzheizungen auf niedrige Temperatur ein, um während der Nacht für Entlastung ihrer Schützlinge zu sorgen. Sie nahm ihre Sachen und schloss behutsam die Tür hinter sich, um für ein paar Stunden mit sich allein zu sein.

6

Wurzelwerk ist ein Wunder. Es wirkt im Unsichtbaren und treibt die überraschendsten Blüten.

«Papa! Wie geht es dir?»

«Fleur! Du klingst heiser.»

«Ich bin erkältet, Papa. Nichts Schlimmes.»

«Trinkst du viel? Mach dir Salbeitee.»

«Ja, das mache ich. Ich habe sogar einen Tee, der *Fleurs de Fleur* heißt.»

«Der hilft bestimmt.» Ihr Vater lachte leise. «So einen hätte ich auch gerne.»

«Ich bringe dir ein Päckchen mit, wenn ich dich besuchen komme.»

Ein Augenblick des Schweigens.

«Papa?»

«Ja, mein Schatz?»

«Ich kann dich leider nicht besuchen kommen morgen.»

«Morgen?»

«Morgen ist Sonntag.»

«O ja. Sonntag. Schade. Du kommst nicht?»

«Nein, Papa. Ich bin krank. Ich möchte dich nicht anstecken.»

Erneut ein kurzes Zögern. «Natürlich, Kind. Du hast recht. Du musst gesund werden. Komm lieber nicht.»

«Ja.»

«Ja.»

«Papa?»

«Mhm?»

«Heute ist Mamas Todestag.»

«Heute?»

«Es sind jetzt genau vierundzwanzig Jahre.»

«Vierundzwanzig Jahre.» Die Stimme wurde brüchig. «Weißt du was? Dieses Wort ist seltsam.»

«Welches Wort, Papa?»

«Todestag. Müsste es nicht Sterbetag heißen? Tod, das klingt so endgültig. Aber deine Mutter ist nicht tot. Nicht für mich. Vielleicht ist sie eines Tages tot, wenn ich tot bin. Oder wenn ich sie vergessen habe. Euch alle.»

Fleur musste tief Luft holen. Sie wollte sagen: Und du wirst sie nie vergessen. Aber sie brachte es nicht über sich. «Papa. Sie wird nicht vergessen sein. Denn ich lebe ja auch noch. Und in meinem Herzen wird sie immer lebendig sein.»

«Ja, Fleur, das wird sie», sagte ihr Vater. «Und ich? Werde ich das auch?»

Der große Tag war gekommen. Nicholas hatte seine Aktentasche unter den Arm geklemmt. Sein Anzug saß makellos, die Schuhe waren frisch poliert, die Brille geputzt, Hut und Mantel gebürstet. Wer immer ihm begegnete, würde ihn für einen Mann halten, der furchtlos und souverän durchs Leben schritt. Und wer immer das dachte, hatte gewiss auch recht, wäre da nicht doch eine leichte Unsicherheit gewesen, die ihn selbst am allermeisten überraschte. Nicholas Matin hatte den Auftritt selbst provoziert, er *wollte*, dass sich etwas änderte. Und doch hatte sich in seine Selbstsicherheit in den letzten Tagen etwas geschlichen, das er selbst nicht so recht fassen konnte. Es kam ihm vor, als mangele es ihm an Konzentration, an Leidenschaft für die Arbeit. War er sonst immer zupackend und «mit dem 360-Grad-Überblick» (O-Ton Jean Pelissier) ausgestattet gewesen, so schien es ihm jetzt, als sei er in manchen Augenblicken gar nicht ganz anwesend.

Er würde bei dem kleinen Blumenladen vorbeigehen. Es war zwar schon etwas spät, aber ein Blick auf Mademoiselle Fleur würde es ihm leichter machen, sich zu sammeln, würde ihm Energie geben für die Schlacht, in die er zu ziehen beabsichtigte. Denn eine Schlacht würde es werden, auch wenn das außer ihm noch niemand wusste. Immerhin ging es um sehr unterschiedliche Interessen, die er miteinander in Einklang zu bringen gedachte – und mit den Bedürfnissen der Gäste.

Regen und Wind trieben ihn durch die Rue du Regard, und er war froh, als die Tür des kleinen Blumenladens mit leisem Klingeln hinter ihm zuschwang. «Bonjour!», rief die Stimme der bezaubernden jungen Frau, in deren Reich er sich befand, aus dem Hinterzimmer. «Ich bin gleich da!»

«Keine Eile!», rief Nicholas zurück. «Ich sehe mich ein wenig um!» Er legte seinen Hut auf den kleinen Tisch neben der Tür, stellte die Aktentasche auf einen Stuhl und knöpfte seinen Mantel auf. Staunend betrachtete er einige Orchideen, deren hauchzarte Blüten wie aus feinstem Porzellan geformt schienen. Dahinter wucherte ein eigenartiges Gewächs, das sich wie ein Fächer über die Blumen breitete. «Ein Drachenbaum», erklärte Fleur, als sie zu ihm trat. Sie nahm ihre Handschuhe ab. «Pardon. Ich bin gerade dabei, einen Kranz zu binden.»

«Aber natürlich, Mademoiselle. Ich kann nicht erwarten,

dass Sie meinetwegen die ganze Zeit hier vorne stehen.» Er blickte wieder zu der Pflanze. «Ein Drachenbaum? Seltsamer Name.»

«Ja. Manche Worte nähren einfach die Phantasie, finden Sie nicht? Aber es gibt durchaus noch außergewöhnlichere.»

«Hm. Noch außergewöhnlichere …»

«Doch, wirklich! Hier zum Beispiel!» Sie deutete auf eine unscheinbare Blume. «Das ist eine Nieswurz. Oder diese hier: die Zaubernuss.»

Nicholas lachte. «In der Tat: seltsam. Wer sich diese Namen wohl ausgedacht hat?»

«Das weiß ich nicht, Monsieur. Aber ich finde es schön, dass nicht alle nur *Grandezza* heißen oder *Elegance* oder …»

«Caprice?»

«Ja, oder Caprice. Das wäre doch langweilig. Denn jede Einzelne ist ja auf ihre ganz eigene Art prachtvoll und elegant und verspielt, nicht wahr?»

«Tja, vermutlich ist das so.» Nicholas deutete auf eine liebenswert unspektakuläre Blume, deren zahlreiche Blüten in einem grünen Bett leuchteten. «Und diese hier?»

«Eine Brautmyrte.»

«Brautmyrte. Hm. Nie gehört.»

Fleur lächelte. «Das ging mir auch so, als ich anfing mit der Floristik. Und ich kann Ihnen sagen, es dauert einige Zeit, bis man sich auch nur die wichtigsten Pflanzen gemerkt hat. Manche kann ich heute noch nicht auswendig benennen, obwohl ich sie gelegentlich im Laden habe.»

Nicholas nickte. «Das ist immerhin tröstlich. Ob Sie mir eine mitgeben würden?»

«Eine Brautmyrte?»

«Ähm, ja. Das wäre nett.»

«Aber gerne!» Sie nahm ein Stöckchen, prüfte es rasch von

allen Seiten, zeigte es ihm, wartete auf sein Nicken (wie eine Sommelière, die ihm einen edlen Wein zeigte), dann nahm sie es mit nach hinten, schob den gewaltigen Kranz, an dem sie gerade arbeitete, zur Seite und wickelte ihn in ihr roséfarbenes Papier mit dem Aufdruck *Fleurs de Fleur.* «Passt das so?», fragte sie, als sie wieder nach vorne kam. «Oder hätten Sie es lieber als Geschenk verpackt?»

«Nein, nein, das ist ganz wunderbar so», beeilte sich Nicholas zu versichern. «Und diesmal bezahle ich auch!»

Er stand schon in der Tür, da rief Fleur ihm hinterher: «Ihr Hut, Monsieur!»

«Oh! Danke!» Er griff danach und wollte ihn schon aufsetzen, da hörte er hinter sich: «Er macht Sie etwas alt, finde ich.» Nicholas hielt inne. «Wirklich? Es ist nur ein Hut, oder?»

Fleur biss sich auf die Lippen. «Pardon, Monsieur. Das war nicht sehr nett von mir.» Sie zuckte die Achseln. «Es ist nur: Niemand trägt heute mehr Hut.»

«Niemand?» Nicholas hob die Augenbrauen.

«Niemand unter sechzig.»

«Guter Punkt!», gab Nicholas zu und behielt den Hut in der Hand, ohne ihn aufzusetzen. «Merci, Mademoiselle.» Er verbeugte sich leicht, dann ging er seiner Wege. Als die Tür wieder hinter ihm schloss und das Glöckchen verhallte, blieb Fleur noch einen Moment am Fenster stehen und sah ihm hinterher, diesem geheimnisvollen Fremden, der von einem Tag auf den anderen aufgetaucht und ebenso plötzlich zum Stammkunden geworden war. Er musste eine sehr glückliche Frau haben, so, wie er sie mit Blumen verwöhnte.

Langsam ging sie wieder nach hinten, um weiter an dem Trauerkranz für Madame de Beaumarchais – das hieß: für ihren Vermögensverwalter – zu arbeiten. Sie hatte sich eine überaus würdige Kombination aus Lorbeer, anmutigen Esperance-Rosen und weißen Lilien überlegt. Den Lorbeer natürlich für die Ehre und die Würde, die dem Verstorbenen eigen war. Die Rosen als Zeichen tiefer Zuneigung (in einem ins Rosé neigenden Perlmuttton, um sie gegen die Lilien abzusetzen und gleichzeitig nicht an Liebe als Motiv denken zu lassen). Die Lilien freilich standen für Reinheit. Womöglich war es ein bisschen gehässig, einem Vermögensverwalter eine solche Botschaft hinterherzuschicken. Aber vielleicht traf sie auch die Realität besser, als mancher Trauernde meinen mochte. Ein Trauerkranz war keine korrekte Wiedergabe des Charakters des Verstorbenen, sondern eine Verneigung vor seinen Qualitäten. Und über besondere Qualitäten verfügte bekanntlich jeder Mensch – sogar ein Vermögensverwalter. Die Gräfin jedenfalls würde sicher angetan sein.

❁

Natürlich waren sie schon alle versammelt. Die gesamte Hotelleitung, das Management der verschiedenen Abteilungen, Antoine, der Chefconcierge – und sogar Jean saß schon an seinem angestammten Platz neben der beeindruckenden Palme. Man hatte den großen Konferenzraum («Bonaparte») gewählt, um die Bedeutung der Angelegenheit zu betonen, obwohl der kleine («Pompidou») auch gereicht hätte. Etwas ungelenk entledigte sich Nicholas seines Mantels und legte den Hut auf das Sideboard, auf dem die üblichen Getränkebatterien zur eigenen Bedienung standen. Das kleine Töpfchen mit Brautmyrte stellte er auf den Tisch vor seinem Stuhl, wobei ihm der irritierte Blick von Monsieur Trebouchet nicht verborgen blieb, nahm die Unterlagen aus seiner Tasche und räusperte sich.

«Wir haben Sie schon sehnsüchtig erwartet», sagte Monsieur Trebouchet nur scheinbar leichthin. «Möchten Sie vielleicht gleich anfangen? Wir sind sehr neugierig auf Ihre Ergebnisse. Und ich denke, eine Diskussion ist sinnvoller, wenn man weiß, worüber man diskutiert, nicht wahr?»

Nicholas, der sich kaum hingesetzt hatte, sprang sogleich wieder auf, nicht ohne das Wasserglas seiner Nachbarin ins Wanken zu bringen. «Natürlich, Monsieur Trebouchet. Sehr gerne.» Er deutete ans Kopfende des Tisches. «Darf ich?»

«Bitte, bitte. Nur zu.»

Es gab ein Whiteboard, das er nicht zu nutzen gedachte. Und einen Beamer, für den er ebenfalls keine Verwendung hatte. Allerdings hatte er Ausdrucke von seinen Ergebnissen gemacht und gab sie nun einer Kollegin, die ganz vorne bei ihm saß, damit sie sich ein Blatt nahm und den Rest weiterreichte. Als alle mit den Unterlagen versorgt waren, räusperte er sich abermals und begann: «Wie wir alle wissen, hat es in letzter Zeit vermehrt Reklamationen gegeben …»

«Können wir diesen Teil überspringen, Matin?», fragte der Geschäftsführer. «Was wir alle wissen, wissen wir alle. Es wäre Zeitverschwendung, sich damit aufzuhalten.»

«Gewiss. Nun …» Auf unerklärliche Weise zog das kleine Stöckchen Brautmyrte Nicholas' Blick unwiderstehlich an. Dabei wusste er, wie wichtig es bei einem Vortrag war, die Aufmerksamkeit der Zuhörer zu fesseln, Blickkontakt mit ihnen herzustellen. «Nun … Wir haben alle Reklamationen und Beschwerden der letzten drei Monate detailliert ausgewertet und nach einem bestimmten Schema kategorisiert. Dabei …» *Denn jede Einzelne ist ja auf ihre ganz eigene Art elegant und graziös und verspielt.* «Wie schon gesagt …»

«Könnten Sie das noch einmal wiederholen, Matin?» Die Augen von Trebouchet waren nur noch schmale Schlitze. «Ich fürchte, einige von uns konnten Ihnen nicht folgen. Ich zumindest nicht.» Der Geschäftsführer sah in die Runde, in der einige nickten. *Es dauert einige Zeit, bis man sich auch nur die wichtigsten Pflanzen gemerkt hat.*

«Bien sûr, Monsieur.» Nicholas leckte sich über die Lippen. Blickte wieder zu dem Stöckchen hin. «Ja ...» So rein. So unschuldig. So wahrhaftig! Konnten es denn die anderen nicht erkennen, wie traurig diese Veranstaltung war, wenn man bedachte, wie schön das Leben sein konnte? *Manche Namen nähren einfach die Phantasie.* «Lassen Sie es mich anders sagen ...» Auch weil er keine Ahnung hatte, was er eben gerade gesagt hatte. Ob er *überhaupt* etwas Sinnvolles gesagt hatte.

«Nehmen wir dieses Blümchen hier.» Er trat in die Mitte des Konferenztischs und nahm den kleinen Blumentopf von seinem Platz. «Es hat die Struktur unseres Hotels.» Seine Hand wölbte sich über die zarten Blüten. «Es ist bezaubernd und in jeder Hinsicht ein Meisterwerk. Wie das *Louis XV.*» Dann deutete er auf den Topf. «Das Entscheidende aber findet hier statt. Wenn hier unten etwas nicht in Ordnung ist, dann gibt es keine Schönheit. Die Blüten welken und fallen ab. Die Blume gibt ein trauriges Bild ab, egal in welches Licht Sie sie stellen. Es hängt alles mit allem zusammen, man kann die Pflanze nicht nur als Wurzel, als Geäst oder als Blütenwerk betrachten. Das ...» Er blickte in die Runde. Jetzt hatte er die Aufmerksamkeit seiner Zuhörer, auch wenn das nur dem Umstand geschuldet sein mochte, dass sie sich alle fragten, ob er übergeschnappt war. «Das, liebe Kolleginnen und Kollegen, ist auch der Befund unserer Studie.»

«Könnten Sie es ohne Esoterik versuchen, Matin?», warf Trebouchet ein und klopfte mit seinem Kugelschreiber ungeduldig auf die lackierte Tischplatte.

«Das *ist* die Version ohne Esoterik, Monsieur», erwiderte Nicholas und stellte das Pflänzchen zurück. «Wir, die wir uns hier versammelt haben, sind der untere Teil dieses Stöckchens. Wir sind das, was im Topf ist. Wir müssen der Pflanze geben, was sie braucht, wir sind die Wurzeln. Schon die Rezeption, schon die Wagenmeisterei gehört zum oberen Teil der Pflanze. Man sieht sie, man nimmt sie wahr. Man bewundert sie. Oder man ist mit dem, was man sieht, nicht zufrieden.» Und dann führte er aus, wie jeder sichtbare Bereich des Hotels ein anderer Ast war: der Hausdienst, die Reinigungskräfte, der Roomservice, die Conciergerie, das Restaurant, die Telefonzentrale – alle! Wie sie alle davon abhängig waren, dass es «im Topf» stimmte. Dass sie genügend Nährstoffe bekamen und genügend Wasser. Aber auch, dass genügend Licht an sie herankam und der Zuschnitt stimmte. Und: dass man keinen Teil ohne alle anderen Teile betrachten konnte. Weder das Management, das auf die Umsetzung durch die anderen angewiesen war, noch das Servicepersonal, das die Unterstützung durch die Verwaltung, die Logistik oder die Buchungsabteilung brauchte.

Wer sich das alles klarmachte, musste erkennen, dass es keine einfache Antwort auf die Frage nach der Verantwortung für die Schwächen der jüngsten Zeit gab. Denn alles hing nun einmal mit allem zusammen. Gewiss, wer etwas weiter nachdachte, dem musste außerdem klarwerden, dass es am Ende die Organisation war, die dafür zu sorgen hatte, dass jedem Glied dieses komplexen Organismus die nötige Unterstützung zuteilwurde. Und diese Organisation lag nun einmal in der Verantwortung des Managements und ganz besonders der Geschäftsführung. Monsieur Trebouchet wollte gerade anheben, eine spitze Bemerkung in Richtung Nicholas fallenzulassen, als dieser seinen Vortrag beendete, da setzte von irgendwo her Applaus ein. Ein Klatschen, das sogleich aufgegriffen wurde, bis der gesamte Saal kräftigen Beifall spendete. Mit Ausnahme von Monsieur Trebouchet. «Bon», sagte dieser schließlich, als es wieder still war. «Das war sehr interessant, Matin. Das Management ist also das Wurzelwerk. Sagt man aber nicht im Gegenteil, der Fisch stinkt vom Kopf? Das Problem liegt daher wohl vor allem im Bereich …» Er griff nach dem Stöckchen und riss ein paar Blüten ab. «… der Blüten.» Sein Blick fixierte Nicholas, als wollte er ihn durchbohren. «Und was empfehlen Sie zu tun?»

Nicholas hielt kurz inne. Er war versucht, Trebouchets unzulässiger Verknüpfung zweier Bilder, die nichts miteinander zu tun hatten, zu widersprechen. Doch dann entschied er sich dagegen. «Ich habe ein zweites Blatt mit Vorschlägen mitgebracht», sagte er, streifte das gerupfte Stöckchen mit seinem Blick, zögerte nur kurz und reichte den Stapel dem Geschäftsführer. «Voilà, Fleur.»

«Fleur?»

«Ich meine: Monsieur Trebouchet.»

Wer hätte wissen können, dass in diesem Augenblick ein vielleicht etwas befremdlicher, aber einzigartiger Spitzname für den ebenso strengen wie eleganten Geschäftsführer des *Louis XV* geboren wurde?

Die nächsten Tage verliefen anders als geplant: Wegen einer gravierenden Panne im Abwassersystem häuften sich die Reklamationen im *Louis XV*. Die Abteilung für Kundenbetreuung musste auch während des Wochenendes durchgehend besetzt bleiben. Weil sein Kollege Jean Familie hatte, erklärte Nicholas sich einverstanden, diese Aufgabe selbst zu übernehmen und auch Samstag und Sonntag im Hotel zu verbringen. Im Grunde war es ihm sogar ganz recht, denn zu Hause wartete niemand auf ihn. Weder auf Bücher noch auf Filme konnte er sich konzentrieren, und selbst das Kochen – er hatte es immer gemocht – fiel ihm seit einiger Zeit schwer. Irgendwie wollte ihm nichts gelingen, er war einfach nicht richtig bei der Sache.

Im Hotel immerhin war er gefordert, da lenkten ihn die Unvorhersehbarkeiten ab und fesselten seine Aufmerksamkeit: Eine der anspruchsvollen Ehefrauen des Sultans von Brunei beklagte üblen Gestank in der Präsidentensuite, und Nicholas war es überlassen, Ihrer Hoheit Laune zu retten, indem er nicht nur auf die Schnelle aus drei Executive-Suiten eine Zimmerflucht formen ließ, die die Housekeeping-Truppe unter Einsatz aller verfügbaren Lüster, Spiegel und Prachtvorhänge in ein fürstliches Refugium geradezu barocker Opulenz umgestaltete. Er ließ zum Umzug der Hoheit und ihrer Entourage sogar ein kleines Kammerorchester ins Vestibül der neuen Unterkunft platzieren, das mit ein wenig Mozart und etwas mehr Céline Dion aufwartete (er wusste zufällig, dass die Sultanin die Sängerin verehrte), um für einen perfekten Einzug zu sorgen.

Den Beinahe-Selbstmord eines Topmanagers der Banque Central de Lyon verstand er vor der Presse zu verbergen, die das Drama aus irgendeinem Grunde gewittert zu haben schien, indem er ihr ein Exklusivinterview mit Dora D'Amato verschaffte, der ebenso berühmten wie geheimnisvollen Primadonna an der Opéra Garnier (die damit ihre neue Inszenierung der «Tosca» bewerben konnte).

Zahlreichen Reklamationen über die Langsamkeit des Roomservice begegnete er, indem er selbst zur Tat schritt und Frühstücke, Champagner, Five o'Clock Teas, kleine Snacks, Clubsandwiches oder hochkarätige Weine auf die Zimmer brachte und so formvollendet, wie es ihm möglich war, servierte – Alfredo, Phong und Teresa waren gleichzeitig krank geworden, weshalb die Kernmannschaft des Roomservice an den Grenzen der Belastbarkeit arbeitete.

Die amerikanische Außenministerin fand die Vorhänge in ihrer Suite unzumutbar und bestand darauf, dass sie gegen tiefblaue ausgetauscht und dass die Chefin der Zimmerausstattung des *Louis XV* entlassen werden sollte. Nicholas ließ Vorhänge aus der amerikanischen Botschaft herbeischaffen und erklärte der Ministerin, die Chefin der Ausstattung werde selbstverständlich mit sofortiger Wirkung beurlaubt. Kurz überlegte Nicholas, mit Monsieur Trebouchet zu telefonieren, entschied sich dann aber dagegen und gab Claire von der Ausstattung lieber in dessen Namen für den Montag frei, als Zeichen besonderer Anerkennung.

Von Samstag bis Montag übernachtete er im Hotel. Er nahm sich eines der wenigen Einzelzimmer (die von ihrer Größe und Ausstattung her in weniger noblen Häusern ohne weiteres als Doppelzimmer vermietet worden wären) und stellte das Telefon seines Büros dorthin durch, sodass er zu jeder Tages- und Nachtzeit für unzufriedene Gäste erreichbar war. Als er am Montagmorgen gegen sieben Uhr an die Rezeption gerufen wurde, war er deshalb binnen weniger Augenblicke vor Ort. «Monsieur Matin», erklärte der Portier. «Madame de la Roche-Salier beklagt, dass sie ihr Flugzeug verpasst hat.» Er deutete mit einer leichten Verneigung auf die Dame, die vor der Empfangstheke stand. Der um ihren Hals geschlungene Zobel schien Nicholas gehässig zu fixieren. «Das tut mir leid, Madame», sagte Nicholas. «Wie können wir Ihnen helfen?»

«Nun, jetzt ist es zu spät, Monsieur», stellte die Dame eisig fest. «Und Sie sind schuld.»

«Oh! Darf ich fragen, was passiert ist?»

«Sie haben mich nicht geweckt.» Die Dame atmete heftig. Nicholas wollte sich lieber nicht vorstellen, was geschehen würde, wenn sie noch mehr gereizt wurde. «Antoine», wandte er sich an den Portier. «Warum haben wir Madame de la Roche-Salier nicht geweckt? Ich habe keinen Zweifel daran, dass sie uns darum gebeten hat.»

«Das hat sie auch, Monsieur Matin», beeilte sich der Portier zu versichern. Nichts anderes hatte Nicholas erwartet, denn selbst wenn ein Gast im Unrecht war, gehörte es zu den wichtigsten und vornehmsten Pflichten sowohl des Portiers als auch des Kundenmanagements, dem Kunden immer und uneingeschränkt recht zu geben. «Wir haben es auch mehrmals versucht», erklärte Antoine weiter. «Nur hat leider niemand abgehoben.»

Der klassische Weckanruf also. Was war passiert? «Kann es sein, dass wir versehentlich eine falsche Zimmernummer angerufen haben?»

Der Portier blickte auf seine Notizen. Nicholas hatte auch keinen Zweifel, dass dort genau die richtige Zimmernummer stand. Antoine war praktisch unfehlbar, der beste Portier, den man sich vorstellen konnte. Umsichtig, zuvorkommend, diskret, elegant, gewandt im Umgang mit jeder Art von Gast – alles, was ein Portier nur sein konnte. «Das wäre natürlich denkbar.»

Die Frau mit dem Zobel atmete tief durch. «Ich möchte Ihren kleinen Plausch ja nur ungern stören», sagte sie giftig. «Aber ich bin sicher, dass der Portier die richtige Nummer gewählt hat.»

«Und das Telefon …», wollte Nicholas einwerfen, doch die Dame hob die Hand. «Das Telefon hat sicher auch funktioniert. Ich beklage nicht, dass Sie *nicht* angerufen haben, ich beklage, dass Sie *angerufen* haben.» Sie erdolchte Nicholas förmlich mit ihren Augen. Gemeinsam mit dem Zobel waren nun schon zwei mörderische Augenpaare auf ihn gerichtet.

«Ich verstehe nicht, Madame …»

«Wenn ich schlafe, schlafe ich. Ich bin es nicht gewohnt, dass man mich *mit dem Telefon* weckt. Ich bitte Sie! Der persönliche Weckservice sollte schon persönlich sein, finden Sie nicht?»

«Ah, ich verstehe, Madame! Und Sie haben recht!», erklärte Nicholas. «Natürlich, wir hätten jemanden vorbeischicken sollen, der Sie persönlich weckt. Antoine …» Er wandte sich an den Portier. «Seien Sie so gut, checken Sie die Flüge, die für Madame de la Roche-Salier als Ersatz in Betracht kommen, und buchen Sie den nächstmöglichen Flug.» Und zu der Dame sagte er: «Unser Wagenmeister wird Sie mit dem Bentley unseres Gründers, Charles Tourignon, direkt zum Flughafen bringen. Bis alles geklärt und vorbereitet ist, darf ich Sie vielleicht in eines unserer Séparés zum Champagnerfrühstück bitten?»

Die Dame blickte von Nicholas zum Portier und wieder zurück. «Nun, ähm, das klingt …» Sie räusperte sich. «… sehr entgegenkommend. Ich denke, ich nehme Ihr Angebot an. Ja.»

Das würde teuer werden und Nicholas Diskussionen mit der Geschäftsführung einbringen. Andererseits hatte das Hotel in diesem Augenblick wieder einen wichtigen neuen Service gewonnen: den persönlichen Weckservice durch die *Maitresse du Matin* (Nicholas musste unwillkürlich grinsen, als ihm dieser Titel einfiel), eines der Zimmermädchen, die zu diesem Zweck ein himmelblaues Kostüm tragen würde. Darüber würde er mit Claire von der Ausstattung sprechen müssen, der würde mit Sicherheit etwas Hübsches einfallen. Eine Mitarbeiterin des Hotels würde also zukünftig wie eine gute Fee durch die Gänge schweben und mit einem kleinen Gruß in Form von – hier musste er sich noch etwas Hübsches überlegen – an die Türen klopfen und die Gäste wecken.

Er nickte dem Portier zu. «Danke, Antoine. Ich empfehle mich.»

«Oui, Monsieur Matin.»

Nicholas war schon fast bei der Tür, da rief ihm der Portier noch einmal hinterher. «Monsieur Matin!»

«Ja?»

«Ich habe hier etwas für Sie.» Der Portier kam mit einem Umschlag hinter dem Empfang hervor und reichte ihn Nicholas. «Von Signora D'Amato.»

«Für mich?»

«Persönlich.»

«Verstehe. Vielen Dank, Antoine.» Nicholas steckte den Umschlag ein, er würde später hineinsehen.

Als er schließlich nach über siebzig Stunden das Hotel verließ, schlug ihm eisiger Wind ins Gesicht. Er klappte den Mantelkragen hoch und winkte nach einem Taxi. Kurz sah er auf die Uhr: zu früh, um bei dem kleinen Blumenladen vorbeizufahren. Vielleicht würde er im Lauf des Tages einmal zufällig dort aufkreuzen. Jetzt hatte er erst einmal das Bedürfnis nach einer großen Tasse Kaffee und einem frischen Croissant. «Zum *Café du Midi* bitte», sagte er.

«Rue du Cherche-Midi?»

«Genau dort.»

7

*Wir alle eilen Tag für Tag von einem Ort zum andern.
Die Blume kennt nur eine Richtung:
Sie strebt stets nach Höherem.*

Diesmal tat die Maschine nicht, was sie sollte. Schlimmer: Sie tat etwas, was Fleur noch nie erlebt hatte. Sie schluckte nämlich einfach die Karte. Eben noch war die junge Blumenhändlerin voller Vorfreude und Energie in den Tag gestartet, nun stand sie in der Filiale ihrer Bank und bekam nicht nur nichts, sondern es wurde ihr noch etwas genommen: die Kontokarte. Und mit ihr alle Vorfreude auf eine neue, aufregende Woche mit ihrem wundervollen, kleinen Laden, den sie in kaum mehr als einer Stunde wieder für die Kunden öffnen wollte. Nur noch rasch ein paar Eimer voll Schnittblumen und etwas Grün für Gebinde auf dem Großmarkt besorgen – und vor allem ihre Schulden begleichen. Doch nun das: Sie hatte keinen Zugriff mehr auf ihr Konto und damit auch nicht auf ihren Kredit. Denn Geld, eigenes Geld, lag dort ohnehin schon seit Monaten nicht mehr. Stattdessen blinkte ein Hinweis auf dem Bildschirm: *Bitte melden Sie sich bei Ihrem Kundenberater.*

«Pardon, Monsieur», erklärte sie am Schalter. «Der Geldautomat hat leider meine Karte geschluckt. Ich soll mich bei meinem Kundenberater melden. Ich nehme an, das sind Sie?»

Ein unverbindliches Lächeln, das irgendwie herablassend wirkte. Fleur fühlte sich nackt. Es war, als wüsste der Mann hinter dem Schalter alles über sie. Dabei konnte er höchstens wissen, dass sie momentan kein Geld auf ihrem Konto hatte. Nun gut, seit einiger Zeit schon. Seit längerem, um genau zu sein. Trotzdem! Sie zahlte immerhin gewaltige Zinsen dafür, dass sie ihr Limit überzog.

Der Bankangestellte tippte ein wenig auf seiner Tastatur herum und stellte dann mit schlecht gespielter Anteilnahme mit: «Leider wurde ihr Konto wegen dauerhafter Unterdeckung gesperrt.»

«Dann darf ich Sie bitten, es wieder zu entsperren.» Sie blickte auf die Uhr. «Und ich wäre Ihnen dankbar, wenn das schnell ginge.»

«Tut mir leid, Mademoiselle, da kann ich nichts machen. Sie haben Ihre Kreditlinie schon sehr lange weit überzogen.»

«Dafür bezahle ich ja auch Zinsen. Und die haben Sie immer bekommen!»

«Nun ja …»

«Also, jedenfalls hätte ich jetzt gerne meine Karte wieder.»

«Das kann ich gut verstehen, Mademoiselle. Aber das liegt leider nicht in meiner Macht.»

«Wieso?» Fleur spürte, wie sie sich aufregte. Richtig aufregte. Sie betrachtete die manikürten Hände, mit denen der Typ in seinen Computer tippte. Der Kerl wusste ja gar nicht, was Arbeit war! Wenn sie dagegen ihre zerstochenen Hände, die rissige Haut an ihren Fingern betrachtete … «Dann möchte ich Monsieur Franche-Bas sprechen», sagte sie.

«Monsieur Franche-Bas? Und wer soll das sein?»

«Der Kollege, der mein Konto sonst betreut.»

Wieder tippte er mit seinen zarten, gepflegten Händchen. «Das ist korrekt», sagte er dann schmallippig, beinahe, als hätte sie ihm gerade den Spaß verdorben. «Ich versuche, den Kollegen zu erreichen.» Er ging nach hinten zu einem der Schreibtische und nahm das Telefon. Fleur konnte nicht hören, was er sagte. Aber sie konnte sehen, wie er sich wichtigmachte, eine Notiz niederschrieb und dann etwas zu lange brauchte, um nach seinem Gespräch wieder zu ihr zu kommen. «Und?»

«Monsieur Franche-Bas hätte am Mittwoch um elf Uhr für Sie Zeit.»

«Am Mittwoch? Und was, denken Sie, soll ich bis dahin machen? Werden Sie mir etwas auszahlen, damit ich bis Mittwoch meine Lieferanten bezahlen kann?»

«Tut mir leid, Mademoiselle, aber damit kann ich Ihnen angesichts Ihres Kontostands leider nicht dienen. Ich …» Den Rest hörte Fleur schon nicht mehr, weil sie wutentbrannt aus der Filiale lief. Mittwochvormittag, ha! Was bildete sich dieser Schnösel von der Bank eigentlich ein! Das konnte er mit … mit … egal mit wem machen – mit Fleur Danton jedenfalls nicht!

Draußen empfingen sie Schnee und Kälte und Dunkelheit.

Das *Café du Midi* lag etwa auf halber Strecke zwischen Nicholas' Wohnung und dem kleinen Blumenladen. Er war zuerst dort vorbeigegangen, aber natürlich war niemand da. Noch nicht. Der Laden öffnete frühestens um neun, spätestens um zehn Uhr, wie er inzwischen herausgefunden hatte. Und nun saß Nicholas also in seinem Stammlokal und trank den köstlichsten Cafés au Lait seines Lebens. «Bei Ihnen ist alles in Ordnung,

Monsieur?», erkundigte sich Madame Goncourt, die Inhaberin des Cafés.

«Alles in allerbester Ordnung, Madame, merci.»

«Darf ich Ihnen noch ein Croissant bringen oder ein Stück Kuchen?»

«Nein, danke. Ich bin wunschlos glücklich», erklärte Nicholas und nickte ihr zu. Er drehte den Umschlag, den Antoine ihm gegeben hatte, in den Händen. Opernkarten. Zwei Stück. Von der berühmten Dora D'Amato. Es wäre gelogen gewesen zu behaupten, Nicholas freute sich nicht über ein Dankeschön der Hotelgäste. Manchmal war es nur ein Händedruck oder ein Lächeln. Manchmal meinte ein Gast, ihm ein Trinkgeld geben zu müssen (was unpassend und ihm entsprechend unangenehm war, schließlich arbeitete er im Management des Hotels). Manchmal aber war es auch eine persönliche Geste besonderer Art, so wie in diesem Fall. Nicholas war kein großer Theatergänger. Aber allein die Tatsache, die Karten von der Primadonna persönlich bekommen zu haben, machte, dass der Aussicht auf einen Abend in der Opéra Garnier ein ganz besonderer Zauber innewohnte. «Merci, Madame», flüsterte er und steckte den Umschlag in die Innentasche seines Jacketts.

Dann widmete er sich wieder der Zeitung. Neben dem Eingang stand ein stummer Diener, an dem die Tagespresse aushing. Er hatte sich schon gefragt, ob man das nicht auch im *Louis XV* machen könnte, in der Lobby. Denn im Hotel gab es die Zeitungen des Tages für gewöhnlich nur im Frühstücksraum oder am Kiosk. Aber dann hatte er den Gedanken verworfen: Es war das Privileg der kleinen Lokale, einen solchen Service zu bieten. Und dort gehörte diese Kultur auch hin.

Von Zeit zu Zeit blickte Nicholas auf und beobachtete von seinem Platz am Fenster aus die Menschen, die draußen im Schneegestöber vorbeieilten, die Kragen hochgeklappt, die Mützen und Kapuzen tief ins Gesicht gezogen. Die meisten gingen hastig – nur die Kinder nicht. Sie versuchten, Schneeflocken zu fangen, schrieben mit ihren behandschuhten Fingern Botschaften auf die Scheiben der am Straßenrand parkenden Autos oder warfen mit Schneebällen, sofern sie nicht von den Erwachsenen gedrängt wurden, sich endlich zu beeilen. Eine verrückte Welt war das. Da wurde einem als Kind jedes Gefühl für den Augenblick und jeder Hang zur Langsamkeit ausgetrieben – und als Erwachsener gab man dann viel Geld für Kurse in «Achtsamkeit» oder für exklusive «Hideaways» aus, in denen man zu «entschleunigen» versuchte.

Solcherlei Gedanken hing Nicholas Matin an jenem Dezembermorgen im *Café du Midi* nach, als seine Aufmerksamkeit plötzlich von einer Silhouette gefesselt wurde, die sich langsam näherte – ungewöhnlich langsam zwischen all den hektischen Gestalten ringsumher. Und dann war sie auf der Höhe seines Fensters, und er konnte sie genau sehen – konnte erkennen, wie unglücklich sie aussah. Ohne zu überlegen, sprang er auf, verschüttete seinen Kaffee und stürmte zur Tür. Als er draußen war, war sie schon vorbei. «Mademoiselle!», rief er hinter ihr her. «Mademoiselle Fleur!»

Tatsächlich blieb sie stehen und drehte sich um. Sie schien nur langsam aus ihren Gedanken aufzutauchen. «Ach Sie sind es, Monsieur», sagte sie leise, als er sie erreicht hatte.

«Ich habe Sie gesehen, Mademoiselle», erwiderte Nicholas. «Ist alles in Ordnung?»

«Jaja, sicher, Monsieur.» Sie wandte sich wieder zum Gehen, doch Nicholas berührte sie am Arm. «Pardon, Mademoiselle. Ähm … darf ich … darf ich Sie vielleicht zu einem Kaffee einladen?» Er deutete auf die behaglich erleuchteten Fenster. «Sehen Sie, dort ist mein Tisch.» Hoffentlich sieht sie nicht die Kaffeepfütze darauf, dachte er. Doch für Erklärungen war jetzt nicht der richtige Zeitpunkt. «Bitte. Ich würde mich sehr freuen.»

Die junge Blumenhändlerin sah ihn unsicher an. «Zu einem Kaffee? Wenn Sie meinen …» Sie versuchte ein Lächeln. Dann bemerkte sie, dass er nur im Hemd vor ihr stand und der feuchte Schnee es nach und nach zu betupfen begann. «Oh Gott, Sie haben ja gar nichts an!», sagte sie. «Kommen Sie, wir gehen schnell rein.»

Wenige Augenblicke später saßen sie an dem Tisch am Fenster, Madame Goncourt wischte den verschütteten Kaffee weg und gab ihrem Mann, der an der Bar stand, ein Zeichen, er möge zwei neue Cafés au Lait bringen. Als sie weg war, sagte Nicholas: «Ich freue mich, dass Sie mir Gesellschaft leisten.»

Fleur zuckte die Schultern. «Danke für die Einladung, Monsieur Matin. Eigentlich hätte ich jetzt gar keine Zeit.»

«Eigentlich?»

«Eigentlich müsste ich im Laden sein.»

Nicholas nickte. «Verstehe. Aber uneigentlich sind Sie dennoch hier.» Er sah sie an. Eine Aufforderung zu erzählen. Und Fleur erzählte. Erzählte von den Nöten eines kleinen Ladens im großen Paris, in dem jede Miete so teuer ist, dass man mit einem kleinen Geschäft eigentlich nur überleben kann, wenn man auf Einnahmen gar nicht angewiesen ist. Erzählte von der ständigen Geldnot, in der sie sich seit Monaten, ja eigentlich schon seit dem letzten Jahr befand. Von dem Erbe, das sie in den Laden gesteckt hatte und das längst verbraucht war. «Meine Mutter hatte so etwas wie einen Sparstrumpf für mich angelegt, wissen Sie? Niemand wusste davon. Aber als sie starb, war plötzlich Geld da. Und ich hatte diesen Traum.»

«Den Traum von einem Blumenladen.»

«Ja. Davon habe ich eigentlich schon als kleines Mädchen geträumt.»

«Und seinen Leidenschaften muss man nachgehen», stellte Nicholas fest. Fleur nickte. «Ja, das muss man.» Sie sah ihm in die Augen. «Und Sie, Monsieur Matin? Gehen Sie Ihrer Leidenschaft nach?»

Er war schon im Begriff, nein zu sagen, als ihm bewusstwurde, dass er es sehr wohl tat. In diesem Augenblick. An diesem Ort. Zum ersten Mal seit … «Vielleicht», murmelte er. «Doch, ich glaube schon.» Aber dann schwieg er, und es bestand kein Zweifel, dass er nicht darüber reden wollte. Fleur nahm einen Schluck Kaffee, schwieg ebenfalls, seufzte dann und schloss ihre Erzählung mit den Erlebnissen des Morgens in der Bank. «Voilà. Ich habe Zeit. Mehr Zeit, als mir lieb ist. Die paar Sachen, die ich im Moment im Laden habe, kann ich in den nächsten Tagen gemütlich verkaufen, und dann sperre ich ab. Für immer.»

Nachdenklich nippte Nicholas an seiner Tasse. «Ich weiß nicht», sagte er leise. «Nach allem, was Sie geschaffen haben, wollen Sie da wirklich so einfach aufgeben?»

«Aber was soll ich tun?»

«Schwer zu sagen, Mademoiselle. Aber ich weiß, dass man jede Geschichte zum Guten wenden kann. Das ist, wenn Sie so wollen, meine alltägliche Erkenntnis.» Und auf ihren zweifelnden Blick: «Wenn ich mit schwierigen Geschäftspartnern zu tun habe, dann stelle ich mir immer die Frage: Wie kann ich sie überraschen? Jeder hat doch vorgefertigte Ansichten und Maßnahmen im Gepäck, gegen die schwer anzukommen ist. Aber wenn man sie vor Situationen stellt, mit denen sie nicht gerechnet haben, sind sie mit ihren Mitteln oft ziemlich hilflos.»

Fleur nickte. «Vielleicht haben Sie recht. Vielleicht muss ich … vielleicht *darf* ich gar nicht so schnell aufgeben. Man müsste einen Weg finden …» Ein plötzliches Leuchten in ihren Augen zeigte Nicholas, dass sie wieder Hoffnung schöpfte. Sein Herz schlug schneller.

«Ich glaube, ich muss jetzt rasch in meinen Laden, Monsieur», sagte Fleur.

Er winkte Madame Goncourt und griff nach seinem Jackett, das über der Stuhllehne hing und in dem sein Portemonnaie steckte. Und der Umschlag. Er hatte ihn vorhin dorthin gesteckt. «Ach, sagen Sie, Mademoiselle, haben Sie etwas übrig für die Oper?»

«Die Oper?»

Er zog die zwei Karten aus dem Umschlag: «*Tosca*. Mit Dora D'Amato in der Titelrolle. Ich habe zufällig zwei Karten, aber niemanden, der mich begleiten würde.»

Ein Lächeln. Ein winziges Zögern. Dann sagte sie ja.

Keine halbe Stunde später stand sie am Empfang der *Banque de la Cité* und erklärte dem Pförtner, dass sie das Bouquet nur Monsieur Franche-Bas persönlich übergeben dürfe, da habe sie strikte Anweisung. Und an Anweisungen müsse auch sie sich halten, da sei sie nicht weniger gewissenhaft als ein Bankier. Nach einigen Telefonaten im Haus und zweimaliger Kontrolle der Blumen unter dem Scanner wurde sie schließlich durchgewinkt und durfte einen Aufzug betreten, in dem es nicht einmal Knöpfe gab. Der Mann am Empfang hatte Fleurs Stockwerk eingegeben und ihr den Fahrstuhl zugewiesen. Nun schoss sie mit dem Lift nach oben in die elfte oder zwölfte Etage, während unter ihr die Empfangshalle immer kleiner wurde. Als sich die Aufzugtür öffnete, schienen die Teppiche doppelt so dick und die Luft umso dünner geworden zu sein. Hier also residierte der Banker, auf dessen Karte – Fleur erinnerte sich gut – die Worte *Corporate Finance and Advice* prangten.

Zum Glück war er persönlich anwesend und nicht in einer

der Konferenzen, die es hier garantiert zahllos gab. Er blickte nicht einmal auf, als Fleur in sein Büro trat. «Stellen Sie sie einfach irgendwohin und stören Sie mich nicht weiter», murmelte Franch-Bas, der sich in eine Sportzeitschrift vertieft hatte.

«Gerne», sagte Fleur und steckte die Blumen in eine ebenso teure wie offensichtlich nicht zur Benutzung gedachte Vase, die sie in einer Ecke des Raumes auf einem Mahagonitischchen stehen sah. Und dann stellte sie die Vase mitten auf den Schreibtisch. «Aber doch nicht hierhin!», rief Franche-Bas entrüstet und knallte seine Zeitschrift auf den Tisch.

Fleur rückte die Vase etwas zur Seite und setzte sich, sodass sie sich direkt ansehen konnten. Und während noch der Banker nach Luft schnappte, schenkte sie ihm ein Lächeln und sagte: «Bonjour, Monsieur Franche-Bas. Ich freue mich, dass Sie doch ein wenig Zeit für mich haben.»

«Mademoiselle …» Er suchte offensichtlich nach ihrem Namen. «Danton?»

«Danton, oui. Fleur Danton.» Es sollte gar nicht klingen wie «Bond. James Bond». Und doch war es irgendwie so rausgekommen. Die junge Blumenhändlerin bemerkte, wie ein Zucken durch das Gesicht des Bankers ging. Es war unverkennbar, dass er hin und her gerissen war zwischen Empörung und Faszination. Und dass er überfordert war mit der Situation. Genau das musste Fleur nutzen. «Ich habe Ihren Kollegen doch richtig verstanden? Er hat mich zu Ihnen geschickt.»

«Hat er? Aber ja. Jaja», stotterte Franche-Bas. «Richtig. Nun, gut, dass Sie hier sind, Mademoiselle Danton.» Er räusperte sich. «Wir haben nämlich ein Problem.»

Fleur nickte, nun plötzlich ernst und die Aufmerksamkeit in Person. «Das haben wir, Monsieur Franche-Bas. Ihre Bank scheint nicht die nötigen Mittel zu haben, unsere guten Geschäfte am Laufen zu halten.»

Ein Husten. Ein Blick zu den Blumen. Ein Niesen. Oh, dachte Fleur, hat da jemand eine Allergie? Sie pustete ein wenig in Richtung des Blumenstraußes und verschränkte dann ganz unschuldig die Hände auf dem Tisch. «Jedenfalls haben Sie es offenbar nicht geschafft, mein Konto liquide zu halten.»

Der Banker atmete tief durch. «Also hören Sie, Mademoiselle. Wenn es jemandes Aufgabe ist, Ihr Konto liquide zu halten, dann sind das doch wohl Sie. Wir als Bank …»

«Ich? Also bitte, Monsieur, ich habe wahrlich Besseres zu tun!»

Franche-Bas lachte unsicher, während er seine Sportzeitschrift so unauffällig wie möglich unter einen Aktenordner schob. «Und das wäre?»

«Bitte?»

«Was haben Sie Besseres zu tun, Mademoiselle?»

«Ich habe einen Laden zu führen. Ich muss mich um meine Kunden kümmern, um meine Mitarbeiterin. Und natürlich um meine Pflanzen.»

«Um Ihre Pflanzen.» Es war offensichtlich, dass der Mann nicht wusste, was er von Fleur halten sollte. Sein Ton hatte die leichte Arroganz des Bankers. Sein Blick aber verriet deutlich, dass er ziemlich hingerissen war von der jungen Floristin. «Mademoiselle …»

Abermals ließ Fleur ihn nicht ausreden. «Die Sache ist ganz einfach», erklärte sie. «Sie müssen Ertrag erwirtschaften. Und dazu brauchen Sie mich.»

«Sie.»

«Ja, mich. Ich würde Ihnen jetzt gerne erzählen, wie großartig ich mein Geschäft inzwischen aufgestellt habe und wie deutlich wir Umsatz und Ertrag steigern werden, und zwar innerhalb weniger Monate. Aber eigentlich sollte ich Ihnen damit nicht die Laune verderben.»

Ein kurzes Lachen. Ein Kopfschütteln.

«Sie glauben mir nicht?» Fleur zuckte die Schultern. «Dabei ist es doch ganz einfach: Sobald ich dauerhaft Guthaben auf meinem Konto habe, verdienen Sie so gut wie nichts mehr an mir. Ein paar Euro für die Kontoführung, c'est tout. Richtig Geld machen Sie mit mir nur, solange ich wie in den letzten Monaten kräftig im Minus bin. Dann kassieren Sie skandalöse Zinsen. Aber wissen Sie was? Ich gönne Ihnen diese Zinsen. Immerhin zwingen sie mich ständig, übers Geld nachzudenken.» Sie hielt einen Moment inne. «Natürlich können Sie auch noch den dritten Weg gehen.»

«Den dritten Weg, Mademoiselle? Sie machen mich neugierig.»

«Ja. Den dummen Weg. Den Weg, den Sie gerade beschritten haben.»

Franche-Bas schüttelte den Kopf, fasziniert, amüsiert, ratlos. «Und der wäre?»

«Sie drehen mir den Geldhahn zu. Dann bekommen Sie ab sofort keine Zinsen mehr von mir. Und übrigens auch keine Kontoführungsgebühren mehr. Weil ich dann innerhalb weniger Tage pleite bin.»

Der Banker wiegte den Kopf. «Eine sehr simple Sichtweise, wenn ich das sagen darf, Mademoiselle. Sie haben Sicherheiten hinterlegt.»

Fleur lehnte sich auf ihrem Stuhl zurück und lächelte den Banker entwaffnend an. «Stimmt. Einen Teil davon habe ich Ihnen mitgebracht.» Und ihr Blick wanderte zu dem Blumenstrauß hin, der wie ein farbenfrohes Denkmal auf dem Schreibtisch prangte. «Dazu kann ich nur sagen: Beeilen Sie sich mit der Verwertung der Sicherheiten. Die Schnittblumen müssen binnen zwei Tagen verkauft sein. Die Topfpflanzen werden ohne sachkundige Pflege vielleicht zwei Wochen überleben.» Sie lächelte ihn wieder an, legte den Kopf etwas schief und schwieg.

«Nun, Mademoiselle Danton.» Der Banker räusperte sich. «Ich finde Ihren Vortrag sehr eindrucksvoll. Ganz sachgerecht ist er freilich nicht.» Unwillkürlich legte auch er den Kopf etwas schief, und zum ersten Mal wirkte er weniger steif, ja beinahe ein wenig sympathisch. «Aber vielleicht können wir ja tatsächlich etwas für Sie tun.» Er tippte etwas in seinen Computer und nickte. «Wie ich sehe, haben Sie Ihre Verbindlichkeiten bisher stets erfüllt.» Er warf ihr einen Blick zu. «Wenn man davon absieht, dass Sie Ihr Konto immer wieder und immer weiter überzogen haben.» Ein leichtes Lächeln umspielte seine Züge. Der Mann schien tatsächlich nicht ganz aus Stein zu sein.

«Hätten Sie das nicht längst bei mir reklamieren müssen?», fragte Fleur mutig. Angriff ist die beste Verteidigung, dachte sie.

«Hätten wir. Aber es scheint so, als hätten wir eine … nun, eine gewisse Schwäche für kleine Blumen…läden.» Er blickte jetzt starr auf seinen Bildschirm. «Ich kann Ihnen anbieten, dass wir das Limit noch einmal um eintausend Euro erhöhen …»

«Dreitausend», warf Fleur ein. «Ich bitte Sie, was sind schon tausend Euro?»

«Zweitausend. Mein letztes Wort.» Das waren immerhin hundert Prozent mehr. Hundert Prozent in fünf Sekunden! «Bon», sagte Fleur. «Zweitausend. Es sind ja schließlich Ihre Zinseinnahmen, auf die Sie verzichten.»

«Vor allem sind es unsere Gelder, die wir Ihnen zur Verfügung stellen, Mademoiselle Danton», erklärte Franche-Bas und lächelte breit.

«Gut. Dann sind wir uns einig. Ich freue mich, dass Sie so viel Geschäftssinn bewiesen haben.» Fleur stand auf. «Ab wann ist mein Konto wieder freigeschaltet?»

«Ich habe es eben veranlasst, Mademoiselle.»

«Très bien. Merci.» Fleur lächelte ihm zu, dass ihm Hören und

Sehen vergingen, und wandte sich zum Gehen. An der Tür blieb sie noch einmal stehen. «Und geben Sie den Blumen doch etwas Wasser. Es wäre eine gute Investition.»

8

Lausche dem Flüstern der Rosen

Zweitausend Euro können, je nach Blickwinkel, eine Menge Geld sein oder ein Tropfen auf den heißen Stein. Für Fleur stellte sich die Frage, ob sie lieber ihre Mietschulden zahlen sollte oder neue Ware kaufen. Da aber die neue Liquidität für die Miete gar nicht ausreichen würde, schon gar nicht für die Mietschulden, die sich inzwischen angesammelt hatten, beantwortete sich die Frage auch von selbst. Sie würde tun, was sie ohnehin zu tun vorgehabt hatte: zum Großmarkt fahren, mit einem Teil des Geldes dort ihre Schulden bezahlen und mit dem Rest neue Ware kaufen. Sie wusste auch schon, was sie für ihren kleinen Laden mitnehmen wollte.

Dass der alte Renault nicht ansprang, war angesichts der Hochstimmung, in der sie sich seit ihrem Auftritt bei ihrem Bankberater befand, eine niederschmetternde Pointe. «Merde!», schrie sie und trat mit dem Fuß gegen den Vorderreifen. Hatte sich denn alles gegen sie verschworen? Gab es einen unbekannten Ratschluss der Götter, dass sie das *Fleurs de Fleur* gefälligst zuzusperren hatte? Hatte sie irgendetwas verbrochen, dass sie so gestraft wurde? Ein neues Auto zu kaufen war illusorisch. Sie würde sich nicht einmal eine Reparatur leisten können. Denn die Werkstätten stellten für die kleinste Kleinigkeit Beträge in Rechnung, von denen eine vielköpfige Familie ein paar Wochen Urlaub machen konnte. Jedenfalls beinahe. Nein, das Auto *durfte* einfach nicht schlappmachen! Sie brauchte es. Mit geschlossenen Augen stand sie auf dem Gehweg vor dem Haus und versuchte, sich zu beruhigen. Tief durchatmen, dachte sie. Versuch, dich nicht verrückt zu machen. Sie überlegte fieberhaft, was sie tun konnte. Aber leider fand sich nicht der Hauch einer Idee in ihrem Kopf. Es schien, als drehten sich ihre Gedanken immer wieder im Kreis. Immer wieder um den Satz: Der Wagen *darf* nicht kaputtgehen! Er darf einfach nicht. Als könnte sie gar nichts anderes mehr denken.

«Mademoiselle?»

Sie blickte auf.

«Darf ich?»

Der Hausmeister von nebenan. Er hatte den frisch gefallenen Schnee bis vor ihre Füße geschoben und war im Begriff, auch den Gehweg vor Fleurs Laden zu räumen. «Aber Monsieur Said», sagte sie. «Das müssen Sie nicht.»

«Es sind nur ein paar Meter mehr. Und ich mache Ihnen vielleicht eine kleine Freude damit», sagte der Mann und lächelte sein strahlend weißes Lächeln. «Das tun Sie wirklich», stellte Fleur beschämt fest. «Aber es lohnt sich gar nicht. Ich werde meinen Laden schließen müssen.» Nun war es raus. Sie hatte es schon seit Monaten gewusst: Das *Fleurs de Fleur* hatte keine Zukunft. Man konnte nicht auf Dauer mehr ausgeben, als man einnahm. Träume Wirklichkeit werden zu lassen, war eine Sache – den Preis dafür zu bezahlen, eine andere. Und wenn jetzt der Wagen den Geist aufgab, dann ging es letztlich nicht einmal mehr um die Frage, ob sie diesen Traum noch länger finanzieren wollte, sondern darum, ob sie es konnte. Die Antwort war: nein.

Monsieur Said stand stumm vor ihr, die Schneeschippe in der Hand, und blickte sie mit großen Augen an. «Sie … schließen?», fragte er schließlich und konnte seine Erschütterung kaum verbergen. «Aber warum?»

«Das Geld, Monsieur Said. Es ist immer das Geld, nicht wahr?» Fleur zuckte mit den Schultern.

«Aber neulich haben Sie doch so viel verkauft!»

«Das war an einem Tag, ja. An einem einzigen Tag. Aber dann muss man eben auch wieder einkaufen. Und Rechnungen bezahlen. Die Miete. Die Heizung …»

«Die ist doch sowieso ausgefallen», warf der Araber ein, als wäre damit das Problem aus der Welt.

«Dafür steigt die Stromrechnung.» Die junge Blumenhändlerin seufzte. «Aber das ist es nicht. Jetzt ist auch noch das Auto kaputt. Und ohne Auto kann ich es vergessen. Ich muss frische Ware holen, andere Dinge transportieren … Aber einen neuen Wagen kann ich mir nicht leisten. Und eine Reparatur auch nicht. Nicht wirklich. Außerdem würde es Tage dauern, bis ich ihn wiederhätte. In der Zwischenzeit …» Sie schüttelte den Kopf. «Es hat nun mal keinen Sinn.»

Der Anruf kam am frühen Nachmittag. «Monsieur Matin? Jenny hier von der Direktion.»

«Ja bitte, Jenny, was kann ich für Sie tun?» Er hatte sich ein wenig hingelegt und war noch gar nicht richtig bei sich.

«Monsieur Pelissier ist leider erkrankt. Ich soll Sie fragen, ob Sie übernehmen können.»

«Oh. Verstehe. Ich hoffe, es ist nichts Ernstes?»

«Nur eine Erkältung, Monsieur Matin», sagte Jenny, die erst seit kurzem im *Louis XV* arbeitete und der man anmerkte, dass sie sich noch schwertat mit der Abwägung, mit wem sie vertraulich klingen durfte und mit wem besser förmlich.

«Das beruhigt mich. Gibt es schon konkrete Probleme, um die ich mich kümmern müsste? Oder geht es nur um das Übliche?»

«Das Übliche, Monsieur. Soweit ich weiß.»

«Bon. Ich bin in einer halben Stunde da.»

«Merci, Monsieur. Au revoir.»

«Salut, Jenny.» Nicholas streckte sich und warf einen Blick nach draußen. Immer noch Schnee. Einerseits liebte er den Winter, vor allem, wenn es ein richtiger Winter war, mit Schnee und Eis. Andererseits wäre er gerne zu Hause geblieben, hätte ein bisschen gelesen, sich eine Kleinigkeit gekocht, mit seinen Eltern telefoniert ... Egal, die Pflicht rief, und sein Beruf machte ihm ja auch Spaß. Rasch schlüpfte er in ein frisches Hemd, band sich eine Krawatte um, wählte den passenden Anzug – und saß schon wenige Minuten später im Taxi zum Hotel.

Paris im Winter, das war eine Stadt voller Überraschungen. Sie war ganz anders als in den warmen Monaten, sicher auch, weil die Touristen kaum eine Rolle spielten. Erst über die Weihnachtstage und an Silvester würde eine kleine Welle auswärtiger Gäste kommen, die die Stadt aus unerfindlichen Gründen zugleich zu einer Art Weltbühne machen würden. Alles war dann Show, alles wirkte gespielt, unecht, gewollt. Aber jetzt war die Stadt von einer so eleganten Selbstverständlichkeit, dass Nicholas beschloss, Paris im Winter zu lieben. Er schätzte und respektierte, ja er bewunderte die Stadt im Frühling, Sommer und Herbst. Aber nur im Winter *liebte* er sie. Denn nur im Winter war sie ganz sie selbst.

Das Hotel war prachtvoll geschmückt. Über den mächtigen Fenstern zur Straßenseite hin und über der Auffahrt prangten üppige Tannenzweige, an denen Weihnachtsschmuck hing.

Lichterketten funkelten in jedem Vorsprung der Fassade. Das ganze Gebäude wirkte wie aus einem Disney-Weihnachtsfilm – und dabei doch so edel und vornehm, dass man es nicht zu betreten wagte, wenn man nicht gewohnt war, sich in solchen Häusern zu Hause zu fühlen. Eine einfache psychologische Wirkungsweise, die Nicholas schon oft beobachtet hatte: Viele Menschen gingen tagtäglich am Eingang des *Louis XV* vorbei. Und so gut wie alle warfen einen mehr oder weniger beeindruckten Blick durch das gläserne Entrée. Doch herein kamen nur diejenigen, die tatsächlich zur Zielgruppe eines solchen Hotels gehörten. Alle anderen waren nicht nur deplatziert, sie *fühlten* sich auch deplatziert in einem solchen Ambiente. Eigentlich schade, fand Nicholas. Es tat den Gästen des Hotels nicht gut, im eigenen Saft zu schmoren. Sich nur in den eigenen Kreisen zu bewegen, bedeutete nichts anderes, als die Welt nicht zu verstehen, weil man sie nicht wirklich wahrnahm. Es wäre für beide Gruppen von Menschen besser gewesen, Anteil am Leben der jeweils anderen zu nehmen. Aber vielleicht war das auch eine romantische Vorstellung, die weit an der Realität vorbeizielte.

Als er das Hotel betrat, rief Antoine ihn zu sich: «Monsieur Matin! Ich habe etwas für Sie.» Er griff unter seine Theke und holte einen Umschlag heraus, den er Nicholas reichte. Adressiert an «Monsieur Nicholas», las er. Auf der Rückseite stand «B. Aqcri».

«Von Bérénice?»

«Sie ist gestern entlassen worden.»

Von: Fleur Danton
An: Mathilde Fréjus
Betreff: Kündigung

Liebe Madame Fréjus,
nach allem, was Sie für mich getan haben, ist es für mich eine besonders traurige Aufgabe, Ihnen heute mitzuteilen, dass das «Fleurs de Fleur» schließen wird. Eigentlich ist es schon geschlossen. Ich werde morgen noch einmal aufmachen, um einen Ausverkauf zu veranstalten, vielleicht auch übermorgen noch einmal. Aber ich erwarte natürlich nicht, dass Sie dafür kommen.
Sosehr ich es auch gehofft habe – unser kleiner Laden hat sich einfach nicht gerechnet. Inzwischen weiß ich nicht mehr, wie ich die Miete, wie ich die Waren und wie ich Sie bezahlen soll, liebe Madame Fréjus. Aber machen Sie sich keine Sorgen, Ihren Lohn werden Sie selbstverständlich bekommen. Auch Ihre zauberhaften Laternen und den Vogelkäfig werde ich Ihnen zurückbringen. Es könnte allerdings ein paar Tage dauern, weil heute leider auch noch das Auto kaputtgegangen ist.
Das Wichtigste zum Schluss: Ich möchte mich für Ihre Treue und Ihren Einsatz bedanken, für alles, was Sie für mich waren und was Sie für unser kleines Paradies geleistet haben. Für mich waren Sie der gute Geist dieses Blumenladens, und ich werde Sie sehr vermissen – mindestens so sehr wie das «Fleurs de Fleur» selbst.
Bitte verzeihen Sie mir, dass ich Sie auf diese Weise benachrichtige, ich habe es einfach nicht über mich gebracht, zum Telefon zu greifen. Mir geht dieser Abschied sehr, sehr nahe. Und bitte verzeihen Sie mir, dass ich keine bes-

seren Worte gefunden habe, um meine Dankbarkeit auszudrücken.
Seien Sie herzlich umarmt von Ihrer
Fleur Danton

Zwei Büsten schmückten das Büro von Michel Trebouchet: auf dem Schreibtisch eine von Napoleon Bonaparte, auf einem kleinen Tischchen in der Ecke eine von Buddha. Unwillkürlich fragte sich Nicholas, was um alles in der Welt von Buddhas Lehren wohl auf das Leben seines Vorgesetzten abgefärbt haben mochte. Aber vielleicht war diese kleine Skulptur ja ein Wink, dass es sich lohnen könnte, Trebouchet auch einmal die Chance zu geben, sich von seiner freundlichen Seite zu zeigen.

«Bonjour, Monsieur», grüßte Nicholas. «Ihre nette Assistentin hat mir ausgerichtet, dass Sie mich gerne sprechen wollten.»

«Von Wollen kann keine Rede sein, Matin», entgegnete Trebouchet statt eines Grußes. Dann drückte er auf den Knopf seiner Gegensprechanlage und bellte: «Wo bleibt Maillet?» Er wartete nicht auf eine Antwort, sondern legte seine Brille ab und musterte Nicholas, ohne ihm einen Platz anzubieten. «Wie lange sind Sie nun schon hier, Matin?», fragte er schließlich.

«Ein Vierteljahr, Monsieur Trebouchet.»

«Knapp oder schon darüber?»

«Etwas mehr, um genau zu sein.»

«Verstehe. Na, da haben Sie wohl die Probezeit glücklich überstanden.»

Einen Moment lang wusste Nicholas nichts zu erwidern. Doch dann klopfte es an der Tür, und der Personalchef trat ein. «Endlich», knurrte Trebouchet und deutete mit einer unwirschen Handbewegung auf die beiden Stühle, die ihm gegenüber auf der anderen Seite des Schreibtisches standen – vermutlich nur, um nicht länger zu seinem Besuch aufsehen zu müssen, wie Nicholas annahm. «Wir haben einige strukturelle Veränderungen beschlossen», erklärte er, während er nach der Computermaus griff, einige Klicks machte und etwas auf seinem Bildschirm verfolgte. «Maillet.» Der Angesprochene räusperte sich und erläuterte Nicholas: «Es geht um Ihre Abteilung. Unter anderem.»

«Ah ja?», sagte Nicholas. «Und was soll sich ändern?»

«Nun, zunächst sollten wir uns die Zahlen ansehen …»

«Plus vierzehn Prozent Reklamationen allein im Dezember», knurrte Trebouchet von seinem Platz aus, den Blick starr auf den Bildschirm gerichtet. «Die Kosten für Entschädigungen, Kompensationen und Nachorders liegen sogar um achtzehn Prozent über dem Vergleichsmonat.»

«Und der Vergleichsmonat wäre …?», fragte Nicholas.

«Dezember des Vorjahres natürlich», blaffte Trebouchet.

Nicholas nickte: «Das war vor der Gründung unserer Abteilung.»

«Was nicht dafür spricht, dass es eine gute Idee war.»

«Pardon, wenn ich Ihnen widerspreche, Monsieur.» Nicholas nahm sehr deutlich den Buddha in seinem Augenwinkel wahr. Er versuchte, eine Art innerer Gelassenheit zu finden. «Sie müssen die Reklamationen und auch die Kosten in Bezug setzen zu unserer eigentlichen Aufgabe.»

«Ach. Und die wäre?»

«Kundenzufriedenheit! Monsieur Tourignon hat diese Abteilung gegründet, um die Kundenzufriedenheit noch weiter zu erhöhen. Eine Herausforderung bei einem Hotel dieses Anspruchs! Wir werden sozusagen täglich gemessen an …»

«An den Ergebnissen, Matin», fuhr ihm Trebouchet ins Wort. «Wir alle werden an den Ergebnissen unserer Arbeit gemessen.

Sie, er und ich!» Dabei zeigte er nacheinander auf Nicholas, auf den Personalchef und auf sich selbst. «Und wenn wir diese Ergebnisse nicht bringen, Matin, dann haben wir auf unseren Posten nichts zu suchen. So einfach ist das.» Er fixierte den steinernen Napoleon neben seinem Bildschirm. Aug in Auge waren sie, die beiden Diktatoren. Nicholas hätte fast lachen mögen, wäre es nicht so furchterregend gewesen, wie falsch die Wahrnehmung war, die Trebouchet von sich hatte. «Verstehe», sagte er deshalb nur. «Wenn Sie der Meinung sind, ich sollte meine Position zur Verfügung stellen …»

«Ach hören Sie doch auf, Matin! Sie brauchen gar nichts zur Verfügung zu stellen. Wenn ich Sie weghaben will, werde ich Sie feuern. Dazu benötige ich keine Erlaubnis. Schon gar nicht von Ihnen.» Er nickte zum Personalchef hin. «Nun», fing dieser erneut an. «Wir beabsichtigen, Ihre Abteilung um eine Stelle aufzustocken, vielleicht sogar um zwei.»

Verblüfft lehnte sich Nicholas zurück. Was wurde hier gespielt? Konnten Inhalt und Ton einer Ankündigung so weit auseinanderklaffen? «Das wäre natürlich für die Kundenzufriedenheit …»

«Im gleichen Zug», fuhr Maillet fort, «wird Ihre Abteilung an unsere angegliedert und erhält zusätzliche Aufgaben.»

«Wir sollen ein Teil der Personalabteilung werden?»

«Sie werden eingegliedert», stellte Trebouchet fest. «*Lean Management*. Sie übernehmen Aufgaben der Personalabteilung. Da geht es um *Efficiency Optimation* und um *Staff Controlling*. Keine Experimente, keine Mätzchen, sondern klare Vorgaben. Und klare Lösungen.»

Nicholas wiegte den Kopf. Blickte zum Personalchef und sagte: «Wenn Sie das vielleicht an einigen Beispielen verdeutlichen könnten …» Er war skeptisch. Mehr als skeptisch. Zu Recht, denn Trebouchet fuhr fort: «Sie werden uns eine Liste mit Mitarbeitern machen, deren Aufgaben zusammengezogen werden können.»

«Zusammengezogen wozu?»

Trebouchet durchbohrte ihn mit seinem Blick. «Zu weniger Stellen. Sie sollen unnötige Posten identifizieren und uns zu einer effizienteren Struktur verhelfen. Das ist auch in Ihrem Sinne der *Kundenzufriedenheit.*» Er sprach das Wort aus, als wäre es eine Krankheit. «Je weniger unfähige Mitarbeiter, umso zufriedener die Kunden.»

Unwillkürlich war Nicholas bei diesen Worten aufgestanden. «Es gibt keine unnötigen Stellen bei uns», stellte er klar. «Sie haben die Leute doch selbst eingestellt. Sie haben die Stellen selbst ausgeschrieben.»

«Ich habe gar nichts ausgeschrieben. Und ich habe auch niemanden eingestellt», korrigierte ihn Trebouchet mit ungerührter Miene. «Monsieur Tourignon hat nach sehr althergebrachten Prinzipien den Zuschnitt der Arbeitsplätze in diesem Haus festgelegt. Und eingestellt haben die Mitarbeiter Monsieur Maillet und seine Vorgänger.» Er blickte von Nicholas zum Personalchef. «Und Monsieur Maillet wird Ihnen nun dabei helfen, die richtige Wahl zu treffen und die Mitarbeiter, die wir nicht mehr brauchen, von ihren Aufgaben zu entbinden.»

«Sie meinen: sie zu entlassen.»

Trebouchet seufzte theatralisch: «Einer der erfolgreichsten Manager des zwanzigsten Jahrhunderts hatte eine sehr erfolgreiche Methode, die Effizienz seiner Mitarbeiter Jahr für Jahr zu steigern.» Er machte eine kleine Pause, nahm wieder Blickkontakt zu Bonaparte auf und erklärte diesem dann: «Er hat seine Mitarbeiter in geheimen Abstimmungen die besten und die schlechtesten zwanzig Prozent der Kollegen bestimmen lassen. Die besten zehn Prozent, die bei dieser Umfrage herauskamen, wurden am Ende des Jahres befördert, die schwächsten zehn

Prozent entlassen. Es muss auch Ihnen einleuchten, dass eine Firma dabei immer besser und besser wird. Davon profitieren auch die Kunden.»

«Sie sprechen von General Motors», versetzte Nicholas ungerührt. «Die waren damals die Nummer eins weltweit. Heute stehen sie auf Rang fünf.»

Einen Moment war Trebouchet sprachlos. Dann legte er die Hand wieder auf die Computermaus und klickte seine Statistik weg. «Seien Sie froh, dass ich nicht die Belegschaft entscheiden lasse, sondern Sie», sagte er dann. «Auf die Weise laufen Sie wenigstens nicht Gefahr, selbst auf die Rote Liste der aussterbenden Arten zu kommen.» Er beugte sich vor, faltete seine Hände auf dem Schreibtisch und raffte sich zu einem Lächeln auf: «Falls Sie die neuen Aufgaben als Zumutung betrachten, wird es Sie vielleicht trösten, dass wir Ihre neue Position in unserem internen Gehaltspanel hochgestuft haben.»

«Pardon?»

«Sie verdienen ab sofort gute tausend Euro mehr im Monat, Mann! Seien Sie nicht so undankbar, sondern tun Sie jetzt Ihren Job.» Damit wandte er sich wieder ab. Die Audienz war beendet, offensichtlich.

Sie hatte bis zum Abend gebraucht, um die Nachricht an Madame Fréjus endlich abzuschicken. Nun, da sie es getan hatte, fühlte sie sich kein bisschen erleichtert. Im Gegenteil: Ihr Herz war so schwer, dass sie kaum atmen konnte. Leise und mutlos schlich sie durch den Laden und berührte jede einzelne ihrer Pflanzen zärtlich mit den Fingerspitzen. Bei einigen blieb sie stehen und sprach mit ihnen. Noch einmal zündete sie die Kerzen in den wunderschönen orientalischen Laternen von Madame

Fréjus an, beleuchtete ihre Stoffbahnen mit bunten Lichtern, betrachtete die Kette mit Lampions, die sich quer durch den ganzen Raum zog – aber die kindliche Freude, die sie beim ersten Anblick der Dekoration empfunden hatte, sie war verflogen, war einer tiefen Melancholie gewichen, von der sie glaubte, dass sie sie nie mehr würde ablegen können.

Sie ging ins Hinterzimmer und ließ Musik von Chopin laufen, ließ auch das Vogelgezwitscher noch einmal ertönen, nahm sich einen Stuhl und setzte sich mitten in ihren Laden, zwischen all die Pflanzen, die aus aller Welt den Weg in dieses kleine Refugium des Sommers gefunden hatten. Lauschte, atmete den Duft dieser botanischen Wunderwelt tief ein und schloss die Augen. Sie befand sich im Gewächshaus ihres Großvaters. Tomaten, Gurken, Salate, ja, aber auch Lavendel und die vielfältigsten Kräuter. Im Winter, wenn ihm die Kälte in den Knochen saß, hatte Großpapa sich oft hierher zurückgezogen, weil er sich so sehr nach Sonne und Wärme sehnte. Und manchmal hatte Fleur ihn besucht. Sie hatten sich Geschichten erzählt. Das hieß: Sie hatte eine Geschichte begonnen, mit einem Satz nur oder zwei. Und ihr Großvater hatte daraus eine Erzählung gemacht, die so lange dauern konnte, dass Fleur irgendwann in seinem Arm einschlief und erst wieder erwachte, wenn Großpapa stöhnte, weil ihm das schiefe Sitzen Rückenschmerzen bescherte. Kinder spüren das Glück sehr wohl. Aber sie erkennen es nicht.

Eigentlich erkennen es auch die Erwachsenen meist nicht, dachte Fleur, während sie einer weiteren Nocturne von Chopin lauschte. Wie glücklich sie hier gewesen war in den drei Jahren, in denen sie diesen Laden geführt hatte, das wurde ihr jetzt bewusst, im Angesicht des bevorstehenden Verlusts. All ihre Ideen hatte sie hier verwirklichen können. Ihr kleines Paradies hatte ihr geholfen, über den Tod ihrer Mutter hinwegzukommen. Über die Trennung von Michel. Über das Verschwinden ihres moppeligen und verschmusten Katers Balzac, der sich eines Tages einfach in Luft aufgelöst hatte. Drei volle Monate noch hatte sie seinen Napf vor der Tür stehen gelassen, ihn täglich mit frischem Katzenfutter gefüllt und manchem Hund eines Kunden zugesehen, wie er daraus fraß – doch Balzac war nicht wieder aufgetaucht. Der kleine Blumenladen war ihr Trost gewesen in jeder düsteren Stunde – und hatte ihr dabei so viele wunderschöne Stunden geschenkt, hatte sie gelehrt, die Pflanzen wirklich zu verstehen, hatte ihr so unendlich viel auch über die Menschen beigebracht. Nur Wirtschaften, das hatte sie nicht gelernt. Fleur versuchte, diesen Gedanken zu verscheuchen. Warum nur musste man am Ende immer ans Geld denken? Sie hasste es, wenn sie sich die Gedanken eines Bankers oder eines Unternehmensberaters machen musste. Sie hasste es, wenn …

Ein Klopfen riss sie aus ihren Gedanken. Eine dick eingemummelte Gestalt stand am Fenster und winkte ihr zu. Monsieur Said. Sie stand auf und öffnete ihm. «Bonsoir, Monsieur.»

«Bonsoir, Mademoiselle Danton», entgegnete der Hausmeister. «Störe ich Sie?»

«Überhaupt nicht! Kommen Sie herein.» Sie trat einen Schritt zur Seite und ließ ihn in den Laden. «Was kann ich für Sie tun?»

«Ich weiß nicht», sagte Monsieur Said. «Ich dachte, ich könnte vielleicht etwas für Sie tun.»

Fleur musste lächeln. «Das scheint eine Lebensaufgabe für Sie zu werden, Monsieur.»

«Lebensaufgabe?» Das Wort war ihm wohl fremd. Aber es schien ihn nicht zu stören. «Sie haben doch erzählt, dass ihr Auto nicht mehr fährt.»

«Sie wollen mir jetzt aber nicht erzählen, dass Sie es reparieren können?» Fleur traute dem Mann wirklich viele Talente zu. Aber das war denn doch sehr unwahrscheinlich.

«Leider, Mademoiselle, da kann ich nichts tun. Ich bin nicht gut in Technik.»

«Da sind wir schon zwei.» Und in Finanzen bin ich auch nicht gut, dachte Fleur, sprach es aber nicht aus.

«Es ist ein wunderschönes Geschäft geworden», sagte der Hausmeister und sah sich anerkennend um. «Ein bisschen wie … ich weiß nicht: orientalisch? Aber auch wie Dschungel.»

«Ja. Das war die Idee.»

«Eine schöne Idee.»

Traurig sah Fleur zu Boden. Eine nutzlose Idee. Als sie aufblickte, war es wieder da, das strahlende Lächeln des Arabers. «Also, ich habe mit meiner Frau gesprochen. Sie können unser Auto haben.»

«Ich kann … Aber das geht doch nicht, Monsieur Said! Ich kann doch nicht Ihr Auto … Nein, das geht wirklich nicht. Sehr, sehr liebenswürdig von Ihnen, aber …» Sie musste lachen. Ein solches Angebot hatte ihr wirklich noch niemand gemacht. Der Mann war ja geradezu verrückt nett. Und seine Frau offenbar auch noch.

«Warum? Wir brauchen es zurzeit nicht oft. Und wenn wir es doch mal brauchen, können Sie es uns ja ausleihen.»

«Sie meinen, ich könnte Ihnen ja freundlicherweise Ihr Auto leihen?» Die Idee war so absurd, dass Fleur laut lachen musste. Auch der Araber lachte. Und so standen sie beide im nächtlichen Blumenladen in einer kleinen Straße im Montparnasse und lachten, als wäre die Welt die lustigste, die man sich nur denken konnte, während draußen ein Schneegestöber die Menschen in ihre warm erleuchteten Häuser scheuchte.

Wie zu jeder Tages- und Nachtzeit und das ganze Jahr über war die Île de la Cité in helles Licht getaucht. Und wie zu jeder Zeit waren auch jetzt noch Touristen unterwegs, wenn auch nur wenige. Ein schneidender Wind jagte durch die engen Straßen und über die prachtvollen Brücken. Nicholas war auf dem Pont-Neuf stehen geblieben und betrachtete die glitzernden Lichter, die sich im Fluss spiegelten. Er konnte sich nicht aufraffen, nach Hause zu gehen. Jean hatte natürlich sofort bemerkt, dass etwas nicht stimmte. Doch Nicholas war schlicht zu aufgewühlt gewesen, um ihn einzuweihen.

Natürlich hätte er Trebouchet alles hinwerfen können. Was sollte ihn schon zwingen, sich zum Erfüllungsgehilfen einer menschenverachtenden Firmenpolitik zu machen? Tausend Euro mehr Gehalt? Geschenkt! Weder brauchte er Trebouchets Silberlinge, noch wollte er sie. Das Einzige, was ihn zurückhielt, war die Frage, was geschehen würde, wenn er sich weigerte, die gewünschte Liste von Kandidaten zu liefern, die man feuern sollte. Allerdings lag die Antwort auf er Hand: Jemand anders würde die Liste erstellen, schlimmstenfalls sogar Trebouchet selbst. Und dann erwischte es womöglich gerade jene Mitarbeiter, die am meisten auf den Job angewiesen waren, die am schwersten etwas Neues finden würden, die Familie hatten und das Geld am dringendsten brauchten.

Kurz überlegte er, ob er zu Mademoiselle Tourignon gehen sollte, der Erbin und neuen Inhaberin des *Louis XV*, um sie um Rat zu bitten. Doch konnte er im Ernst erwarten, dass sie sich gegen ihren eigenen Geschäftsführer stellte? Nein, diesen Gewissenskonflikt wollte er ihr ersparen. Sie hatte genügend und größere Herausforderungen zu bewältigen, als sich um Nicholas' Probleme zu kümmern.

Er wanderte weiter, hinüber zu Notre-Dame. Die alte Kirche war immer noch geöffnet. Er war schon lange nicht mehr hier gewesen, trat ein und spürte, wie ihn sogleich eine ganz besondere Atmosphäre umgab. Nicholas Matin war gewiss kein sehr gläubiger Mensch. Aber er empfand Ehrfurcht vor dem Mysterium, das den Glauben umgab, und vor dem Zauber, den er für viele Menschen bedeutete. Voll Bewunderung betrachtete er die gewaltigen Säulen und die sich weit über der Erde schließenden Spitzbögen. Er musste an den Buddha in Trebouchets Büro denken. Auch er ein Zeichen für den Wunsch der Menschen nach Seelenheil. Trebouchet hätte sich lieber eine Statuette von Mephistopheles oder wenigstens Machiavelli aufstellen sollen. Beide wären als Inspirationsquelle für seinen Arbeitsalltag wesentlich geeigneter gewesen.

Immerhin brachte der Gedanke an den Machtpolitiker der Renaissance Nicholas auf den richtigen Weg: Er würde den Geschäftsführer mit seinen eigenen Waffen schlagen. Trebouchet wünschte Entlassungen? Nun, er würde sie bekommen. Er erwartete Ergebnisse? Auch das kein Problem.

Denn so viel war klar: Kein Napoleon, kein Machiavelli und keine London School of Economics konnten es mit dem Achtfachen Pfad der Erkenntnis aufnehmen, den es im Buddhismus gab. Nicholas wusste nicht allzu viel über die Lehre des Buddha. Genau genommen hatte sein ganzer Kontakt mit fernöstlicher Weisheit bei einem Yoga-Retreat stattgefunden, zu dem ihn seine Verflossene Catherine einst geschleppt hatte. Sosehr er sich über Catherines Selbstoptimierungswahn lustig gemacht hatte, die Erkenntnisse des Buddha wären doch irgendwie hängen geblieben. Und gerade diese acht Regeln hatten es ihm angetan. Sie waren ein wenig wie die Zehn Gebote, nur pragmatischer und passender für das tägliche Leben. Manchmal standen die Regeln sogar im Widerspruch zueinander. Die sechste etwa lautete: *Gib dir Mühe und erfülle deine Pflichten.* Eigentlich hätte er also tun müssen, was Trebouchet verlangte. Doch es gab auch Regel Nummer eins: *Bemühe dich um Weisheit und verhalte dich stets richtig.* Und Regel Nummer fünf, die unter anderem besagte: *Schade niemandem.* Es schien manches Mal unmöglich, gleichzeitig alle Regeln des Buddha zu befolgen. Immer jedoch half die letzte, die achte Regel, die da lautete: *Sei achtsam, denke und handle stets besonnen.*

Und genau das würde er tun. Ein bisschen Machiavelli konnte dabei allerdings nicht schaden. Nicholas erinnerte sich gut an seinen Geschichtslehrer, der einmal gesagt hatte: «Man darf nie seine Absicht zeigen, sondern man muss vorher mit allen Mitteln sein Ziel zu erreichen versuchen.» Nun, das konnte er auch.

Von: Mathilde Fréjus
An: Fleur Danton
Betreff: Re: Kündigung

Liebe Mademoiselle Danton,
Ihr Schreiben habe ich erhalten, ich werde es aber nicht zur Kenntnis nehmen. Wenn Sie denken, Sie werden mich so leicht los, dann haben Sie sich geirrt. Der Laden ist längst meiner, genauso sehr wie Ihrer. Ich freue mich von Sonntag bis Mittwoch darauf, wieder im «Fleurs de Fleur» zu arbeiten, außerdem von Donnerstag bis Samstag. Erwarten Sie nicht, dass ich Ihre Kündigung einfach hinnehme. Von mir aus kündigen Sie mir. Aber lassen Sie es uns gefälligst weiter versuchen mit dem Laden. Nur weil Sie nicht mit Geld umgehen können, Mademoiselle, heißt das nicht, dass wir gleich pleitegehen.
Ich werde ab jetzt nicht mehr zweimal, sondern viermal in der Woche bei Ihnen arbeiten. Bezahlen können Sie mich, wenn

wieder mehr Geld in der Kasse ist. Wir sehen uns morgen früh um neun Uhr dreißig im Geschäft. Und damit Sie sehen, dass das nicht das Geschwätz einer senilen Alten ist, werde ich vorher bei der Bank vorbeigehen und dafür sorgen, dass wir zumindest bis Weihnachten flüssig sind. Wofür habe ich dreißig Jahre meines Lebens mit dem unmöglichen Monsieur Fréjus verbracht!
Mit ebenso zornigen wie innigen Grüßen
Ihre Mathilde Fréjus

Es hatte in letzter Zeit öfter Nächte gegeben, in denen es Fleur schwergefallen war, in den Schlaf zu finden. Manchmal dachte sie dann an den geheimnisvollen Monsieur Matin, der – wie sie mit einem heimlichen Blick festgestellt hatte – keinen Ring trug, der so kluge Dinge gesagt und ihr den Mut gegeben hatte weiterzukämpfen. Aber meist waren es eben doch die Existenzsorgen, die sie umtrieben, oder sie dachte über ihren Vater in Orléans nach. Sie verfluchte ihren Entschluss, ihren Traum wahr werden zu lassen, statt wie ihre Freundinnen aus der Jugendzeit einen vernünftigen Beruf auszuüben. Brigitte war Wirtschaftsprüferin geworden, Gigi hatte reich geheiratet und war in der Firma ihres Mannes für die PR zuständig. Pauline war nach Lyon gegangen und hatte eine Karriere als Sportmanagerin eingeschlagen, Hélène war bei der Stadtverwaltung untergekommen, Ziba bei den Elektrizitätswerken … Alle waren sie schlauer gewesen als Fleur. Und alle schliefen sie vermutlich tief und friedlich, während Fleur sich von einer Seite auf die andere warf und alle paar Minuten auf die Uhr sah. So war das auch in dieser Nacht – allerdings aus völlig anderen Gründen! Die Rettungsaktionen von Monsieur Said und von Madame Fréjus hatten sie aufgewühlt.

Sie fühlte sich hin und her gerissen zwischen dem Glück einer unverhofften Wiederauferstehung und der Scham, dass sie der Unterstützung dieser beiden wundervollen Menschen nichts entgegensetzen konnte als nur ihre alten Träume, mit denen sie doch schon gescheitert war. Die beiden halfen ihr so selbstlos und würden am Ende keinerlei Dank dafür bekommen.

Als sie es gar nicht mehr aushielt, stand sie auf und zog sich an. Fröstelnd lief sie die Treppen hinunter und sperrte den Laden auf. Hier war es jetzt wärmer als in der Wohnung. Immerhin hatte Madame d'Alemberg durch einen Aushang im Hausflur ankündigen lassen, dass morgen endlich die Arbeiten an der Heizung vorgenommen würden. Fleur erwartete nicht, dass das Problem an einem einzigen Tag behoben sein würde. Das widerspräche jedenfalls allen ihren Erfahrungen mit Handwerkern.

Sie hatte das Gefühl, in der Stille der Nacht die Pflanzen zu hören. Es war wie ein leichtes Kitzeln in den Ohren. Als wäre die Luft erfüllt von einem kaum vernehmbaren Flüstern in einer fremden, geheimnisvollen Sprache. In einer unbekannten Dimension, die kein Mensch jemals ergründen würde. Behutsam nahm Fleur eine Orchidee, eine besonders prachtvolle Phalaenopsis hieroglyphica, von ihrem Sockel, stellte sie in einen perlmuttfarbenen Übertopf und band eine purpurne Schleife darum. Dann zog sie eine Bahn Papier um den Stock und beeilte sich, nach nebenan zu kommen. Natürlich war die Haustür abgeschlossen, alles andere hätte sie überrascht. Aber hinter zwei Fenstern brannte noch Licht. Sie überlegte, welche Klingeln zu den betreffenden Wohnungen passten, und wagte ihr Glück.

Wenige Augenblicke später war sie im Haus. «Lieferdienst!», rief sie nach oben, lauschte auf das Fluchen, das als Antwort kam, ehe die Wohnungstür wütend geschlossen wurde, entschuldigte sich stumm und machte sich auf die Suche. Sie hatte sofort Glück: Wie beinahe überall, so lag auch hier die Hausmeisterwohnung im Erdgeschoss. «Said» stand an der Klingel, darunter ein kleines Schild mit einer Kinderzeichnung: eine Frau, ein Mann, ein Kind und ein Baby, umrahmt von einem Herzen. Leise stellte Fleur die Orchidee vor die Tür, nicht ganz in die Mitte, damit sie nicht am Morgen aus Versehen umgestoßen wurde, dann huschte sie wieder nach draußen und zurück in ihre eigene Wohnung.

Fleur machte sich noch eine Tasse «Fleurs de Fleur». Aber sie schaffte es nicht mehr, sie zu trinken, weil sie vorher am Tisch eingeschlafen war.

Ein strahlender Tag. Die Sonne schien hell zwischen die Häuserreihen. Nicholas wünschte sich seinen Hut herbei. Doch auf die Frage ob er lieber Monsieur Trebouchet oder Fleur Danton gefallen wollte, fiel die Antwort leicht. Er war spät zur Arbeit aufgebrochen, schließlich hatte er in den letzten Tagen weit mehr Zeit im Hotel verbracht als vorgesehen. Und er war noch bei einer kleinen Chocolaterie vorbeigegangen, die kürzlich in der Nähe seiner Wohnung eröffnet hatte.

«Monsieur! Ein paar von den dunklen Trüffeln, die Sie neulich hatten?»

«Nein danke, Madame. Diesmal sind die Pralinen nicht für mich.»

«Ah, ich verstehe, Monsieur! Sie möchten eine Dame beschenken!»

«Hätten Sie denn etwas besonders Unwiderstehliches, das passen würde?»

«Vielleicht diese Mango-Cognac-Trüffel?» Sie nahm eines der kleinen Konfektkunstwerke mit ihrer silbernen Zange aus der Schale und setzte es auf ein Tellerchen, um ihn probieren zu lassen. Und dann legte sie noch ein zweites dazu: «Oder dieses Feigenmarzipan in Kaffeeschokolade.»

Er ließ sich nicht bitten, naschte beides, war beide Male hingerissen und bat: «Packen Sie mir beides ein. In eine hübsche kleine Schachtel – und bitte mit einer Schleife.»

«Natürlich, Monsieur!»

Und so trug er, ganz wie einer der drei heiligen Könige, ein kleines Präsent vor sich her, als er an jenem Morgen zu *Fleurs de Fleur* ging. Dort allerdings erwartete ihn nicht die jugendliche Inhaberin, sondern ihre Mitarbeiterin, die auf den ersten Blick erfasste, womit sie es hier zu tun hatte: «Geben Sie es mir», sagte sie, ohne auch nur ein Wort von ihm abzuwarten. «Ich stelle es ihr hin.»

«Ähm, Sie stellen es wem hin, Madame?»

«Nun, Mademoiselle Fleur natürlich», sagte Madame Fréjus halb frostig, halb amüsiert. «Oder waren die Pralinen für mich gedacht?»

Nicholas räusperte sich. «Sie sind zu freundlich», sagte er. «Ja, das wäre nett, wenn Sie sie ihr hinstellen.» Er reichte das kleine Päckchen über die Ladentheke. «Sehr hübsch», erklärte Madame Fréjus mit einem Blick auf die Schleife, die so kunstvoll wie eine Blüte an einem exotischen Baum gebunden war. Dann ging sie nach hinten, und Nicholas blieb für einen Moment allein im Laden. Er sah sich um. Wie immer verzauberten ihn die Vielfalt und die Inszenierung der Pflanzen. Er streifte zwischen Jatrophae und Helekonien hindurch, bewunderte eine Protea und ein Nadelkissen. Vor einem kahlen Baum, dem ein einziger hellgrüner Zweig entwuchs, blieb er stehen und musterte die feinen Blätter.

«Teebaum.» Die Floristin war wieder nach vorne gekommen.

«Faszinierend», stellte Nicholas fest. Doch dann blieb sein Blick an etwas anderem hängen, an etwas, was halb hinter der

Pflanze verborgen war: an einem Bild an der Wand. Es war nur ein kleiner silberner, herzförmiger Rahmen mit einer Fotografie darin. Und auf dem Foto war ein junger Mann zu sehen, fröhlich lachend, gutaussehend.

«Ach, Sie betrachten das Bild von Monsieur Danton», stellte Madame Fréjus fest. «Ein unglaublich liebenswerter Mensch …»

«Ich … ähm, ich muss weiter», sagte Nicholas hastig. Er griff nach seiner Geldbörse. Aber er hatte ja gar nichts gekauft. «Au revoir, Madame.»

«Soll ich Mademoiselle Danton etwas von Ihnen ausrichten?», rief ihm die alte Dame hinterher.

Doch Nicholas hörte sie schon nicht mehr. Er hörte auch nicht den Lärm des Verkehrs, das Hupen der Autos und das Fluchen der Fahrer, als er, ohne zu schauen, über die Straße lief, er hörte nur noch das Rauschen des Blutes in seinen Adern und das Klopfen seines Herzens. Vor allem aber hörte er Gelächter. Ein Lachen, das ihn verhöhnte. Es war überall, und es kam aus seinem tiefen Inneren. Und er konnte nichts dagegen tun.

9

Wenn sich die Blüte schließt – was mag sie träumen?

Das *Palais Garnier* ist überwältigend. In goldenes Licht getaucht, erhebt es sich über die Straßen, zum Himmel strebend, ein Sinnbild für die Göttlichkeit der Künste. Es ist das ältere der beiden berühmten Opernhäuser von Paris. Doch wo die moderne Opéra Bastille in nüchterner Kühle glänzt und die ebenso Unnahbare wie Demokratische spielt, entführt die Opéra Garnier ihre Besucher in eine andere Zeit: ins Paris der Belle Époque.

Fleur war noch nie hier gewesen. Als sie das Foyer betrat und vor sich die gigantische Treppe sah, die sich in machtvollen Schwüngen nach oben wand, als sie die Kandelaber und Lüster entdeckte, die dem ganzen Gebäude eine geradezu märchenhafte Atmosphäre verliehen, stockte ihr der Atem. Selten hatte sie solche Pracht, solche Opulenz erlebt. Gewiss, sie war einmal in Versailles gewesen. Die Oper jedoch war Teil des täglichen Lebens dieser Stadt. Hier kamen die Menschen hin, nicht nur, um das Gebäude zu besichtigen, sondern um es zu nutzen!

Tatsächlich drängten die edelsten Pelze und Roben an ihr vorbei, Frauen mit perfekten Frisuren schritten vorüber, behängt mit Schmuck, dessen Preis sich Fleur kam vorzustellen wagte. Die geben beim Friseur mehr aus, als ich in einem Monat verdiene, schoss es ihr durch den Kopf. Plötzlich kam sie sich schäbig vor mit ihrem Cocktailkleid, das sie sich vorletztes Jahr selbst zum Geburtstag geschenkt hatte, und mit den Korallenohrringen, die sie von ihrer Reise nach Korfu mitgebracht hatte – vor drei, nein, vier Jahren! Beschämt klemmte sie ihre Clutch unter den Arm. Das Ding stammte von einem Laden am Gare du Nord … Da sprach sie jemand von der Seite an. «Mademoiselle, kann ich Ihnen helfen?»

Es war ein Mitarbeiter der Oper. Groß, schlank, in Anzug und Krawatte. Er hatte sich leicht verbeugt und lächelte nun verbindlich.

«Non, Monsieur, merci», entgegnete Fleur. «Sehr freundlich. Ich warte noch auf jemanden.»

«Bien sûr, Mademoiselle.» Ein weiteres Lächeln, dann wandte er sich ab. Fleur aber atmete durch. Wie er sie gefragt hatte, sein Blick, seine Haltung: alles in Ordnung, dachte sie. Vielleicht sehe ich doch nicht so schlimm aus. Sie blickte sich um. Monsieur Matin war nirgends zu sehen. Ob es noch einen anderen Eingang gab? Aber sie hatten sich ja hier verabredet. Gott, war sie nervös. Die Oper! Als Schülerin war sie mal in der Oper gewesen, allerdings nur in einer Aufführung in Orléans. *Aida*. Es hatte ihr nicht besonders gefallen. Allerdings waren auch die Kritiken damals vernichtend gewesen, das hatte sie getröstet. Seither hatte sie eigentlich oft und gerne klassische Musik gehört. Nur in die Oper hatte sie es noch nie geschafft. Auch deshalb, weil die Karten praktisch unbezahlbar waren. Kein Wunder, dass hier so viele viel zu reiche Menschen herumliefen. Vermutlich verirrten sich nur ganz selten Menschen wie sie in diesen Tempel der Künste. Eine Blumenhändlerin! Fleur musste grinsen, als sie es sich vorstellte. Sie spürte, wie ihre Wangen glühten.

Ein Mann mit Hut und Mantel trat durch die Tür, den Kopf gesenkt. Sie machte einen Schritt auf ihn zu – doch es war nicht Monsieur Matin. Unruhig blickte sie sich um. Ob er schon oben war? Sie nahm ihr Handy aus der Tasche und prüfte, ob eine Nachricht eingegangen war. Nichts. Sie sah auf die Uhr. Es war erst sieben Minuten nach neunzehn Uhr. Bestimmt würde er gleich kommen. Sie war ja auch überpünktlich hier gewesen!

Als es Viertel nach sieben war, begann Fleur, das Warten als peinlich zu empfinden. Es sah aus, als wäre sie bestellt und nicht abgeholt worden. Sie wollte es ihm nicht übelnehmen, schließlich wusste sie gar nicht, warum er sich verspätete. Und wenn sie den Verkehr betrachtete, der auf den Straßen ringsumher tobte (sie war zweimal nach draußen gegangen), dann war er vielleicht einfach in einen Stau geraten. Oder war ihm etwas Wichtiges dazwischengekommen? Fünf Minuten später ertönte zum ersten Mal der Gong. Fleur spürte, wie ihr Herz eng wurde. Warum nur tauchte er nicht auf?

Drei Minuten später der zweite Gong. Die Treppen begannen sich inzwischen sehr deutlich zu leeren. «Pardon, Mademoiselle», sprach sie der Saaldiener noch einmal an. Es war derselbe junge Mann von vorhin. «Sind Sie sicher, dass Ihre Begleitung noch nicht drinnen ist?»

Fleur zuckte die Achseln. Sie wusste nicht, was sie antworten sollte. Nein, natürlich war sie nicht sicher. Andererseits: Wieso sollte er ohne sie reingegangen sein? Hatte er vergessen, dass er sie eingeladen hatte? Hatte er das Datum vergessen? War ihm etwas zugestoßen?

Der dritte Gong. Die letzten Besucher verschwanden von den Treppen. Ein Paar in wehenden Mänteln hastete herein und brachte einen eisigen Windhauch mit. Ein paar Schneeflocken verschwanden in der Luft. Betroffen trat Fleur nach draußen. Sie hatte einen Kloß im Hals. Als sie wieder vor dem prachtvollen

Bauwerk stand, war es ihr, als hätte das glitzernde, das reiche und glänzende Paris sie mit einem kleinen gehässigen Schubs wieder vor die Tür befördert. Du gehörst hier nicht hin.

Langsam zunächst, dann aber immer schneller, schritt sie die Treppen hinab und lief über die Straße Richtung Seine. Nur weg. Schnell weg von hier. Nur vergessen. Vergessen, dass es nicht sein sollte. Vergessen, dass sie drinnen gerade den Vorhang hoben. Vergessen, dass sie vergeblich auf ihn gewartet hatte. Vergessen, dass er sie vergessen hatte.

Sein Herz war so eng, dass er das Gefühl hatte, es müsste jeden Augenblick aufhören zu schlagen. Doch natürlich würde es weiterschlagen. Gnadenlos. Und die Dunkelheit würde bleiben, unbarmherzig. Und er würde Schuld mit sich herumtragen, so wie er Schuld mit sich herumgetragen hätte, wäre er gekommen. Aber er war ja gekommen. Stand ja im Schatten eines Mauervorsprungs. Starrte in die Nacht und in das Licht des Palais, in dem sie verschwunden war. Und aus dem sie wieder auftauchte, um erneut in ihm zu verschwinden. Und Monsieur Danton? Wartete er zu Hause? Glaubte er, sie sei mit einer Freundin im Kino? Oder sie hätte noch etwas Geschäftliches zu erledigen? Oder erwartete er sie nicht, weil er nicht der war, der er sein sollte: ein treusorgender Ehemann, ein liebender Gefährte? Wer wusste all das schon? Nicholas wusste es nicht. Er wusste nur, dass es ihm in jener Nacht das Herz zerschnitt. Dass er sich hasste, weil er nicht zu der Verabredung kam. Und dass er sich noch mehr gehasst hätte, wäre er hingegangen.

Er betrachtete ihr Gesicht aus der Ferne, dieses wunderschöne, leidenschaftliche Gesicht, wie es sich veränderte. Wie aus Vorfreude Enttäuschung wurde. Wie aus Enttäuschung Schmerz wurde. Spürte den Schnee kaum, der über den Opernplatz fegte. Spürte sich selbst nicht. Nur sein Herz, das spürte er. Schwer wie ein Stein lag es in seiner Brust und machte aus der Liebe zu einer Frau Hass gegen ihn selbst. Wie grausam dieser Ort war. Wie unendlich grausam.

❁

Sie hätte die Métro nehmen können, natürlich. Der direkte Weg Richtung Louvre wäre außerdem der kürzere gewesen. Und doch, warum auch immer, sie hatte den Weg Richtung Place Vendôme eingeschlagen. Im Lichterwirbel einer verschneiten Pariser Winternacht trieb Fleur Danton dahin wie ein Schmetterling im Sturm. Die Schaufenster beleuchteten ihren Weg. Viele Menschen waren unterwegs. Die Straßen waren voll und laut und gefährlich. Auf dem Platz dann das übliche Gedränge – aber auch die prächtigsten Fassaden der Stadt, die teuersten Geschäfte, die reichsten Flaneure. Fleur blickte in die Auslagen der Juweliere und Couturiers und sah doch nichts. All die funkelnden Verlockungen waren nichts als geisterhafte Reflexe in ihrem Bewusstsein.

Nie zuvor hatte sie sich in dieser Stadt so einsam gefühlt. Dass ihre Verabredung nicht aufgetaucht war, hatte ihr plötzlich bewusst gemacht, wie wenig persönliche Kontakte sie hatte, seit sie in Paris lebte. Eigentlich gab es keine Freunde, nicht in dem Sinn jedenfalls, in dem sie Freundschaft in ihrer Jugend erlebt hatte. Alle ihre Bekannten waren irgendeines Zweckes wegen mit ihr verbunden – und die Verbindung war so fragil wie der Zweck, dem sie geschuldet war.

Sie kam zu den Tuilerien. Hätte sie einen Wunsch frei, dann wäre es der nach Sommer. Sie würde sich auf eine der Parkbänke setzen, sich fortträumen, die Sonne auf ihrem Gesicht spüren.

Sie würde das Licht und die Luft genießen und den Musikern lauschen, die an schönen Sommertagen stets hier spielten, ja, das würde sie.

Jetzt jedoch war der Park beinahe leer. Wenige Fußgänger waren unter dem trüben Licht der altertümlichen Laternen unterwegs, und praktisch alle waren sie zu zweit. Wie eigentümliche Tiere auf vier Beinen bewegten sie sich fort, vom sehnsüchtigen Blick der jungen Blumenhändlerin verfolgt. Obwohl: Sie hätte nicht gewusst, an wen sie sich hätte klammern wollen. Vielleicht hätte sie noch früher am Abend an Monsieur Matin gedacht, der so liebenswert und unbeholfen, so charmant und interessiert war an ihren Sorgen und Nöten, an ihren Plänen und Ideen. Aber da er sie versetzt hatte, da sie wie ein bestelltes und nicht abgeholtes Bouquet in der spektakulären Eingangshalle des Palais Garnier verwelkt war, konnte es dieser Mann wohl nicht mehr sein. Nein, ganz sicher nicht.

Auf der Seine-Brücke machte sie halt und blickte nach Westen. Der Eiffelturm und der Invalidendom bildeten eine grandiose Silhouette. Man hatte den Turm in die Farben der Republik gehüllt, anlässlich des Jahrestags einer grausamen und sinnlosen Bluttat. Aber der Eindruck war kein nachdenklicher, sondern ein fröhlicher: Das Monument des Zukunftsglaubens wirkte wie einem Prospekt für das Savoire-vivre-en-France entsprungen. Wunderschön, fand Fleur. In der Seine spiegelten sich die Lichter der Stadt tausendfach. Es war ein so zauberhaftes Bild, das sich ihr bot, dass sie für einen Augenblick ihren Kummer ganz vergaß und nur staunend in der Nacht stand und mit ihren Augen die ganze Schönheit von Paris in sich aufsog.

Ihr Weg führte sie am Musée d'Orsay vorbei, in dem sie in der ersten Zeit nach ihrer Ankunft in der großen Stadt mehrmals gewesen war. Denn natürlich hatte sie sich wie alle Besucher, die einmal dorthin gekommen waren, sofort in diesen Kunsttempel verliebt. Doch bald schon hatte sie vor lauter Arbeit gar nicht mehr die Zeit gefunden, ein Museum zu besuchen. Und irgendwann hatte sie nicht mehr daran gedacht. So wie sie nicht mehr ins *Café de Flore* gegangen war. Aber das würde sie jetzt ändern. Sie war so durchgefroren, dass es höchste Zeit war, sich für die letzte Etappe ihres Nachhauseweges mit einem heißen Tee aufzuwärmen.

Leider waren auf diese Idee auch andere Menschen gekommen, sodass es keinen einzigen freien Tisch mehr gab. Und zu anderen setzen wollte sie sich nicht. Nicht an diesem Abend, an dem sie so gekränkt war, so niedergeschlagen, so unglücklich.

Doch im *Café aux Deux Magots* war es eher noch voller, sodass sie unschlüssig den Boulevard Saint-Germain weiterging, bis sie vor dem eleganten Entrée des *Louis XV* stehen blieb. In der Halle saßen schöne Menschen bei Kaffee und Tee beisammen. Es würde zweifellos teuer sein in diesem Nobelhotel. Aber an diesem Abend konnte sie etwas Trost mindestens so gut brauchen wie etwas Wärme. Also trat sie ein und suchte sich einen Platz im Foyer, ganz nah an dem spektakulären Weihnachtsbaum, wo sie ihren Schal vom Hals wickelte, den längst durchnässten Mantel ablegte und erst jetzt merkte, wie entsetzlich erschöpft sie von dem winterlichen Fußmarsch war, als sie sich endlich setzte.

Ein Blick in die Karte bestätigte ihre Befürchtungen nicht nur, er übertraf sie noch: Es war alles noch viel teurer, als sie es sich hätte vorstellen können. Sie schüttelte den Kopf. Und dann bestellte sie sich ein Stück Tarte au Chocolat, ein Kännchen Darjeeling und eine große Flasche Wasser (für die man hier etwa den Gegenwert eines kleinen Frühlingsbouquets zahlen musste). «Verrückte Welt», murmelte Fleur. Ein «Pling» riss sie aus ihren Betrachtungen. Eine Nachricht auf dem Handy:

Erzählst du mir nach der Vorstellung, wie's war?

Henri. Ein Lächeln glitt über Fleurs Züge. Zum Glück gab es Henri. Sie hätte nicht gewusst, was sie ohne ihn getan hätte. Vermutlich hätte sie sich längst in die Seine gestürzt. Oder, schlimmer noch, sie hätte geheiratet.

Mache ich, schrieb sie. *Du wirst staunen.* Und ein wenig war ihr leichter ums Herz, als sie daran dachte, ihren Kummer zu teilen, jemandem von ihrer Enttäuschung zu erzählen. Nein, nicht «jemandem», sondern ihm!

Sie bemerkte nicht, dass ein Mann in Mantel und Hut hinter ihr vorbeiging, dem Portier zunickte und in Richtung der Büros verschwand.

10

Der Name der Rose ist nicht nur ihr Name.
Er ist Phantasie, Inspiration, Hoffnung.

Monsieur Matin!» Die Stimme am Telefon klang ungewöhnlich hoch. Nicholas kannte diese Tonlage, sie war typisch für Beschwerden. «Madame D'Amato! Wie schön, von Ihnen zu hören.»

«Das denke ich nicht, Monsieur Matin. Ich möchte mich beschweren.»

«Verstehe. Was kann ich denn für Sie tun, Madame?»

«Der Concierge weigert sich, einen Kranz für mich zu bestellen.»

«Er weigert sich? Das überrascht mich. Um welche Art von Kranz soll es sich denn handeln?»

«Um einen Trauerkranz natürlich. Für den guten alten Charles.»

Charles Tourignon. Natürlich. Die Primadonna hatte den Gründer des Hotels lange Jahre gekannt und vermutlich zu ihren Freunden gezählt. Es brauchte keinen Blick auf den Kalender, um zu wissen, dass in zwei Tagen das Begräbnis war. Für einen Kranz war es also höchste Zeit. «Selbstverständlich kümmern wir uns um einen Kranz, Madame», erklärte Nicholas. «Darf ich fragen, was Sie auf der Schleife stehen haben wollen? Und an welchen Betrag Sie denken?»

«Ich überlasse das Ihnen, Monsieur Matin. Sie haben Geschmack und werden das alles genau so machen, wie es mir gefällt.»

Nicholas warf einen Blick auf die Uhr. Beinahe fünf am Nachmittag. «Wäre ein *In Freundschaft* in Ihrem Sinne, Madame D'Amato?»

«Schreiben Sie *In Liebe*. Wir waren schließlich Seelenverwandte.»

«Gerne, Madame. Kann ich sonst noch etwas für Sie tun?»

«Allerdings: Sagen Sie Ihrem Concierge, er soll sich einen anderen Beruf suchen.»

«Merci, Madame», erwiderte Nicholas, der dieser Bitte auf keinen Fall nachzukommen gedachte – und der wusste, dass die berühmte Operndiva das auch wusste.

«Und sagen Sie mir, wie Sie die Aufführung fanden.»

«Oh!» Er wankte. Konnte er zugeben, dass er sie nicht gesehen hatte? Oder war eine kleine Lüge hier wertvoller als die bittere Wahrheit? Immerhin kannte er *Tosca*. «Wenn man von Ihnen absieht», sagte er, «denn Sie sind ja immer hinreißend, dann fand ich den Polizeichef wunderbar böse …»

«Scarpia.»

«Ja. Genau. Den.»

«Und den Cavaradossi?»

«Hm. Gut», log Nicholas. «Aber nicht überragend.»

«Alles in allem?»

«Alles in allem war es ein wundervoller Opernabend, Madame D'Amato, für den ich mich noch einmal von ganzem Herzen bedanken möchte …»

«Ich fand ihn schrecklich», erklärte die Sängerin. «Rombeau

als Cavaradossi ist ungefähr, als hätte man die Putzfrau mit der Rolle besetzt. Keine Stimme, der Mann. Kein Charisma. Kein Tempo …» Ein bühnenreifes Seufzen rundet die Suada ab.

Nicholas räusperte sich und erklärte: «Ich hatte natürlich nur Augen und Ohren für Sie, Madame D'Amato.»

«Hach, Sie sind ein Schatz, dass Sie das sagen. Ich danke Ihnen.»

«Ich danke Ihnen, Madame.»

«Buono. Dann kümmern Sie sich um den Kranz?»

«Gewiss, Madame. Er wird pünktlich und prächtig vor Ort sein. Das *Louis XV* ist stolz darauf, dass Sie seinen Gründer mit einem letzten Gruß ehren.»

«Sie Schmeichler», sagte die Sängerin leise und legte auf.

«Das *Louis XV* ist stolz, dass Sie seinen Gründer mit einem letzten Gruß ehren», machte Jean Pelissier ihn nach und grinste ihn von seiner Seite des Büros aus an. «Wo hast du solche Sprüche gelernt, Mann?»

Nicholas zuckte die Achseln. «Die muss man nicht lernen, mein Lieber. Entweder man meint sie ehrlich, oder man spart sie sich besser.»

«Okay, okay, ich hab mich nur gewundert.»

«Schon gut. Dafür hast du jetzt einen Job.» Rasch machte Nicholas einige Notizen auf einen Zettel, dann schob er ihn zu seinem Kollegen hin. «Sei doch bitte so gut. Kennst du den kleinen Blumenladen in der Rue du Cherche-Midi?»

«*Ich* soll den Kranz bestellen?»

«Ich muss mit Antoine sprechen. Das geht so nicht, dass er einen solchen Wunsch eines unserer Gäste ablehnt.»

«Können wir nicht anrufen?»

«Trauerkränze sind immer persönlich, Jean. Ich habe dir aufgeschrieben, was sie machen sollen, ja? Sei so gut.» Damit schnappte sich Nicholas sein Jackett von der Stuhllehne, streifte es über und verließ das Büro, um sich mit dem Concierge über die Reklamation der großen Dora D'Amato zu unterhalten.

Natürlich hatte er keine Ahnung, welchen Blumenladen Nicholas meinte. Dachte er zumindest. Fluchend lief Jean Pelissier die Rue de Rennes hinab und zog den Kopf ein, um sich vor dem schneidenden Wind zu schützen. Als er schließlich zur Rue du Cherche-Midi kam, fiel es ihm wie Schuppen von den Augen: Hierher hatte er kürzlich Nicholas verfolgt. Er hatte gedacht, sein Kollege hätte das Gespräch mit diesem Araber gesucht. Aber vielleicht war es doch in Wirklichkeit ganz anders gewesen …?

Er trat in den Laden und fand sich sogleich in einer anderen Welt. Eis und Wind waren draußen geblieben, hier drinnen umfingen ihn warmes Licht, leise Musik und so viele verschiedene Grüntöne, dass sein Herz augenblicklich höherschlug. Und dann stand auch noch eine hübsche junge Frau hinter der Ladentheke und sah ihn neugierig an. «Bonjour, Monsieur», sagte sie. «Was kann ich für Sie tun?»

Beinahe ein wenig nervös nestelte er Nicholas' Zettel aus der Tasche und legte ihn hin. «Es geht um einen Trauerkranz, Mademoiselle.»

«Verstehe. Ich hoffe, kein naher Angehöriger?»

«Oh, nein. Ich bin nur der Bote.»

«Bon. Was soll es denn sein?» Sie nahm den Zettel zur Hand und studierte den Auftrag. «Bis übermorgen früh?»

«Bof. Ich habe es selbst erst erfahren.» Jean Pelissier sah sich in dem Laden um. «Machen Sie denn überhaupt Trauerkränze?»

«Gewiss, Monsieur.»

«Ich meine: ganz klassische?»

«Und was wäre das? Ein *klassischer* Trauerkranz?»

«Nun, mit Lorbeer vielleicht und … tja, ich weiß nicht …»

«*Tja, ich weiß nicht* haben wir zwar nicht. Aber alles andere machen wir genau so, wie es gewünscht wird», lachte Fleur und schrieb ein paar Worte und Zahlen auf einen Block, machte einen Strich darunter und rechnete alles zusammen. «Das wird etwa dreihundert Euro kosten, Monsieur. Wünschen Sie, vorab zu zahlen?»

«Nein. Ich möchte Sie bitten, eine Rechnung zu schicken an Dora D'Amato, Hotel Louis XV.» Er nannte die Adresse.

«Bon, Monsieur. So werden wir es machen. Vielen Dank für Ihren Auftrag.»

«Ich danke Ihnen, Mademoiselle.» Wenige Augenblicke später war er wieder draußen. Und während er die Straße entlangging, beschäftigte ihn ein unerwarteter Gedanke. Und er beschäftigte ihn mehr und mehr, je näher er dem Hotel kam. Er hatte nämlich einen Verdacht. Einen Verdacht, der manches erklären würde.

Mit schwerem Herzen schritt Nicholas die langen Flure des *Louis XV* entlang. Auf den Treppen zum Erdgeschoss kam ihm ein verliebtes Pärchen entgegen, sicher nicht die typischen Gäste für ein so exklusives Hotel. Sie hatten sich zweifellos etwas Besonderes gönnen wollen. Nicholas drückte sich an die Wand, und tatsächlich bemerkten sie ihn gar nicht. Sie waren viel zu sehr mit sich selbst beschäftigt.

Durch das Fenster zur Straße hin konnte er die Menschen vor der Kälte fliehen sehen. Einsame Menschen, fröhliche Menschen, Mütter mit Kindern, ein Paar, eng umschlungen, und noch ein Paar, in dessen Mitte ein kleines Mädchen hüpfte … Niedergeschlagen ließ er die letzten Stufen hinter sich und trat in die Lobby. Man hatte die Hotelhalle prächtig weihnachtlich geschmückt. Sie war ein Lichtermeer, in dessen Mitte ein Baum von sicherlich vier, eher fünf Metern Höhe stand. Auf den Tischen Windlichter, in denen Kerzen flackerten. Auch hier: viele Paare. Verliebte, Freundinnen, Turtelnde …

«So eindrucksvoll?», sagte die vertraute Stimme des Portiers neben Nicholas, der vor dem Weihnachtsbaum stehen geblieben war.

«Pardon?»

«Nun, dass Ihnen gleich die Tränen kommen?»

«Oh. Ja, in der Tat.» Nicholas versuchte ein Lächeln, holte ein Taschentuch heraus und wischte sich übers Gesicht. «Ich bin da sentimental.»

«Hm.» Antoine musterte ihn. «Offensichtlich. Der Baum steht aber schon seit drei Wochen da, nicht wahr?»

Nicholas zuckte die Achseln. «Scheint so, als wäre ich an manchen Tagen sentimentaler als an anderen.»

«Sicher, dass es nichts Ernsteres ist?»

Durchatmen. Das hier war keine unernste Angelegenheit. «Antoine», sagte Nicholas und legte alle Autorität in seine Stimme, deren er fähig war. «Warum haben Sie keinen Kranz für Madame D'Amato bestellt?»

Antoine lächelte verschmitzt. «Ich dachte, Sie würden das lieber erledigen.»

«Wie bitte?»

«Nun, Sie haben doch neuerdings eine so enge Beziehung zur Floristik …»

Monsieur Saids Wagen war eine Katastrophe. Aber eine, über die sie nicht glücklicher hätte sein können. Nie zuvor hatte Fleur einen Motor so gerne stottern, nie zuvor eine Gangschaltung mit vergleichbarer Freude krachen hören. Praktisch jedes Geräusch, das der alte Karren von sich gab, war ein Aufschrei der Technik. Und dennoch: Der Umstand, dass sie eine Möglichkeit hatte, ihre Pflanzen zu transportieren, war es mehr als wert. Sie fuhr so freudestrahlend bei Van Beuten vor, dass der sie ansah, als wäre sie nicht mehr im Vollbesitz ihrer geistigen Kräfte. «Fleur!», rief er. «Alles in Ordnung mit Ihnen? Was fahren Sie da für ein gemeingefährliches Vehikel? Haben Sie vor, meinen Laden in die Luft zu sprengen?»

«Im Gegenteil, Monsieur Van Beuten. Den habe ich mir nur ausgeliehen», erklärte Fleur, die die Tür zuwarf und zusammenzuckte, weil irgendetwas im Wagen schepperte. «Bis mein neuer Jaguar geliefert wird.»

«Ihr neuer Jag…?» Van Beutens Miene war so verblüfft, dass die junge Blumenhändlerin in helles Lachen ausbrach. «Scherz», sagte sie und winkte ab. «Aber manchmal muss man eben mit dem zufrieden sein, was man hat.»

Der Großhändler brummte etwas Unverständliches, warf noch einmal einen skeptischen Blick auf Monsieur Saids Auto und gab Fleur ein Zeichen, mit ihm hineinzugehen.

«Haben Sie denn alles, was ich bestellt habe, da?»

«So viel war es ja nun nicht», erwiderte Van Beuten, der natürlich ganz andere Kunden hatte. Kunden, die täglich ganze Lastwagenladungen bei ihm orderten. Im Vergleich dazu nahm sich Fleurs Bestellung aus wie ein Kinderkaufladen gegen einen Carrefour. «Ich habe alles hier drüben hingestellt.» Er deutete auf eine Ecke im hinteren Bereich des Ladens. Aber er machte keine Anstalten, sie dorthin zu führen, sondern stand – wenig einladend – vor Fleur, als wollte er sie zur Rede stellen. «Sie wissen, dass ich Ihnen die Sachen nicht einfach mitgeben kann?»

«Oh, Sie meinen, weil ich Ihnen noch die Bezahlung vom letzten Mal schulde. Ich muss schon sagen, Monsieur Van Beuten, sehr kundenfreundlich ist das nicht.» Aber natürlich wusste Fleur, dass der Großhändler seine Erfahrungen mit kleinen Blumenhändlern gemacht hatte – und dass diese Erfahrungen immer wieder auf das Gleiche hinausliefen: Früher oder später ging der Kunde pleite, und der Großhändler blieb auf seinen Rechnungen *und* auf der bestellten Ware sitzen. «Machen Sie sich keine Sorgen.» Fleur fühlte sich, als hätte ihr ihr persönlicher Schutzengel seine Flügel übergestreift, seit sich auf wundersame Weise alles zum Guten wendete, zuerst die Gespräche mit der Bank, dann die Sache mit dem Auto. «Ich dachte, ich zahle heute gleich beides – und auch schon die Lieferung für Freitag.»

«Lieferung für Freitag?», wiederholte Van Beuten unsicher. Er blickte sich nach seinem Auftragsbuch um. «Ich bin gar nicht sicher ...»

«Non, non, Monsieur, ich habe noch nicht bestellt. Aber das würde ich jetzt gleich erledigen, damit wir etwas effizienter zusammenarbeiten können.» *Effizienz* gehörte nicht zu den Begriffen, die der Großhändler von Fleur Danton gewohnt war oder auch nur erwartete. Mit hochgezogenen Augenbrauen betrachtete er seine Kundin. «Haben Sie im Lotto gewonnen, Mademoiselle Danton?»

Fleur zuckte die Achseln. «So ähnlich.» Mochte er denken, was er wollte. Fleur genoss es, ihn überrascht zu haben. Van Beuten nickte, nahm sich einen Stift und sagte: «Dann erzählen Sie mal, was Sie am Freitag gerne hätten.»

Als Fleur ihre Bestellung aufgegeben und die drei Lieferungen bezahlt hatte, ließ sie sich vom Lehrling des Großhändlers dabei helfen, die Waren ins Auto zu verfrachten. Es war ein schmaler Jüngling von vielleicht achtzehn Jahren, der Fleur so bewundernd ansah, dass sie ihm aus Mitleid ein Trinkgeld gab. Sie tat, als bemerkte sie nicht, wie er errötete. «Bon, Monsieur, ich danke Ihnen für Ihre Geduld», sagte sie schließlich zu Van Beuten.

«Kein Problem, Mademoiselle Danton», erwiderte Van Beuten. «Mögen Sie noch ganz oft im Lotto gewinnen.»

«Sie auch, Monsieur!», rief Fleur, legte krachend den ersten Gang ein, ließ den Motor so plötzlich aufheulen, dass der Lehrling vorsichtshalber einen Schritt zurücksprang, und fuhr in gewagtem Tempo vom Hof. So eng der finanzielle Rahmen auch sein mochte, in dem sie sich bewegte: Irgendetwas sagte ihr, dass alles gut würde. Vielleicht war es auch nur die Gewissheit, dass Glück im Spiel hatte, wem das Glück in der Liebe nicht hold war.

Der Himmel strafte die Reichen und Schönen der Stadt mit Düsternis und kaltem Regen. Wer immer sich entschlossen hatte, dem großen Charles Tourignon die letzte Ehre zu erweisen (und das waren viele hundert Trauergäste), erlebte ein Lehrstück des Trübsinns. Nach endlosen Nachrufen, deren langweiligen Tiefpunkt Monsieur Trebouchet als Geschäftsführer des *Louis XV* setzte, stapfte der Trauerzug durch den nassen Cimetière Montparnasse, den alten und geheimnisvollen Friedhof mit den unheimlichen Katakomben. Aber an einem solchen Tag wäre jeder Friedhof schauerlich gewesen.

Für Nicholas war es dennoch ein sehr würdevoller Abschied von einem großen Mann, der die letzten Jahrzehnte mitgeprägt hatte wie wenige andere. Und in der Zusammensetzung der Trauergemeinde zeigte sich sehr deutlich, wie bedeutsam er für die Gesellschaft gewesen war. Nicht nur aus Politik und Kultur hatten sich zahlreiche namhafte Persönlichkeiten eingefunden – vom Präsidenten der Republik bis zu der Kulturministerin, der Leiterin des Louvre und dem Vorsitzenden der bedeutendsten Stiftungen des Landes –, auch Legenden des Sports waren gekommen, Wirtschaftskapitäne – von den Autokonzernen bis zu den Gewerkschaften –, Philosophen, geistliche Würdenträger, Botschafter, die Königin von Dänemark, der König von Belgien, ein Mitglied des britischen Königshauses ... Nicholas Matin als einer der Vertreter des *Louis XV* (es war allen Mitarbeitern freigestellt worden, statt zur Arbeit zum Begräbnis zu gehen) bildete die Vorhut des letzten Drittels. Denn natürlich schritten gekrönte und gewählte Häupter unmittelbar hinter dem Sarg, der geistliche und der reiche Stand folgten danach.

Am offenen Grab türmten sich Kränze in eine Höhe von mehr als zwei Metern, die goldbedruckten Schleifen überboten sich mit teilnehmenden Worten. Es war das Privileg des französischen Präsidenten, ein letztes Geleitwort zu sprechen, und er schloss mit den Worten: «Charles Tourignon, du hast deine Träume wahrgemacht. Und in diesen Träumen wurden die Träume vieler Menschen, die bei dir zu Gast sein durften, wahr. Vor allem aber warst du wie ein Vater zu deinen Mitarbeitern, ein Vorbild für unser stolzes Land, in dem so häufig nur noch der Gewinn zählt. Dass du dabei selbst reich wurdest, ist die köstliche Pointe eines gelungenen Lebens. Reich wurdest du aber nicht nur an materiellen Dingen. Wenn wir uns umsehen, so kann keiner von uns behaupten, mehr Freunde im Leben gewonnen zu haben oder dir an Erfahrung voraus zu sein. Du warst, Charles Tourignon, ein Meister in jeder Hinsicht. Wir bewundern dich, vor allem aber danken wir dir. Und wir verneigen uns in Demut vor dir und deinem Werk. Mögest du in Frieden ruhen. Möge aber dein Geist in uns lebendig bleiben. Salut, mon ami.»

Es mangelte nicht an Ergriffenheit. Die Trauergäste setzten ihre Sonnenbrillen auf, obwohl sich dunkle Wolken über der Trauergesellschaft türmten und der Regen bald all die eleganten Mäntel und Kragen, die exquisiten Schuhe und die perfekten Frisuren ruinierte. Es war, als weinte ganz Paris über den Heimgang dieses großen Sohnes der Stadt. Und selbst Nicholas Matin, der ihn erst sehr kurze Zeit gekannt und nicht sehr häufig gesprochen hatte, fühlte sich sehr ergriffen, und das noch ein wenig mehr, als er zufällig den Kranz mit der Aufschrift *In Liebe, Dora D'Amato* entdeckte.

11

Blüten sind die Geschenke der Götter. Früchte sind die Geschenke der Blüten.

Die Wälder nördlich von Orléans sind still und friedlich. Fleur liebte sie zu jeder Jahreszeit. Als Kind war sie schon hier gewesen, wenn sie Tante Charlotte besucht hatten, deren altes Haus in der Nähe des Städtchens Chevilly direkt am Waldrand gelegen war. Dann hatte sie Käfer gesammelt, aus Mooskissen eine verwunschene Landschaft für ihre kleinen Puppen gebaut, kleine Erikasträußchen gebunden und ihrer Mutter an die Bluse gesteckt oder im Bach einen Damm aus Zweigen und Steinen gebaut. Kindheit, das würde für Fleur immer mit Draußensein verbunden bleiben, mit Sonne und Natur. Und mit dem Wald. Mit den Wäldern nördlich von Orléans, genauer gesagt.

Wann immer sie genug Zeit hatte, von der Autobahn abzubiegen und einen kleinen Waldspaziergang zu machen, suchte sie diesen Ort ihrer Kindheit auf, natürlich nie ohne eine gut geschärfte Gartenschere, ein Paar Arbeitshandschuhe und genügend Bast und Draht. Denn längst waren es nicht mehr nur die kleinen Erikasträußchen fürs Revers, die sie in den Wäldern pflückte. Längst erntete sie alles, was sie in ihrem Laden anbieten konnte. Von blühendem Weißdorn im Frühjahr über Hundsröslein im Sommer bis zu prächtigen Hagebutten, die sie zu Kränzen flocht, herbstlichen Schlehen oder – wie jetzt im Winter – Tannenzweigen und Misteln, die mit etwas Glück an von stürmischem Wetter abgebrochenen Ästen hingen.

Einmal, als Kind, hatte sie sogar mit ihrem Vater im Wald übernachtet. Sie hatten ein kleines Zelt mitgenommen, das sie auf üppigen Erikakissen ausgebreitet hatten. Irgendwo gab es sogar noch ein Foto davon: ihre Füße und die von Papa, die aus dem Zelt ragten, und dahinter eine verschwommene, aber erkennbar prächtige Landschaft in zartem Violett. Mama war voll Sorge gewesen, natürlich. «Nachts im Wald, muss das sein, Pierre?»

«Nichts, was gut ist, muss sein, Zizou. Aber gerade diese Dinge machen das Leben lebenswert.»

Und so hatten sie in dem 2 CV, mit dem Papa sonst immer zur Arbeit fuhr, an einem schönen Augustnachmittag die Stadt verlassen und waren nach wenigen Kilometern auf einen Waldweg abgebogen, ein gutes Stück gelaufen und hatten schließlich ihr Zelt aufgeschlagen. Die Heringe waren immer wieder aus dem weichen Waldboden geglitten, bis Fleur auf die Idee gekommen war, die Schnüre an die umliegenden Sträucher zu binden.

«Du bist ein schlaues Mädchen, Fleur! Wenn ich groß bin, will ich auch so schlau sein.»

«Aber Papa, du bist doch schon groß.»

«Na und? Vielleicht werde ich noch größer …»

Wenn sie durch den stillen Wald lief, Zweige schnitt und knorrige Wurzeln aufsammelte, dachte Fleur an die Gespräche, die sie mit ihrem Vater geführt hatte. Ja, er war tatsächlich größer geworden für Fleur. Größer in dem Sinne, dass sie nach dem Tod der Mutter erst erkannt hatte, wie unendlich wichtig er für ihr Leben war. Und nun wurde er langsam wieder kleiner. Kleiner allerdings in ganz konkretem Sinn: Sie hatte es schon vor einiger Zeit bemerkt, dass sie zunehmend zu ihm hinabblickte, wenn sie sich gegenüberstanden, dass er mager geworden war, dass er gebeugt ging. Und ja, auch dass er sich in seinen eigenen Geist zurückzog, nicht mehr so großen Anteil an der Welt nahm wie früher.

Im Schutz einer kleinen Senke, die dicht bewachsen war, entdeckte sie einen Schlehenbusch. Vorsichtig schnitt sie ein paar kleine Zweige ab und steckte sie zu einem Sträußchen zusammen. Selten genug, dass man zu dieser Zeit noch Zweige fand, die nicht völlig erfroren waren. Sie probierte aus, wie es wirkte, wenn sie Tannenzweige dazwischen nahm. Dann – statt der Schlehen – ein Zweiglein von der daneben stehenden Hagebutte. Ja, das passte, das war lieblich und irgendwie nostalgisch. Papa würde es lieben. Eilig sammelte sie noch ein paar Mooskissen und etwas Rinde von einer abgestorbenen Eiche, dann stapfte sie zurück zum Wagen. Sie wollte keine Zeit mehr verlieren, ihren Vater zu sehen. Wer konnte schon sagen, wie lange sie einander noch haben würden?

Die Fahrt nach Orléans war wie eine Häutung für Fleur. Wenn sie erst einmal die feinen Fassaden des Montparnasse hinter sich gelassen hatte, führte der Weg durch die tristen Banlieus von Paris. Betonbunker säumten die immer breiter und zugleich immer voller werdenden Straßen. Es war, als wäre die glitzernde Hauptstadt der Republik umgeben von einem schattigen Gürtel aus Stein, der sich menschenfeindlich Kilometer um Kilometer hinzog, bis sich plötzlich Lücken auftaten und alles wieder weiter wurde, lichter und hoffnungsvoller. Und dann, endlich, traten die Häuserschluchten beiseite und machten einer Landschaft Platz, in der sich Wälder und Felder abwechselten und die immer lieblicher wurde, selbst im Winter, bis man die Stadt der berühmten Jeanne d'Arc erreichte und in einer anderen Welt angelangt war.

Fleur kannte die Strecke so gut, dass sie sie im Schlaf hätte fahren können. Und jeder alte Baum, der den Weg säumte, jedes Bauernhaus, an dem sie vorüberkam, jeder Wasserlauf, den sie überquerte, trug in sich die Schönheit der warmen Jahreszeiten und des tiefen Winters – auch wenn an diesem Tag von beidem nichts zu sehen war, weil die Götter beschlossen hatten, dass es grau und regnerisch zu sein hatte.

Gegen Mittag kam sie in ihrer Heimatstadt an. Und am frühen Nachmittag hatte sie das alte Kloster an der Loire erreicht und spürte ihr Herz schneller schlagen, weil sie sich immer noch und immer wieder wie ein Kind freute, wenn sie ihren alten Vater wiedersehen durfte.

Schwester Brigitte empfing sie mit der üblichen Mischung aus Freundlichkeit und Tadel: «Es ist schön, Sie zu sehen, Mademoiselle. Ihr Vater wird sicher entzückt sein, dass Sie ihn endlich einmal wieder besuchen.»

«Ach, ich würde ja viel öfter kommen, Schwester», entgegnete Fleur mit zerknirschter Miene. «Aber es ist eine weite Strecke von Paris. Und ich kann nicht so oft weg.»

«Gewiss», sagte die Nonne und lächelte ein wenig reserviert. Sie hörte das sicherlich jeden Tag. Und in den meisten Fällen mochte es eine Ausrede sein. Fleur verspürte den dringenden Wunsch, sich zu erklären. Doch sie wusste auch, dass das sinnlos wäre. Also wechselte sie das Thema. «Die Weihnachtsfeier ist wie jedes Jahr am vierten Advent?»

«Das ist sie, Mademoiselle Danton. Wie seit siebenunddreißig Jahren. Dürfen wir mit Ihnen rechnen?»

«Aber sicher! Ich freue mich schon. Wenn Sie möchten, könnte ich ein paar Blumen oder Gestecke zur Dekoration mitbringen.»

«Wenn Sie früh genug da sind …» Der Blick besagte, dass Schwester Brigitte daran ernsthafte Zweifel hatte. Er besagte aber auch, dass sie es entzückend fand, dass die junge Frau von sich aus ein solches Angebot machte. Das Lächeln erschien Fleur jetzt milder, warmherziger.

Und dann standen sie vor der Tür zum Zimmer ihres Vaters. Die Nonne klopfte an, und auch wenn nichts zu hören war (oder doch zumindest Fleur nichts hörte), öffnete sie behutsam einen Spalt breit und sagte: «Monsieur Danton? Ihre Tochter ist hier.» Sie trat einen Schritt zur Seite und ließ die junge Blumenhändlerin aus Paris hinein.

Fleur spürte, wie die Blumen in ihrer Hand zitterten. Es war nicht nur die Vorfreude auf Papa, es war auch ein wenig Furcht. Furcht davor, dass es ihm schlechter gehen könnte als beim letzten Besuch. Angst davor, dass er eines Tages sagen könnte: *Und wer sind* Sie, *Mademoiselle?* Denn seit einiger Zeit war klar, dass auch er ein Opfer der Demenz geworden war, wie so viele alte Leute. Noch erkannte er sie. Noch konnte er alles selbständig tun – die einfachen Dinge zumindest. Zwar brauchte er ein wenig Hilfe beim Anziehen, aber er konnte gehen und selbst essen. Er konnte sich unterhalten, vielleicht nicht mehr ganz so eloquent wie früher. Aber er wusste, was er sagte, fand die meisten Wörter – und verstand, was sein Gegenüber sagte. Und Fleur hoffte, ja betete, dass es noch lange so bleiben möge. Sie versuchte, jeden Moment, den sie mit ihm hatte, in ihrem Herzen festzuhalten. Aber das ging nicht. Schon wenn sie die Stufen des Klosters wieder hinunterging und sich in ihr Auto setzte, merkte sie, wie vieles von dem, was sie gesprochen hatten, wie die Blicke und Gesten ihres Vaters sich aus ihrem Gedächtnis davonstahlen. Wenn es ihr schon so ging, wie sehr mochte das Vergessen erst im Geist ihres Vaters wüten, dieses stolzen Mannes, der in seinem Leben so viel geleistet hatte, der so gekämpft und so gelitten hatte – und doch nie verzagt war?

«Bonjour, Papa.»

«Ah, mein Engel! Komm her zu mir.» Er winkte ihr mit der Hand, und Fleur fragte sich, ob er sie deshalb nicht beim Namen genannt hatte, weil er ihm nicht eingefallen war. Gleichzeitig hasste sie sich dafür, dass sie ihren alten Vater bei jedem Wort, das er sprach, bei jeder Bewegung, die er machte, beobachtete wie ein wissenschaftliches Objekt. Fand er die Worte? War er noch Herr über seinen Körper? «Gut siehst du aus, Papa.»

«Es ist sehr nett von dir, dass du lügst, Fleur. Aber vielleicht hebst du dir die Schwindeleien für wichtigere Anlässe auf?»

Doch. Sein Verstand arbeitete immer noch zuverlässig. Solange er nicht auf eine Lücke traf, einen blinden Fleck im Gedächtnis. «Geht es dir gut?», fragte sie.

Er seufzte. Suchte nach Worten. «Was soll ich sagen, Fleur? Ja, es geht mir gut. Aber ich merke, dass ich unleidlich werde.»

«Unleidlich?»

«Ich habe schlechte Laune.»

«Ach, das vergeht doch wieder. Schlechte Laune haben wir alle mal, Papa.»

«Haben wir, ja. Aber schlechte Laune in meiner Situation ist etwas anderes. Es ist die … die Unzufriedenheit mit mir selbst. Dass ich mit mir ringe. Dass mir Dinge nicht mehr einfallen. Dass ich …» Er tastete nach der Lehne eines Stuhls und ließ sich darauf nieder. «Es gehört zum Krankheitsbild.» Fleurs Herz schnürt sich zusammen. Sie kam ganz nah zu ihm und hockte sich neben ihn. «Ach, Papa.»

Seine Stimme war rau. «Man wird jähzornig und ungerecht. Leidet an Verfolgungswahn. Behandelt seine Mitmenschen schlecht.»

«Du nicht, Papa. Das wirst du nie. Ganz bestimmt. Ich bin sicher, das gilt nur für Menschen, die schon zu schlechter Laune neigten, als sie noch gesund waren.»

Er schenkte ihr ein gequältes Lächeln. «Wenn du es sagst …»

«Ich habe dir etwas mitgebracht, schau.» Sie packte den kleinen Alpenveilchen-Stock aus, den sie dabeihatte. «Hier. Mamas Lieblingsfarbe.» Ein zartes Violett. Ihr Vater strich ihr zärtlich übers Haar. «Du bist eine gute Tochter.»

«Und du bist ein guter Vater. Der beste.»

«Wie geht es Henri?»

«Gut, Papa. Er lässt dich grüßen.»

«Ich wünschte, er würde wieder einmal hierherkommen.»

«Vielleicht kommst du an Weihnachten mit?»

«An Weihnachten.» Er blickte ins Unbestimmte, als müsste er überlegen, was das ist. «Soll das eine Einladung sein?», fragte er dann.

«Aber Papa, du brauchst doch keine Einladung.» Sie lachte leise. «Allerdings muss ich dich warnen: Bei mir ist es zurzeit sehr kalt. Ich hoffe natürlich, bis Weihnachten ist die Heizung wieder repariert.»

«Die Heizung? Hoffentlich erkältest du dich nicht.»

«Aber ich war schon erkältet, das weißt du doch. Deshalb konnte ich letzte Woche nicht …» Sie hielt inne. Tadelte sich innerlich selber. Er hatte es vergessen. Hatte sich nicht erinnert, dass sie letztes Wochenende nicht hier gewesen war. Na und? Hatte sie ihn unbedingt darauf aufmerksam machen müssen, dass ihn das Gedächtnis im Stich ließ?

«Verstehe», sagte er. «Umso schöner, dass du jetzt da bist.» Er ließ sich nichts anmerken, er war tapfer.

Zwei Stunden blieb Fleur bei ihrem Vater. Trank Tee mit ihm, *Fleurs de Fleur*, den sie mitgebracht hatte. Berichtete ihm von ihrem kleinen Blumenladen (ohne ihm zu gestehen, wie schwer es war, im reichen Paris zu überleben). Fragte ihn nach Madame Colbert, mit der er sich angefreundet hatte (und die ihn mit ihren haarsträubenden Lektüren glänzend amüsierte). Weinte ein wenig mit ihm in Erinnerung an ihre Mutter (die er seit einiger Zeit wieder Zizou nannte, wie in ihren ersten gemeinsamen Jahren). Als es schon dämmerte, machte sie sich wieder auf den Weg. «Weihnachten bei mir», sagte sie zum Abschied. «Versprochen?»

«Weihnachten …» Da war es wieder. Fleur hielt den Atem an. «Wenn du es sagst, mein Kind …»

«Ich sage es.»

«Dann müssen wir es wohl so machen.»

Es war offensichtlich, dass er nicht damit gerechnet hatte, noch willkommen zu sein – Fleur brauchte einige Zeit im Wagen, um sich wieder in den Griff zu bekommen, ehe sie losfahren konnte.

Es war drei Tage vor Heiligabend, als Nicholas es nicht mehr aushielt. Den Schal weit ins Gesicht gezogen, den Kragen seines Mantels hochgeklappt, ging er durch die Rue du Regard auf die Rue du Cherche-Midi zu. In der Dunkelheit konnte er den kleinen Blumenladen schon von weitem sehen. Ein Ziehen im Herzen zeigte ihm an, dass die Wunde weit davon entfernt war, vernarbt zu sein: die Wunde, die der Anblick des Fotos in Mademoiselle Fleurs Laden ihm geschlagen hatte und über die er so viel nachgrübelte, dass er kaum noch in den Schlaf fand. Er würde sich hinter dem Baum verbergen, der auf der anderen Straßenseite an der Kreuzung stand. So konnte sie ihn nicht sehen, aber er sie. Konnte sie betrachten und seine Sehnsucht für einen kleinen Augenblick lindern.

Er überquerte die Straße und drückte sich schnell in einen Hauseingang. Aber aus dem Laden blickte niemand heraus. Im Schutz des mächtigen Stamms der alten Linde stand er gegenüber dem *Fleurs de Fleur* und versuchte, die junge Blumenhändlerin zu sehen.

Doch nichts. Oder vielmehr: niemand! Weder Mademoiselle Fleur noch ihre Mitarbeiterin waren im Laden. Verwirrt trat Nicholas ein paar Schritte näher. Inzwischen hatte es heftig zu schneien begonnen. Schneeflocken verfingen sich in seinen Wimpern, blieben auf seinem Haar und auf seinen Schultern liegen. Vielleicht war sie ja irgendwo im Hinterzimmer und band Sträuße oder Kränze. Er würde noch ein wenig warten. Irgendwann musste sie schließlich wieder auftauchen.

Doch sie tauchte nicht auf. Stattdessen betrat ein Kunde den Laden, blieb eine Weile an der Theke stehen, sah sich um, schien auch einen Blick Richtung Hinterzimmer zu werfen – und kam dann unvermittelt wieder heraus, ohne dass ihn jemand bedient hätte. Verwirrt und etwas besorgt, überquerte Nicholas die Straße und blickte durch das Schaufenster. Es war niemand zu sehen. Ob er hineingehen sollte, um sicher zu sein, dass nichts passiert war? Vielleicht sollte er noch einen Moment warten … Unsicher trat er von einem Bein aufs andere, streckte die Hand nach der Tür aus, zog sie zurück, ging ein paar Schritte an dem Schaufenster entlang und dann wieder zurück. Er könnte auch die Polizei rufen. Aber was sollte er sagen: Es ist niemand im Laden? Die würden ihn auslachen. Nein, er musste hineingehen. Schließlich hätte er sich nie verziehen, wenn sie Hilfe gebraucht hätte und er wäre einfach verschwunden.

Während er noch mit sich rang, tippte ihm plötzlich jemand auf die Schulter. «Ist die Oper etwa schon vorbei?»

Sie stand hinter ihm und funkelte ihn an. Fassungslos starrte er sie an. «Mademoiselle …»

Nein, sie machte es ihm nicht leicht. Sie stand nur da, die Arme verschränkt, unter einen davon eine Zeitung geklemmt, die sie offenbar eben in dem Zeitschriftenladen zwei Häuser weiter gekauft hatte, und sah ihn kampfeslustig an. Nicholas ließ die Schultern hängen. «Es tut mir so leid», sagte er leise. «Ich bitte Sie um Verzeihung. Wirklich … ich …»

«Ich hoffe, Sie hatten einen guten Grund, mich zu versetzen», sagte Fleur, doch in die Strenge ihrer Stimme hatte sich ein leiser Unterton geschlichen, der ihm Hoffnung machte. Hoffnung, dass sie es ihm vielleicht doch nicht für den Rest ihres Lebens übelnehmen würde. Er blickte auf – und da brach sie in Lachen aus. «Sie sehen so zerknirscht aus», rief sie lachend, «dass ich nicht weiß, wie ich Ihnen noch böse sein soll!» Auch in ihm regte sich plötzlich ein Lachen, das er nicht unterdrücken konnte. «Ich bin ja so froh, dass Sie darüber lachen können», sagte er.

«Oh, ich lache nicht darüber», erklärte Fleur und schüttelte den Kopf. «Ich lache über Sie.»

«Über mich? Das ist gut.» Nicholas klopfte sich ab, dass der Schnee von seinem Mantel rieselte. «Das ist sehr gut. Denn wissen Sie: Ich bin nun einmal eine lächerliche Gestalt.»

«Vor allem sind Sie bald eine gefrorene Gestalt, wenn Sie jetzt nicht mit hereinkommen.» Fleur ging voraus, hielt ihm die Tür auf und ließ ihn eintreten. «Wo haben Sie denn Ihren Hut gelassen? Bei dem Wetter …»

«Oh. Ein Hut macht Männer älter», murmelte Nicholas. «Hat mir mal jemand gesagt.» Fleurs hochgezogene Augenbraue entging ihm nicht. Ein Hund lag neben dem Eingang, nicht eben klein, vermutlich eine Promenadenmischung, Nicholas kannte sich nicht gut mit Hunden aus – und er hatte vor allem Respekt vor ihnen. «Das ist Hector», erklärte Fleur, die ihren Mantel abnahm und an einen Haken im Durchgang zum Hinterzimmer hängte. «Darf ich?» Sie streckte die Hand aus und ließ sich seinen Mantel geben. «Jetzt trinken wir eine Tasse Tee, und Sie erzählen mir, was Sie aufgehalten hat an dem Abend.»

Nicholas hob die Hände. «Ich weiß wirklich nicht …», sagte er. «Eigentlich möchte ich nicht darüber sprechen. Es ist mir zu peinlich.»

«Gut. Dann nicht. Aber den Tee trinken wir. Vorher kann ich Sie unmöglich wieder nach draußen lassen.» Sie nickte in Richtung des Hundes. «Sie können ihn ruhig streicheln. Er ist so harmlos, dass ihn die meisten für einen Dekohund halten.» Mit diesen Worten verschwand sie nach hinten, und Nicholas blieb in dem kleinen Laden allein zurück. Das heißt: allein mit einem Hund von nicht ganz unbeträchtlicher Größe. «Hm, Hector, ja?», sagte Nicholas leise und trat etwas näher. Es schien, als hätte der Hund eine Augenbraue hochgezogen. «Und du bist also ein ganz Braver, was?» Wohler wäre ihm gewesen, wenn er sich sicher hätte sein können, dass er nach einmal Streicheln noch im Besitz all seiner Finger sein würde. Seit der Hofhund, den sie in seiner Kindheit gehabt hatten, tollwütig geworden und auf ihn losgegangen war, traute Nicholas Hunden nicht mehr. Dennoch streckte er vorsichtig eine Hand aus. Einem Hund darf man nicht in die Augen starren, das wusste er noch. So weit, so gut. Aber was machte man, wenn einem umgekehrt der Hund in die Augen starrte? Nicholas versuchte, einen Punkt neben dem Ohr des Tiers zu fixieren. So hatte er zwar die Reaktionen des Hundes im Blick, aber er sah ihm nicht direkt in die Augen. Beinahe hatte er die Hand am Fell des Tiers, da hörte er hinter sich eine Stimme: «Lassen Sie ihn zuerst an Ihrer Hand riechen. Keine Sorge. Er beißt Sie nicht. Er lernt Sie kennen.»

Nicholas wandte sich um. Ein Mann im Rollstuhl war aus dem Hinterzimmer gekommen. Nein, nicht *ein* Mann. Es war *der Mann vom Foto.* Gutaussehend. Blond, mit hellen blauen, freundlichen Augen. Aber im Rollstuhl. Unwillkürlich flog Nicholas' Blick zu dem Teebaum, hinter dem der Herzchenrahmen an der Wand hing. «Oh, bon soir», stotterte er. «Ich … wusste nicht …»

«Dass Hunde Menschen über den Geruchssinn kennenlernen?»

«Nein … ich meine …»

«Ach so. Sie meinen *mich.*» Er gab den Reifen seines Gefährts einen Stoß und rollte lässig bis vor Nicholas' Füße. «Danton», sagte er. «Angenehm.» Und er hielt ihm die Hand hin.

Nicholas nahm sie, stellte fest, dass sie weich und trocken war und doch einen kräftigen Druck hatte. «Matin», erwiderte er den Gruß. «Nicholas Matin.»

«Ah, Sie sind also der geheimnisvolle Mann, von dem Fleur erzählt hat.»

Geheimnisvoll, dachte Nicholas. Wenn das für jemanden galt, dann doch wohl für ihn. «Ich denke nicht, dass ich sehr geheimnisvoll bin», erklärte er. «Ich verstehe nur offenbar nichts von Hunden.» Und nichts von Frauen. Wie um alles in der Welt hatte er sich nur in diese Lage bringen können? Stand hier vor dem Ehemann der Blumenhändlerin, die er am liebsten … Nein, er verbot sich den Gedanken, denn es war ihm sogar peinlich vor sich selbst. Dennoch: Auf den Abend, an dem er Mademoiselle Fleur vergeblich in der Oper hatte warten lassen, warf das ein anderes Licht. Wie konnte sie sich mit einem anderen Mann verabreden, während ihr Mann … im Rollstuhl.

«Es muss Ihnen nicht peinlich sein», sagte Monsieur Danton und rollte wieder ein wenig von ihm weg. Er sagte es, als hätte er Nicholas' Angst vor Hunden gemeint. Aber irgendwie schien es, als hätte er es auf sich bezogen. Auf seine Behinderung. Auf Nicholas' Blicke, die er nur für Mitleid halten konnte oder – noch schlimmer – Geringschätzung.

«Ah, ihr habt euch schon bekannt gemacht», sagte Fleur, die

in diesem Moment wieder den Laden betrat. Sie hatte ein kleines Tablett mit drei Tassen dabei. «Wollen wir uns an das kleine Tischchen bei Hector setzen?» Tatsächlich lag der Hund halb unter dem Bistrotisch, an dem zwei Stühle standen. Fleur rückte die Schale mit gewachsten Äpfeln zur Seite, stellte das Tablett ab und nahm Platz. «Setzen Sie sich nur», sagte ihr Mann und deutete auf den anderen Stuhl. «Ich habe ja schon eine Sitzgelegenheit.»

Befangen ließ Nicholas sich auf den anderen Stuhl nieder und nahm die Tasse zur Hand. «Haben Sie sich denn heute schon für einen Vorwand entschieden, weswegen Sie hierhergekommen sind?», fragte Monsieur Danton mit mokantem Lächeln.

«Vorwand?»

«Eine Helekonie vielleicht? Oder eine Protea?»

«Pardon?»

«Also wirklich, Henri. Nun hör aber auf! Du kannst den armen Monsieur Matin doch nicht so in Verlegenheit bringen!» Und zu Nicholas: «Bitte hören Sie nicht auf ihn, er macht immer solche Scherze.»

Weil er nicht wusste, was er darauf antworten sollte, nahm Nicholas einen Schluck Tee und verbrannte sich prompt die Lippe. «Bon», erklärte der junge Mann im Rollstuhl. «Meine Schwester hat recht, ich bin ein ziemliches Schandmaul und muss mich entschuldigen.»

«Ihre … Schwester?» Nicholas setzte die Tasse ab und kippte die Hälfte des Tees aus, sodass das heiße Gebräu auf seine Hose schwappte und er zusammenzuckte. Henri Danton suchte den Blick seiner Schwester. «Und du hast auch recht damit, dass er wirklich ganz entzückend ist.» Das Lächeln des Bruders wurde immer breiter, während er Nicholas von oben bis unten musterte wie einen Schuljungen, der etwas ausgefressen hatte. «Du solltest ihn heiraten.»

«Wuff!», sagte Hector, zog es aber im Übrigen vor, seinen gemütlichen Platz nicht aufzugeben.

Monsieur Trebouchet blickte nicht auf, als Nicholas sein Büro betrat, das ihm wie der Gegenentwurf zum Büro des Gründervaters Charles Tourignon erschien: kühl, mit viel Glas und gebürstetem Stahl. «Bonjour, Monsieur Trebouchet.»

Der Geschäftsführer deutete auf den Stuhl, der seinem Chefsessel gegenüberstand. Nicholas nahm Platz und wartete. Trebouchet zog eine Augenbraue hoch und sagte nach einer Weile mit leiser Stimme: «Ich finde es bedenklich, Monsieur Matin, dass die Zahl der Reklamationen in der Zeit, die Sie nun bei uns sind, nicht zurückgegangen, sondern sogar noch weiter gestiegen ist.» Er erdolchte seinen Mitarbeiter mit einem eisigen Blick.

Nicholas nickte. «In der Tat», sagte er. «Das finde ich auch.»

«Und wie erklären Sie es sich?»

«Darf ich?» Nicholas streckte die Hand aus, um das Papier zu erbitten, das sein Chef in der Hand hielt. Doch Trebouchet machte keine Anstalten, es ihm zu geben. «Ich denke, Sie sollten die Zahlen kennen», sagte er stattdessen.

«Bon. Ich kenne die Zahlen. Natürlich.» Einen Moment lang war Nicholas geneigt, ihm die ganze Wahrheit ungeschminkt ins Gesicht zu sagen: dass die Reklamationen in den Bereichen, in denen es sie früher schon gegeben hatte, durchweg zurückgegangen waren, dass sie allerdings dort gestiegen waren, wo das Management Einsparungen vorgenommen hatte. Dass Leistung beim Personal auch mit der Zeit zu tun hatte, die dafür zur Verfügung stand. Dass Qualität auch mit dem Budget zusammenhing, das man dafür einplante. Alles das, was ein Geschäftsführer auch selbst hätte wissen können, ja hätte wissen *müssen!* Doch Trebouchet war kein Mensch, der die Fehler bei sich selbst suchte oder einer offenen Diskussion gegenüber aufgeschlossen war. Er brauchte nur jemanden, den er verantwortlich machen konnte. Und dieser jemand war entweder Nicholas oder Jean Pelissier. Dafür existierte die Abteilung CR2 de facto. Dafür waren die beiden Mitarbeiter eingestellt worden. «Wir arbeiten hart daran, die Missstände zu beseitigen, Monsieur Trebouchet», erklärte Nicholas deshalb. «Mein Kollege Pelissier hat …»

«Lassen Sie Pelissier aus dem Spiel, Matin. Sie sind der Leiter der Abteilung», fuhr Trebouchet ihm barsch ins Wort.

«Ich bin natürlich verantwortlich. Ich wollte nur klar machen, wie intensiv sich Monsieur Pelissier einbringt. Wenn wir ihn nicht hätten, sähen die Zahlen noch viel katastrophaler aus.»

«Dann liegt es also nicht an ihm, ja?» Es war klar, was Trebouchet damit sagen wollte. Und nichts anderes hatte Nicholas bezweckt. «Nein», sagte er. «Monsieur Pelissier ist das Rückgrat unserer Abteilung.»

Der Geschäftsführer nickte. «Und Sie?», fragte er dann. «Was sind Sie, Monsieur Matin?»

«Ich bin der Kopf, wie Sie wissen.»

«Bon. Dann möchte ich, dass Sie mehr dafür tun, dass dieser Kopf nicht rollen muss. Denn wenn ich mir die Zahlen zum Jahresende ansehe, kann ich Ihnen nur sagen: Jede dieser Reklamationen ist wie ein gerissener Faden aus dem Seil, das die Guillotine in der Luft hält. Und es dürfen nicht mehr viele reißen …»

❁

An regnerischen Tagen war der Großmarkt ein geheimnisvolles Pflaster. Sonst wirkte er mit seinen offenen Ständen einladend, aber bei Regen und Kälte zogen sich die Händler in ihre Hallen zurück, und man musste schon sehr genau wissen, wen man wo und weshalb aufsuchte, um das Gewünschte zu bekommen.

Für Fleur waren die Besuche auf dem Großmarkt stets damit verbunden, dass sie alte Bekannte traf, mit denen sie einen Plausch hielt. Gerne schlüpfte sie durch die Tür zu Valentin Zahir. Er war zwar ein äußerst harter Geschäftsmann, aber er machte den besten Tee. «Ah, Fleur!», rief er, als er sie sah. «Très bien, dass du kommst. Du musst diesen kenianischen Tee probieren.» Und noch ehe sie etwas erwidern konnte, schenkte er ihr ein Glas davon ein.

«Bonjour, Valentin! Wie geht es Marie?»

«Sie ist mit einer Freundin in Tansania.»

«Rosen.»

«Rosen.»

Ein Großteil der Ware, die Zahir verkaufte, kam aus Afrika, vor allem die Rosen. Und es gehörte zu Zahirs Geschäftspolitik, nichts dem Zufall zu überlassen, schon gar nicht die Qualität und die Produktionsbedingungen seiner Blumen. Auch seine Frau kam aus Tansania. Er hatte sie dort auf einer der Plantagen kennengelernt, als sie noch eine einfache Pflückerin gewesen war. Inzwischen galt Marie als eine der einflussreichsten Frauen auf dem Pariser Markt für Blumen aller Art. Sie galt als wandelnde Enzyklopädie der Botanik. Wer Rat suchte, kam zu Marie. «Schade», sagte Fleur. «Ich hätte sie gerne etwas gefragt.»

«Frag mich!», schlug Zahir vor und bedeutete ihr, doch endlich einen Schluck von seinem Tee zu nehmen. Fleur nippte vorsichtig und nickte anerkennend. «Köstlich. So mild. Verkaufst du ihn?»

«Noch nicht. Das ist nur eine Probe, die ich mir habe schicken lassen.»

«Du solltest ihn in dein Sortiment aufnehmen.»

Zahir wiegte den Kopf. «Würde ich gerne», sagte er. «Aber

Marie beschwert sich schon immer, dass wir langsam zum Teegroßhändler werden.»

«Na und?»

«Non, non, sie hat recht, Fleur. Ich habe ein kleines Sortiment für Liebhaber, das ist gut so. Ich will nicht alles anbieten. Die Teekäufer werden mich doch bloß als Blumenhändler sehen und die Blumenkäufer als Teehändler.»

Fleur zuckte die Achseln. «Na und? Ich habe seit ein paar Tagen Schalen mit Obst in meinem Laden aufgestellt. Und ich kann dir sagen, ich habe schon mehrere davon verkauft.»

«Die Schalen oder das Obst?»

«Beides», lachte Fleur. «Es gibt da ein älteres Ehepaar, das immer wieder zu mir kommt. Sie haben die Schale mit den Mangos gesehen und sie einfach so, wie sie war, mitgenommen. Oder Madame Rolande …»

«Pah, Fleur! Das sind Stammkunden. Die machen so etwas. Aber ich habe ja viel weniger Kunden als du.»

Womit er recht und unrecht zugleich hatte. Einerseits hatte ein kleiner Blumenladen mehr unterschiedliche Kundschaft, während Großhändler dazu da waren, große Mengen an weniger Kunden zu verkaufen. Nur dass Zahir offensichtlich die Anzahl von Fleurs Kunden weit überschätzte und seine eigene kleiner machte, als sie war.

«Danke für den Tee», sagte Fleur, als sie ausgetrunken hatte. «Ich hätte gerne zehn Bünde von der Alina, von der Best Impression und von der Bravour. Und je fünf von der Free Spirit, von der First Lady und von der Wildberry.»

«Die Wildberry ist zwar eine Wild Topas», schmunzelte Zahir. «Und die First Lady eine Juvena. Aber ich mache dir die Sachen gerne fertig, bis du mit den anderen durch bist.»

«Alter Rechthaber», grinste Fleur und winkte ihm zu. Dann verließ sie seine Räume, um hinüber zu Van Beuten zu gehen, der einen der größten Stände hatte und praktisch alles führte, was Fleur in ihrem kleinen Blumenladen brauchen konnte.

Sie genoss die Besuche auf dem Großmarkt, weil sie ihre Phantasie anregten. Immer wieder entdeckte sie dort Neues. Die Präsentationen der Großhändler brachten sie auf Ideen, wie sie ihre eigenen Pflanzen noch schöner inszenieren konnte, sie machte Abstecher zu den anderen Ständen, kaufte gelegentlich etwas zu essen ein oder etwas Wein. Manchmal brachte sie Henri italienischen Schinken oder spanische Wurst vorbei, die er so liebte. An jenem Tag konnte sie einem kleinen Sack Kastanien nicht widerstehen, die sie selbst sehr mochte, die sie sich aber auch gut als Dekoration fürs Geschäft vorstellen konnte. Sie würde die Früchte in gläsernen Vasen präsentieren, vielleicht mit ein paar kleinen Weihnachtskugeln – oder nein: besser noch mit einigen wenigen gewachsten Äpfeln durchmischt.

Als sie nach viel zu langer Zeit endlich wieder vom Hof fuhr, hatte sie das Gefühl, das alte Auto der Saids ächzte unter der Last. Und beinahe meinte sie auch ihr Bankkonto von ferne ächzen zu hören. So fuhr sie mit ihren Schätzen durch Paris und summte Weihnachtslieder aus ihrer Kindheit, während der Regen langsam wieder in Schnee überging und sie von Zeit zu Zeit an Nicholas dachte – und an seine so klugen Augen.

Wie üblich saß Madame Chirac an dem kleinen Tischchen neben dem Eingang und trank eine Tasse Tee, die Madame Fréjus ihr gebracht hatte. «Bei diesem Wetter spüre ich meine Beine, geht es Ihnen nicht auch so?», erklärte sie und fuhr fort, ohne Madame Fréjus' Antwort abzuwarten: «Eigentlich alle Knochen. Wir sind ja wohl in einem Alter, in dem man damit leben muss, nicht wahr?» Worauf Madame Fréjus nichts erwiderte, denn die Kundin war gut und gerne zehn Jahre älter als sie. «Aber der Tee tut gut. Und überhaupt ist Ihr kleines Paradies hier das reinste …» Sie suchte nach Worten. «Paradies», sagte sie schließlich, ohne zu bemerken, wie Madame Fréjus die Augen verdrehte.

Etwas im Hintergrund drückte sich der junge Mann herum, der von Zeit zu Zeit kam, um sein Taschengeld in Blumen anzulegen. Er war der mit Abstand jüngste Stammkunde des *Fleurs de Fleur*, vermutlich noch nicht einmal volljährig. Madame Fréjus steckte ihm gerne etwas mehr in die Sträußchen, als er verlangte (und bezahlte). Aber vermutlich machte es Mademoiselle Fleur nicht anders, wenn sie ihn bediente. Solche Liebe, solche Hingabe musste man belohnen! Man musste sie fördern und … «Junger Mann, Sie sollten nicht immer Rosen kaufen!», rief ihm Madame Chirac zu, während er sich erfolglos hinter einem Ficus verbarg. «Nehmen Sie doch mal so einen Calocephalus!» Sie deutete auf eine Gaultheria. «Oder so einen Helleborus!» Sie zeigte mit dem Finger auf eine Calluna.

«Der junge Mann möchte vielleicht mit der Wahl seiner Blumen etwas ganz Bestimmtes zum Ausdruck bringen», versuchte Madame Fréjus die Kundin von weiteren unpassenden Vorschlägen abzuhalten.

«Sie meinen getreu dem guten alten Motto *Lass Blumen sprechen*? Ich bitte Sie, Madame Fréjus, was soll eine Blume schon sagen können!»

Der junge Mann hob verlegen die Hand und murmelte: «Ich komme vielleicht später noch mal wieder.» Dann huschte er schnell nach draußen und verschwand in der einsetzenden Dämmerung.

«Die Jugend von heute, was?» Madame Chirac spreizte den kleinen Finger zur Seite ab und nahm den letzten Schluck ihres

Tees. «Aber was will man machen? Dass mit der Jugend kein Staat mehr zu machen ist, das wusste ja schon Sokrates.»

«Aristoteles», verbesserte Madame Fréjus unwillkürlich.

«Richtig.»

«Das ist auch schon wieder zweitausendfünfhundert Jahre her. Wie die Zeit vergeht, was?»

Eine Bemerkung, auf die Madame Chirac nichts zu entgegnen wusste.

«Und was darf ich Ihnen heute Schönes mitgeben, Madame?», fragte die Blumenhändlerin, die Hand schon am Margeritensträußchen.

«Ach, für mich sind Margeriten die perfekten Blumen», erklärte die Kundin, als hätte sie nicht gerade eben das Hohelied der Abwechslung und der Experimentierfreude gesungen.

«Gewiss, Madame. Das Übliche für Sie», sagte Madame Fréjus schmallippig und packte das Sträußlein ein. «Sie bezahlen dann bei Ihrem nächsten Besuch?»

«Zu freundlich, dass Sie mir das anbieten, Madame. Machen wir es gerne so.» Sie machte es ohnehin immer so. Einmal im Monat bezahlte sie ihre Rechnung im *Fleurs de Fleur* – und jedes Mal hatte sie ausgerechnet ein bisschen zu wenig Geld dabei, sodass Fleur ihr diesen Teil der Rechnung erließ. Ausgerechnet die Kundin, die niemals ohne Pelz und Perlenohrringe aus dem Haus ging und deren Hüte durchweg von Givenchy stammten, und doch wiederholte sich dieses Spiel Monat für Monat – «Es ist mir ausgesprochen peinlich, das müssen Sie mir glauben» –, seit Madame irgendwann im letzten Jahr aus der überaus vornehmen Rue de Faubourg St.-Honoré an den etwas weniger exquisiten Montparnasse gezogen war. Und mehr als einmal hatten Fleur und ihre Mitarbeiterin über diese sehr eigene Kundin gestritten, weil Madame Fréjus fand, dass man ihr die Frechheit und den Dünkel nicht durchgehen lassen durfte, während Fleur der Meinung war, dass eine Kundin, an der man regelmäßig ein bisschen was verdiente, besser war als gar keine Stammkundin – selbst wenn man sich von ihr ausnutzen ließ.

Als Madame Chirac endlich gegangen war, dauerte es nur Augenblicke, bis sich die Tür mit leisem Klingeln öffnete und der junge Mann erneut die kleine Blumenhandlung betrat. «Ich denke, wir sollten bei den Rosen bleiben», schlug Madame Fréjus verschwörerisch vor, und der junge Mann nickte dankbar und kramte nach seinem Geld. «Ich habe zehn Euro», erklärte er schüchtern.

«Dafür bekommen wir etwas sehr Hübsches hin.» Die Blumenhändlerin zog ein paar lachsfarbene Rosen aus einer Vase, setzte etwas Schleierkraut dazu, ganz klassisch, und ergänzte einige zartblaue Kornblumen, von denen sie sich fragte, woher Fleur sie nur um diese Jahreszeit bekommen hatte. «Gut so?»

«Wunderschön», sagte der junge Mann.

Madame Fréjus nickte zufrieden. «Ich finde, die junge Dame sollte Sie endlich erhören», erklärte sie mit einem Zwinkern. «Sie haben es wirklich verdient.»

«Oh», murmelte der junge Mann. «Aber sie *hat* mich erhört.» Sowenig er ihr bei diesen Worten in die Augen blicken konnte, so wenig konnte er ein Grinsen unterdrücken. Und auch Madame Fréjus musste lächeln. Und ob man mit Blumen etwas sagen konnte!

Als Fleur am Abend wieder in den Blumenladen kam, um Madame Fréjus abzulösen, schien es ihr fast so, als habe Monsieur Matin extra darauf gewartet, dass sie nicht da war, um sein Päckchen abzugeben. Jedenfalls hatte Mathilde es sehr dekorativ auf das kleine Tischchen neben dem Eingang gelegt. Beim Hinausgehen zeigte sie darauf: «Und das hier hat dein Verehrer vorbeigebracht.»

«Mein Verehrer?»

Madame Fréjus antwortete nicht, aber ihr Blick sprach Bände. Offenbar hatte sie sich wie Henri dazu entschlossen, in die Bekanntschaft mit Nicholas Matin mehr hineinzugeheimnissen, als tatsächlich darinsteckte. «Bon», erwiderte Fleur. «Ich mache es später auf.»

«Wie du meinst. Ich bin dann weg.»

«Oui. Schönen Abend und danke!»

«Bonsoir!»

Natürlich hätte Madame Fréjus zu gerne gewusst, was sich in dem Päckchen befand. Daran bestand überhaupt kein Zweifel. Aber Fleur hatte keine Lust, ihre Neugier zu befriedigen. Deshalb wartete sie auch noch einen Augenblick, bis ihre Mitarbeiterin vor dem Laden – und wie zufällig direkt neben dem Tischchen auf der anderen Seite des Schaufensters – ihren Regenschirm umständlich aus der Tasche geholt und aufgespannt, sich einmal nach links und einmal nach rechts gewandt hatte, als müsste sie überlegen, in welche Richtung sie gehen sollte, bis sie sich geschnäuzt und ihr Taschentuch ebenso umständlich wieder in ihrer Handtasche verstaut und sich endlich getrollt hatte, ehe sie das Päckchen holte und vorsichtig die Schleife aufzupfte.

Macarons. Von Ladurée. Sündhaft teuer und noch sündhafter köstlich! Der zarte Duft des Gebäcks stieg ihr sogleich in die Nase und ließ ihre Beine ganz schwach werden. Sie setzte sich und nahm den Umschlag zur Hand, der – klein, zierlich und blütenweiß – der Schachtel beigefügt war und auf dem in feiner Schrift ihr Name stand: Fleur Danton.

Chère Fleur Danton!
Bitte verzeihen Sie meine Dummheit und mein unmögliches Benehmen, mit dem ich Sie in letzter Zeit gekränkt habe. Es tut mir unendlich leid, und ich hoffe, Sie können mir vergeben.
Man kann die Zeit nicht zurückdrehen und Fehler ungeschehen machen. Aber man kann versuchen, richtig zu machen, was man falsch gemacht hat – wenn man die Chance dazu bekommt. Diese Chance erbitte ich mir von Ihnen. Deshalb möchte ich Sie noch einmal in die Oper einladen. Es wäre mir eine Ehre, wenn Sie meine Einladung annähmen. Und diesmal, das verspreche ich, werde ich kommen.
In der Hoffnung, dass Sie sich dazu überwinden können, und in der Hoffnung, dass ich es schaffe, einmal nicht peinlich zu sein, bange ich Ihrer Antwort entgegen.
Mit lieben Grüßen
Ihr Nicholas (Matin)

Dazu ein Programmzettel für *La Bohème*. Unmittelbar nach den Weihnachtsfeiertagen. Was hatte das zu bedeuten? Ging es hier wirklich um sie? Oder ging es dabei eigentlich um ihn? Unsicher stand Fleur in ihrem Laden und versuchte, in ihrem Kopf irgendeine Art von Ordnung zu finden. Vergeblich.

«Oh, Macarons!», rief Madame Fréjus, die wie aus dem Nichts plötzlich wieder vor ihr stand. «Und auch noch von Ladurée! Da will es aber jemand wissen …» Sie zwinkerte Fleur zu. «Ich habe nur meine Handschuhe vergessen», erklärte sie auf Fleurs irritierten Blick hin und eilte ins Hinterzimmer, um sogleich wieder nach vorne zu kommen. «Und einen Brief hat er auch geschrieben? Wie romantisch!»

«Ich weiß nicht, ob das romantisch ist», sagte Fleur und biss sich auf die Lippen. Nein, sie wollte die Sache nicht mit Mathilde besprechen. Nicht jetzt jedenfalls. Hastig faltete sie den Brief zusammen und steckte ihn wieder in den Umschlag, wobei ihr der Programmzettel auf den Boden fiel. Sie bückte sich, aber Madame Fréjus war schneller. «*La Bohème!*», stellte sie fest.

«Ja», erwiderte Fleur. «Sehr romantisch. Ich weiß.»

Madame Fréjus hob abwehrend die Hände. «Ich habe gar nichts gesagt.» Und damit beeilte sie sich, wieder nach draußen zu kommen. Fleur aber nahm eines der Macarons – ein zartgrünes mit Pistazie –, biss hinein und musste lächeln. Ein perfider Trick war das! Wie sollte sie widerstehen, wenn er sie mit solchen Köstlichkeiten lockte?

12

Jedes Wort, das du mit einer Pflanze sprichst,
ist ein Wort an dich selbst

Bis zum Vorabend des Weihnachtsfests hatten es die Handwerker, die Madame d'Alemberg für Arbeiten an ihrem Haus hatte gewinnen können, immerhin geschafft, dass die Heizung *gelegentlich* ging. Man konnte sich nicht darauf verlassen – höchstens darauf, dass sie gerade dann nicht ging, wenn man es gerne warm und kuschelig gehabt hätte. Aber zumindest gab es eine gewisse Chance, dass man sich von Zeit zu Zeit aufwärmen konnte.

Für den Besuch eines alten Mannes und die Illusion eines unbeschwerten Festes jedoch war das eindeutig zu wenig. Deshalb überlegte Fleur, wie sie es anstellen sollte, dass sie ihr Versprechen nicht brach und zugleich ein gemütliches Weihnachtsfest ausrichten konnte. Um dort zu essen und ein paar schöne Stunden zu verbringen, hätten sie auch zu Henri gehen können. Doch zum Übernachten war seine Wohnung zu klein, und der Gedanke, ihren Vater anschließend wieder zurückzubringen nach Meung-sur-Loire war ihr unerträglich. In ein Hotel wollte sie ihn auch nicht einmieten, schließlich war die Idee doch, dass sie beisammen waren an den Weihnachtstagen. Dass sie Zeit miteinander verbrachten, redeten, nicht auf die Uhr schauen mussten und einfach wieder eine Familie waren. Eine Art Familie zumindest. Die Heizkörper aus dem Geschäft konnte sie auch nicht nehmen, denn dann wären ihr die Pflanzen eingegangen. Allenfalls … Sie überlegte. Schob in ihren Gedanken einiges hin und her, fragte sich, wie sie es bewerkstelligen sollte. Telefonierte mit Henri. Brachte der Familie Said nebenan einen großen Mistelzweig, den sie mit einer prächtigen Schleife geschmückt und mit einigen kleinen goldenen Kiefernzapfen behängt hatte, erledigte noch die letzten Besorgungen: einige Flaschen Chablis und Pommerol, einen ganzen Korb voller Käse, Brot, Granatäpfel, Mangos, feinster Schokoladen. Frisch gerösteten Kaffee, zwei Päckchen Tee (Fleurs de Fleur), Lachs, beinahe hätte sie den Champagner vergessen … Sie organisierte, putzte, prüfte bangend ihren Kontostand. Sie suchte das Backbuch ihrer Tante Charlotte heraus, das einzige, was ihr von dieser wunderbaren Frau geblieben war. Polierte die Gläser, schleppte Geschirr und wickelte zwei Krawatten in Seidenpapier, das sie anschließend mit einem zartweißen Band verschnürte.

Später am Abend packte sie die Krawatten wieder aus, weil ihr klar wurde, dass Henri niemals Schlips trug und dass ihr Vater womöglich darunter litt, keinen Anlass mehr dazu zu haben. Stattdessen hüllte sie die beiden Teepäckchen liebevoll in ihr Blumenpapier, dessen florales Muster sie ohnehin am allerschönsten fand – und knüpfte eine Schleife daran, in die sie jeweils ein Zweiglein von der Stechpalme steckte. Es ging schließlich nicht darum, etwas möglichst Teures zu schenken, sondern darum, dass es von Herzen kam. Und wenn die beiden sahen, was sie auf die Beine gestellt hatte, um das Weihnachtsfest wie versprochen zu ermöglichen, wäre das Geschenk das Unwichtigste von allem.

Es war schon drei Uhr morgens, als sie endlich erschöpft in den Schlaf sank. Sie konnte gerade noch den Wecker stellen, um den Weihnachtstag nicht völlig zu verschlafen. Beinahe war sie schon im Reich der Träume, als ihr die Sorge in den Sinn kam, eine Fahrt nach Orléans – oder besser: zwei solche Fahrten! – könnte für den alten Wagen der Saids zu viel werden.

Der Weihnachtsmorgen weckte sie mit strahlendem Sonnenschein. Es war ein klarer und kalter Tag, die Fahrt nach Meung-sur-Loire würde schön werden!

Sie war gerade im Bad, als ihr Handy sich meldete. Eine Nachricht:

Guten Morgen! Weihnachten ist ein Fest für Romantiker.
Zum Glück gehören wir dazu ...

Ein Gefühl von tiefer Liebe durchströmte Fleur. Über all ihre Erfolge hatte Henri sich gefreut, in all ihren dunklen Stunden war er für sie da gewesen. Immer dachte er an sie. Jeden Tag zauberte er ein Lächeln auf ihr Gesicht. Und nie ließ er es zu, dass man dachte, er könnte es schwerhaben, er könnte unter seiner Behinderung leiden, die ihn mit zehn Jahren in den Rollstuhl gezwungen und sein Leben so unendlich viel komplizierter gemacht hatte. Seither hatte er sein Leben dem Kampf gegen die Kinderlähmung gewidmet, um jene davor zu schützen, die gesund waren, und diejenigen zu trösten, die wie er damit leben mussten. Seine Helden waren die Kinder, die Impfschäden davongetragen hatten, denn sie hatten es für Millionen andere Kinder getan, denen dieses harte Schicksal erspart blieb. Fleurs Held war ihr kleiner Bruder Henri, der wie kein anderer Mensch auf dieser Welt Lebensfreude versprühte und immer ein Ohr für seine Mitmenschen hatte. Außerdem hatte er Hector, den klügsten Hund der Welt. Und auch den faulsten.

Guten Morgen! Die Romantiker retten die Welt!

schrieb sie ihm zwischen Kajal und Lippenstift zurück. Es dauerte keine fünfzehn Sekunden, da antwortete er:

Den nehme ich in meine Sammlung auf. Oder erhebst du Anspruch auf das Copyright?

Sie nahm das Handy und ging in die Küche, um sich anzuziehen. Im Haus war es wieder kalt, also hatte sie den Backofen angemacht und die Klappe geöffnet.

Ist ein Weihnachtsgeschenk

Wenige Minuten später war sie auf dem Weg Richtung Orléans. Die Straßen waren angenehm leer, es waren nicht viele Leute unterwegs an diesem Weihnachtsmorgen. Monsieur Saids Wagen fuhr ohne viel Stottern los und machte auch keinen Ärger, als Fleur die Stadt hinter sich ließ und auf die Autobahn fuhr. Sie hatte sich eine CD mit Weihnachtschansons mitgenommen, die ein wenig melancholisch klangen, aber im Grunde war ihr ja nicht anders zumute: ein bisschen heiter, ein bisschen nachdenklich. Einerseits freute sie sich auf die Zeit mit Papa, andererseits fürchtete sie sie. Nein, eigentlich fürchtete sie vor allem das, was kommen würde. Nicht heute. Vielleicht auch nicht in den nächsten Wochen. Vielleicht würden sogar noch Monate vergehen. Aber in absehbarer Zeit würde es so weit sein, dass ihren Vater die geistigen Kräfte verließen, die das ausmachten, was sie so sehr liebte: seine einzigartige Persönlichkeit. Papa war immer ein lebensfroher, hilfsbereiter, ganz und gar uneitler Mensch gewesen, er war es heute noch. Es hatte für ihn nie eine größere Freude gegeben, als anderen eine Freude zu machen. Voll Sehnsucht dachte Fleur an die Weihnachtstage ihrer Kindheit. Sie waren durch die Wälder gestreift und hatten Zweige gesammelt, um sie zu Hause zu schmücken. Zu Hause, wo Mama sie mit duftendem Gebäck empfing und mit heißem Tee. Am Weihnachtsmorgen hatte es kleine Geschenke gegeben, so unbeholfen und unförmig verpackt, dass sie alle immer lachen mussten. Nur ein Geschenk war immer wunderhübsch eingewickelt: das für Mama. Papa schlich sich am Vorabend regelmäßig in Fleurs Zimmer und gab es ihr zum Verpacken, weil sie diese Dinge schon mit sechs oder sieben Jahren unvergleichlich viel besser konnte als er. Und Mama sagte dann immer: «Bei meinem Geschenk muss dir ein Engel geholfen haben, Pierre. So schön kann das doch kein Mensch einpacken.» Und sie gab Papa einen Kuss und zwinkerte Fleur dabei zu.

So unbegabt Papa in handwerklichen Dingen war, so wundervoll war seine Phantasie! Seine Wortspiele waren ein Vergnügen; wenn er Geschichten erzählte, lauschte die ganze Familie. Als Henri mit zehn Jahren krank wurde, schrieb Papa ihm eine Geschichte, die so tröstlich war, dass Fleur noch heute überzeugt war, dass Henri seinen Weg nur dank Papa fand. Ein wenig war er ja auch wie Papa mit seinen kleinen Alltagsphilosophien und dem Schalk, der hinter allem steckte, was er tat und sagte.

Vor Orléans begann es überraschend zu schneien. Fleur hatte gar nicht bemerkt, dass sich der Himmel zugezogen hatte. Aber es war ein freundlicher Schneefall, licht und sanft. Die CD war längst zu Ende, und im Radio liefen kitschige amerikanische Weihnachtslieder, die sie laut mitsang. An einer Tankstelle hielt sie an und bestellte sich einen Becher Kaffee, denn was leider nicht besonders gut funktionierte, war die Heizung in Monsieur

Saids Wagen. «Scheint eine Epidemie zu sein», erklärte der Tankwart. «Höre ich die Tage öfter.»

«Wenn Sie wüssten ...», lachte Fleur und bezahlte. Sie war schon an der Tür, als der Tankstellenbesitzer rief: «Sie haben noch was vergessen!»

«Ich wüsste nicht ...»

«Hier!» Der Mann kam hinter seiner Theke hervor und hielt ihr eine kleine Tüte hin, die mit Tannenbäumen und goldenen Glocken bedruckt war. «Frohe Weihnachten!»

«Oh! Danke. Auch Ihnen ein frohes Fest!» Beschwingt ging Fleur nach draußen und setzte sich wieder ins Auto. In der Tüte waren ein paar Kekse, eine Mandarine und ein Weihnachtsmann in den Farben der Tankstelle. Außerdem ein Päckchen Taschentücher mit Weihnachtsgrüßen in etlichen Sprachen und ein Anhänger in Form eines Engels in weiß-goldenem Kleid, vermutlich als Schmuck für den Weihnachtsbaum gedacht. Fleur aber hängte ihn an den Rückspiegel. Soweit sie wusste, gab es Engel auch im Islam. Sollte er den Saids Glück bringen! Sie nahm einen Schluck Kaffee, überrascht, wie gut er war, und machte sich dann auf den Weg, um das letzte Stück zügig hinter sich zu bringen. Papa würde schon warten – sie hatte es jetzt eilig.

Weihnachten ist ein Fest für Menschen mit Familie. Alle anderen tun sich zwangsläufig schwer damit, mehr oder weniger. Ursprünglich hatte Nicholas die Absicht gehabt, in den Weihnachtstagen nach Hause zu fahren und seine Eltern in den Vogesen zu besuchen. Doch bei Durchsicht des Dienstplans war ihm schnell klar geworden, dass er in den sauren Apfel beißen und den Großteil des Festes im Hotel würde verbringen müssen. Denn die meisten Kolleginnen und Kollegen hatten Partner, viele waren Eltern, und natürlich war es wichtiger, den Kindern ein schönes Weihnachtsfest zu ermöglichen als den Singles, auf die niemand wartete. Also hatte Nicholas seinen Eltern für diesmal abgesagt und sich ein Zimmer im *Louis XV* genommen. Immerhin würde er auf diese Weise durchgehend köstlich speisen können und sich nicht mit Putzen oder Bügeln beschäftigen müssen. Denn für das alles war ja gesorgt im Hotel.

Die Belegschaft, die während der Feiertage arbeitete, hatte einen etwas anderen Aufgabenzuschnitt als sonst. Schließlich galt es, einen möglichst reibungslosen, tadellosen Betrieb beizubehalten. Deshalb übernahm Nicholas an diesen Tagen stundenweise sogar die Rolle des Zweiten Portiers und der Reservierung. Aufgaben, die ihm Spaß machten und dazu führten, dass die Stunden wie im Flug vergingen.

Am Weihnachtsabend selbst, gegen Mitternacht, hatte die Tochter von Charles Tourignon die anwesenden Mitarbeiter in der Tradition ihres Vaters zu einer kleinen Feier eingeladen, die in ihrer eigenen Suite stattfand, einer Zimmerflucht im obersten Stockwerk des *Louis XV*, die anders als die restlichen Zimmer nicht im klassischen Empire-Stil eingerichtet war, sondern modern und hell. Als – beinahe – alle versammelt waren (eine Handvoll musste die Stellung halten, und Nicholas hatte mit Erleichterung zur Kenntnis genommen, dass der Geschäftsführer offenbar im Kreise seiner Familie weilte), hob sie ihr Glas und erklärte: «Liebe Kolleginnen und Kollegen, ich danke Ihnen, dass Sie gekommen sind. Es ist mir eine große Ehre, Sie in Erinnerung an meinen lieben Vater dieses Jahr zu einem Glas Champagner und einigen Kleinigkeiten einzuladen. Für Charles Tourignon war das Hotel sein Leben – und die Mitarbeiter waren die Seele, die es ausmachte. Sie können nicht erahnen, wie wichtig Sie alle ihm waren. Und ich kann nur hoffen, dass es mir gelingt, Sie nicht zu enttäuschen, wenn ich versuche, als die neue Inhaberin des *Louis XV* in seine Fußstapfen zu treten. Danke, dass Sie bereit waren, den heutigen Abend und vielleicht noch einige zusätzliche Zeit während der Weihnachtstage im Hotel zu verbringen. Unsere Gäste wissen das sehr zu schätzen, vom Management und von mir natürlich ganz zu schweigen. Erheben Sie Ihr Glas mit mir auf ein segensreiches Fest und auf eine glückliche Zukunft des *Louis XV*.»

«Auf eine glückliche Zukunft!», riefen einige, darunter auch Nicholas. Er war angenehm überrascht von dieser Geste der Erbin. Sie hätte es sich leichtmachen und die Einladung der Geschäftsführung überlassen oder sie gleich ganz ausfallen lassen können. Niemand hätte es ihr übelgenommen, so kurz nach dem Verlust ihres Vaters. Und wer weiß, im nächsten Jahr hätte man womöglich gar nicht mehr daran gedacht.

«Monsieur Matin», sagte Mademoiselle Tourignon jetzt. «Sie müssen den Weihnachtsabend auch hier verbringen? Haben wir denn so viele Reklamationen über die Feiertage zu erwarten?» Sie war zu ihm getreten und stieß mit ihrem Glas sacht an seines.

«Das hoffe ich nicht, Mademoiselle Tourignon. Aber wir müssen uns alle ein wenig aufteilen, um die Aufgaben zu bewältigen, da so viele Mitarbeiter bei ihren Familien sind.»

Die hochgewachsene, elegante Frau nickte. «Und was haben Sie für Tätigkeiten übernommen?»

«Nun, ich komme gerade von der Rezeption.»

«Oh! Dann sind Sie wohl im Dienstplan mein Vorvorgänger. Ich übernehme die Frühschicht.»

Nicholas nickte anerkennend, und er meinte es auch so. Die Frühschicht ging von morgens um vier Uhr bis zehn Uhr am Vormittag. «Ihr Tag fängt also gleich an.» Mademoiselle Tourignon winkte lachend ab. «Wo denken Sie hin? Ich bin schon seit heute Morgen um sechs Uhr auf den Beinen und hatte nur zwischen fünfzehn und neunzehn Uhr eine Pause. Weihnachten ist vor allem eine Arbeitsbeschaffungsmaßnahme für Menschen, die ohnehin schon zu viel zu tun haben.»

Nicholas nickte lächelnd. «Ein wahres Wort.» Er blickte auf die Gesellschaft, in der sich alle Angestellten durchmischten. Zimmermädchen plauderten mit Wagenmeistern, Putzkräfte mit dem Portier, der Hotelboy mit der Rezeptionistin, ohne dass es eine Anweisung gegeben hätte, eine Rückfrage oder eine Belehrung. «Sie entschuldigen mich?» Die Hotelerbin nickte Nicholas noch einmal zu und machte dann ihre Runde durch die Reihen der Mitarbeiter, mit diesen plaudernd, jenen zuprostend, immer interessiert, zugewandt und elegant bis in die Fingerspitzen. *Sie wird ihren Weg machen,* dachte Nicholas. *Mit dem* Louis XV.

Vielleicht wäre Nicholas wehmütig geworden, so allein zwischen all den Menschen. In einem anderen Jahr. In diesem Jahr aber war ihm leicht ums Herz. Er wusste, woran es lag: Mademoiselle Fleur hatte seine Einladung angenommen. Er würde sie sehen, und sie würden einen wunderschönen Abend miteinander verbringen. Endlich. Diese Weihnacht, obwohl er arbeitete, obwohl niemand zu Hause auf ihn wartete, obwohl er keine Ahnung hatte, was das kommende Jahr für ihn bringen würde, war wie eine Verheißung. Er spürte, dass das Glück bereit war, ihm die Hand zu reichen – er musste sie nur noch ergreifen. Aber vorher musste er eine Kleinigkeit erledigen. «Antoine», wandte er sich an den Concierge, der seit seiner Jugend an keinem einzigen Weihnachtsfest im *Louis XV* gefehlt hatte. «Können Sie mich eine halbe Stunde entbehren?»

«Aber natürlich, Monsieur Matin», sagte der elegante Mann, der sich so souverän in seiner Uniform bewegte, als sei er in ihr schon zur Welt gekommen. «Lassen Sie sich die Zeit, die Sie brauchen. Ich bin gleich wieder an der Rezeption.»

«Merci, mein Freund. Sie sind ein guter Mann.»

«Sehr freundlich, dass Sie das sagen. Ich wäre schon glücklich, wenn man mich als nützlich betrachtete.» Er lächelte.

Nicholas eilte in sein Büro und war keine zwei Minuten später draußen vor der Tür, wo ihn eine glänzende Winternacht umfing.

«Du meinst das wirklich ernst?» Ihr Vater sah so verblüfft aus, dass Fleur lachen musste. «Warum nicht, Papa? Ich habe alles dafür hergerichtet.»

«Ich bin begeistert!» Behutsam, als beträte er ein Schloss aus Zuckerguss, setzte Pierre Danton seinen Fuß in den Laden und sah sich um. Er war natürlich schon hier gewesen, viele Male, wenn auch in letzter Zeit nicht mehr so häufig. Aber so hatte er das *Fleurs de Fleur* noch nie gesehen. Verzaubert sah er sich in dem kleinen Laden um, in dem überall Lichter funkelten, sich ein dunkelblauer Himmel voller Sterne über die geheimnisvollen Pflanzen wölbte und Teelichte den Weg ins Hinterzimmer erleuchteten. Henri erschien in der Tür. «Papa, frohe Weihnachten!»

«Frohe Weihnachten, mein Sohn», erwiderte Pierre Danton, und Fleur ärgerte sich, dass sie immer wieder diese Zweifel hatte, ob er den Namen nur nicht genannt hatte, weil er ihm nicht einfiel. Durfte ein Vater zu seinem Kind nicht Kind sagen? War jede Kleinigkeit schon ein Indiz, jede Lücke schon ein Beweis für das Unaussprechliche? «Wie sollen wir drei hier denn übernachten?», fragte der alte Mann und ging auf Henri zu. «Das ist doch viel zu klein dahinten.» Er beugte sich hinunter und küsste seinen Sohn auf beide Wangen.

«Ich bleibe nicht hier, Papa», erklärte Henri und hielt die Hände des Vaters in seinen. «Wir feiern zusammen, essen und trinken, und dann lasse ich mich nach Hause bringen.»

«Oh. Verstehe. Natürlich.» Neugierig betrat Pierre Danton das Hinterzimmer, das Fleur üppig mit Kerzen und Zweigen geschmückt hatte. «Das erinnert mich an …» Er hielt inne, doch offenbar konnte er sich nicht mehr daran erinnern, woran es ihn erinnerte. Der Arbeitstisch, an dem sonst Blumensträuße, Kränze und Gestecke entstanden, war mit einer schneeweißen Tischdecke bezogen und glanzvoll gedeckt – wenn auch etwas sehr bunt, weil Fleur es bisher nicht geschafft hatte, sich ein einheitliches Service zu kaufen, sodass kein Teller zum anderen passte und kein Glas dem anderen glich. Über dem Tisch hingen kleine Sträußchen aus getrocknetem Lavendel und Rosmarin. Und unter dem Tisch lag Hector, der den Kopf hob, als er den alten Mann hörte. «Schenkst du den Wein ein, Henri?», fragte Fleur. «Ich gehe rasch nach oben und kümmere mich ums Essen.

«Bien sûr. Komm, Papa. Erzähl mir von deiner Madame Colbert.»

Der Vater setzte sich neben seinen Sohn, kraulte mit einer Hand unter dem Tisch Hector hinter dem Ohr und freute sich daran, wie liebevoll die beiden alles vorbereitet hatten. «Nun, sie ist zwar nicht *meine* Madame Colbert», sagte er. «Aber wenn dich ihre neuesten Eskapaden interessieren, dann kann der Abend lang werden.»

«Du machst mich neugierig, Papa!» Henri schenkte etwas Chablis in jedes Glas und stellte eines vor seinen Vater. Der betrachtete es unverwandt und faltete die Hände vor sich auf dem Tisch.

«Nun?»

«Nun was?»

«Madame Colbert?»

«Oh ja. Madame Colbert.» Doch mehr sagte Pierre Danton zu diesem Thema an jenem Weihnachtsabend nicht mehr. Als Fleur wenige Augenblicke später mit den Vorspeisen aus der

Wohnung herunterkam, waren die beiden Männer in Erinnerungen an eine Fahrradtour, die sie vor vielen Jahren, im Sommer vor Henris Erkrankung, die Loire hinab unternommen hatten. Noch einmal besuchten sie im Geiste die Schlösser und Burgen, erklommen die magische Wendeltreppe von Chenonceau und bestaunten die gewaltigen Wandteppiche von Amboise. Und Fleur setzte sich leise dazu, nippte an ihrem Wein und lauschte diesem Gruß aus der Vergangenheit, während draußen Wind aufkam und der Schnee gegen das Schaufenster stürmte.

Es war beinahe zwei Uhr morgens, als Henri sich auf den Heimweg machte. Der frisch gefallene Schnee glitzerte auf der Straße, wo sich kaum etwas regte. Sie hatte ihm angeboten, ihn nach Hause zu fahren, ihn geradezu gedrängt. Doch Henri war vernünftig, er wollte nicht, dass sie sich nach all den vielen Gläsern Wein hinters Lenkrad setzte. Dass sie kein Taxi erreicht hatten, das um diese Zeit einen Auftrag annahm: «Tant pis, Schwesterlein. Der Schnee ist nicht sehr hoch, die Nacht ist hell, die Luft ist klar … Eine kleine Spazierfahrt in meinem Sportwagen wird mir guttun.» Er klopfte auf die Räder seines Rollstuhls. «Mach dir keine Sorgen. Bevor ich erfriere, kidnappe ich ein Auto. Außerdem passt Hector auf mich auf.»

Natürlich machte sie sich trotzdem Sorgen. Aber sie wusste auch, wie empfindlich Henri war, wenn man seine Selbständigkeit antastete. Wer glaubte, er könne mit seiner Behinderung nicht leben wie jeder andere Mensch auch, der zog sich seinen heiligen Zorn zu. Fleur hatte gelernt, ihn nicht zu bevormunden. «Bon. Dann fahr allein, aber ruf mich an, wenn irgendetwas ist. Das würde ich umgekehrt auch tun.»

«Aye-aye, Sir», scherzte Henri, während Fleur die Tür aufsperrte. Zu ihrer Überraschung hing eine kleine Tüte daran, in der ein hübsch eingewickeltes Päckchen verborgen war. «Es scheint, du hast noch ein kleines Weihnachtspräsent bekommen!», stellte Henri fest und reichte ihr die Tüte. Überrascht nahm Fleur das Päckchen heraus, an dem eine Karte steckte: *Fröhliche Weihnachten! Ich freue mich auf Sie! Nicholas.*

Henri seufzte übertrieben. «Die Liebe!», rief er aus, und die kalte Nachtluft zauberte kleine Wölkchen vor seinen Mund. «Hach, wie ist sie schön.»

Fleur gab ihm eine sanfte Kopfnuss und schimpfte: «Altes Lästermaul! Weihnachten ist das Fest der Liebe. Da solltest du nicht spotten.»

«Bof! Weihnachten ist auch das Fest der Wahrheit. Da solltest du nicht die Augen vor dem Offensichtlichen verschließen, Schwesterherz.» Er warf ihr eine Kusshand zu, dann schob er sich durch den Schnee davon, begleitet von seinem treuen Gefährten. Es sah anstrengend aus, aber nicht unmöglich. Mit etwas Glück würde er in einer Viertelstunde bei sich zu Hause sein. Mit etwas mehr Glück fand er doch noch irgendwo ein Taxi, das ihn rasch dorthinbrachte.

Sie hatte ihrem Vater ein Bett auf dem Sofa im Hinterzimmer des Blumenladens gemacht. Dort lag der alte Mann nun, noch vollständig bekleidet, und blickte auf die dunkle Fensterscheibe, in der sich die Pflanzenwelt des Ladens im vorderen Teil spiegelte. «Es riecht wie im Urwald bei dir», sagte er. «Nicht, dass ich jemals im Urwald gewesen wäre. Aber so stelle ich es mir vor.» Dann schwieg er wieder, anscheinend in Gedanken versunken. Fleur sagte ihm nicht, dass er in seiner Militärzeit tatsächlich im Urwald gewesen war. Es gab Erinnerungen, deren Verblassen ein Segen war. Und Fleur konnte sich gut vorstellen, dass es sich dabei um eine solche handelte.

Der Abend war so schön gewesen, und Fleur hatte es tatsächlich geschafft, viele Stunden weder an Papas noch an Henris Krankheit zu denken. Ganz unbeschwert hatten sie sich unterhalten, vor allem Henri hatte erzählt. Er war ein Meister darin, absonderliche Begebenheiten zu erleben – oder doch zumindest ganz normale Erlebnisse in seinen Erzählungen zu unerhörten Vorkommnissen zu formen. In allem fand er Allgemeingültigkeit, stets wusste er mit einer Beobachtung aufzuwarten, die aus einem gewöhnlichen Augenblick einen außergewöhnlichen machte. «Könnt ihr euch noch an Madame Gilbert erinnern?»

«Unsere Nachbarin, als wir noch Teenager waren?»

Henri nickte vielsagend. «Ist euch jemals aufgefallen, dass sie die Unterwäsche stets unter einem anderen Wäscheteil zum Trocknen aufgehängt hat?», sagte er zum Beispiel. «Und habt ihr euch jemals gefragt, warum sie das macht?»

Natürlich war es weder Fleur noch ihrem Vater jemals aufgefallen, weshalb sie sich diese Frage auch nie gestellt hatten.

«Ich denke, sie wollte uns auf die Unterwäsche aufmerksam machen!», erklärte Henri zur Verblüffung seiner Schwester und seines Vaters.

«Um Gottes willen, Henri», rief Pierre Danton aus. «Weshalb sollte sie? Und was wäre das für ein seltsamer Plan?»

«Ja. Nicht wahr? Seltsam. Aber ich denke, es war, weil sie stolz war auf ihre Unterwäsche.»

«Also wirklich, Henri», warf Fleur ein. «Wie kommst du nur auf solchen Unsinn!»

«Wieso? Sie *hatte* nun einmal sensationelle Unterwäsche.»

«Und woher willst du das wissen?»

«Fleur, es gibt Fragen, die man nicht stellt.»

«Ach.» Und sie lachten gemeinsam. «Gut», gab die junge Blumenhändlerin nach. «Überspringen wir diese Frage und stellen wir die nächste: Warum um alles in der Welt sollte sie die Wäsche verstecken, wenn sie doch wollte, dass man sie bemerkt?»

«Ganz einfach, Schwesterherz: Offen damit anzugeben, wäre vulgär gewesen.»

«Ach was, Mama hat ihre Unterwäsche auch offen hingehängt.»

Henri verdrehte die Augen. «Das war *Mamas* Unterwäsche, Fleur. Wie gesagt: Du hättest mal Madame Gilberts sehen sollen …»

Auf die erste Flasche Wein war eine zweite, danach eine dritte gefolgt. Henri erzählte, weshalb die Verschwörung des Catilina eigentlich an einer verunglückten Affäre seiner Schwester gescheitert war, wie die kannibalischen Ureinwohner Neuseelands ihre Menschenopfer zubereitet hatten, warum immer nur in seiner linken Socke Löcher waren und was das mit der Sozialistischen Partei Frankreichs und dem Magnetfeld der Erde zu tun hatte, wie die Winzerinnen in der Auvergne ihre Füße präparierten, ehe sie damit in den Bottich stiegen, um die Maische zu stampfen (nämlich mit einer Mischung aus Kiefernhonig und Rosenwasser) – und weshalb er das absolut nicht glaubte (weil er überzeugt war, die Legende sei von einem gewitzten Weinbauern erfunden worden, damit niemand merkte, dass er beim Keltern panschte). Diese und viele andere Geschichten wusste Henri zum Besten zu geben und amüsierte sich mindestens so gut wie seine Zuhörer. «An dir ist ein Alleinunterhalter verloren gegangen», stellte Pierre Danton fest, als der Abend schon weit fortgeschritten war.

«Wer weiß?», sagte Henri. «Was nicht ist, kann ja noch werden.»

Die gefüllten Zucchini waren köstlich, der Fisch ein Gedicht. Die kleine Tarte, die Fleur zubereitet hatte, wurde bis zum letzten Krümel verspeist, die Crème brulée hätte gerne doppelt so groß sein dürfen. Der Duft von Kaffee und Cognac lag in der kleinen Blumenhandlung. Und als Henri und Papa ihre Geschenke auspackten, musste Fleur auch noch eine Kanne Fleurs de Fleur machen, der mit großem Behagen getrunken wurde, obwohl weder der Bruder noch der Vater große Teefreunde waren.

Nachdem Henri davongefahren war, stand Fleur noch einige Augenblicke an der Tür und schaute in die Winternacht hinaus, das Päckchen von Monsieur Matin in der Hand. Und wenn Henri recht hatte? Wenn es wirklich mehr war als Freundlichkeit? Seit sie vor zwei Jahren mit Michel Schluss gemacht hatte, war sie allein. Eigentlich vermisste sie nichts. Ihr Leben war so anstrengend, aber auch so erfüllt, dass sie sich gar nicht so richtig vorstellen konnte, eine Beziehung zu haben. Hätte sie überhaupt Zeit für einen Freund? Andererseits: So oft, wie sie an Nicholas Matin dachte … Vielleicht sollte sie tatsächlich beginnen, ehrlich zu sich selbst zu sein. «Pling!» Sie ging hinüber zur Ladentheke und blickte auf ihr Handy:

Zum Fest der Liebe: Lass die Liebe dein Fest sein!

«Ach, Henri», seufzte sie. «Warum kann ich nicht so klug sein wie du?» Das Päckchen würde sie morgen öffnen. Ein wenig mehr Vorfreude, ein wenig mehr Geheimnis – und vielleicht auch ein wenig mehr Romantik.

Den Tisch im Hinterzimmer räumte sie noch schnell leer, brachte ein paar von den Sachen gleich nach oben in ihre Wohnung, den Rest würde sie morgen erledigen. Alles war aufgegessen, alle hatten sich amüsiert, Papa hatte einen schönen Abend erlebt. Und nun lag der alte Mann auf Fleurs Sofa und bewunderte ihr Werk, bewunderte seine Tochter und dankte Gott für diesen wundervollen Weihnachtsabend. Sorgfältig verbarg er die Tränen in seinen Augen. Tränen der Dankbarkeit, der Rührung, aber auch der Angst. Fleur setzte sich neben ihren Vater und nahm seine Hand. So saßen sie eine Weile still beisammen, und Fleur merkte, wie der alte Mann müde wurde. Er drehte den

Kopf zur Seite und blickte sie an. «Danke», sagte er. «Danke für den schönen Abend.» Er hatte die Augen schon geschlossen, als er noch einmal ganz leise, fast flüsternd sagte: «Danke, Zizou.»

Als sie schon dabei war, ins Bett zu gehen, kehrte sie noch einmal zurück an ihren Arbeitstisch. Die Neugier war doch zu groß, so würde sie niemals einschlafen können. Sie wickelte das geheimnisvolle Päckchen aus und öffnete es. Eine kleine Brosche in dunklem Blau mit ineinander verschlungenen goldenen Lilien lag darin – und ein Kärtchen: «Nichts Besonderes, aber ich dachte, es könnte Ihnen gefallen.» Lilien, Gold auf Blau, die Symbole und die Farben ihrer Heimatstadt Orléans. Dabei konnte er unmöglich wissen ... Gerührt legte sie es auf das Fensterbrett neben ihrem provisorischen Bett. Dann ging sie endlich ins Bett und ergab sich ihrer unendlichen Müdigkeit.

Doch es fiel ihr schwer, ruhigen Schlaf zu finden. Der Wein hatte sie träge gemacht, das schwere Essen hatte das Seinige getan. Außerdem war es noch tiefe Nacht. Und doch: Irgendetwas hatte sie nicht nur schlecht träumen lassen, irgendetwas störte ihren Schlaf. Im Zwischenreich von Wachen und Schlafen jagten sich Träume und Phantasien. Sie sah Papa, wie er Mama auf den Händen trug, Henri, wie er aus seinem Rollstuhl aufstand und durch den Schnee auf sie zukam, wobei seine Füße den Boden nicht berührten. Sie hörte Hector bellen, irrte durch die Wälder bei Orléans, saß mit Mathilde in ihrer entzückenden Wohnung und trank Tee aus leeren Tassen. Wollte Hector streicheln, der aber aufgeregt um ihren Stuhl herumlief und immer nur bellte und bellte – bis sie endlich ganz wach war. Sie rieb sich die Augen und ging rasch auf die Toilette. Ein paar Gläser Wein weniger wären klüger gewesen. Aber wer war schon klug in einer festlichen Nacht? Sie spülte, wusch sich Hände und Gesicht, betrachtete sich kurz im Spiegel, ging wieder zurück zu ihrer Matratze, die sie neben dem Sofa auf den Boden gelegt hatte – und bemerkte jetzt erst, dass sie tatsächlich einen Hund hörte und dass dieser Hund tatsächlich Hector war.

Sie raffte die Bettdecke um ihre Schultern und lief hinüber in den Laden und zur Tür. «Henri?», rief sie, angelte den Schlüssel von seinem Haken in den Blättern ihres Drachenbaums und sperrte auf. «Henri?» Sie öffnete die Tür, und der Hund sprang auf sie zu und leckte ihre Hand. Doch ihr Bruder war nirgendwo zu sehen. Noch einmal rief sie: «Henri?» Sie trat einen Schritt nach draußen, blickte die Straße hinauf und hinab. Es war immer noch tiefe Nacht. Es hatte wieder zu schneien begonnen. Die Spuren von Henris Rollstuhl waren bereits verweht. Hectors Pfotenabdrücke aber waren noch zu sehen. Er war alleine zurückgekommen. In dem Moment wusste Fleur, dass etwas Schreckliches geschehen sein musste.

13

Ohne die Sonne kann eine Blume nicht leben. Sie fängt die Sonnenstrahlen ein und schenkt sie uns an Regentagen.

»Hattet ihr ein schönes Weihnachtsfest?«, fragte Nicholas und reichte seinem Kollegen ein kleines Päckchen über den Schreibtisch.

«Merci, mon ami.» Jean Pelissier blickte verlegen zu Boden. «Klar, bei uns war es schön. Du kennst Chantal. Sie macht aus allem ein Fest. Und wenn erst Weihnachten ist …»

O ja, Nicholas kannte Chantal. Er hatte sie kennengelernt, als Jean ihn einmal zu sich nach Hause eingeladen hatte. Eine sehr attraktive, sehr selbstbewusste und äußerst zupackende Frau. So, wie sie ihren Mann immer wieder angesehen hatte, bestand kein Zweifel daran, dass die Ehe eine glückliche war – in jeder Hinsicht. «Das freut mich.»

«Es tut mir leid, dass ich dich hängengelassen habe.»

«Oh, überhaupt nicht! Denkt gar nicht darüber nach. Ich hatte eine schöne Zeit hier im Hotel, konnte ein paar Abteilungen kennenlernen, die ich noch nicht kannte …»

«Sprich: Du musstest als Mädchen für alles herhalten.» In der Hinsicht war Jean auf sehr französische Weise absolut altmodisch. Eine Arbeit, für die man nicht eingestellt worden war, war eine Zumutung, egal ob sie Spaß machte oder nicht. Geschuldet wurde nur, was im Arbeitsvertrag stand.

«Ich durfte sogar Antoine vertreten.» Nicholas lächelte. Er würde seinem Freund und Kollegen nicht auf die Nase binden, dass diese Vertretung mitten in der Nacht stattgefunden hatte, weshalb sie praktisch nur symbolisch erfolgt war, weil außer zwei Gästen, die von einer Weihnachtsfeier zurück ins Hotel gekommen waren, absolut niemand seine Dienste in Anspruch genommen hatte.

«Respekt», sagte Jean. «Immerhin. Das heißt wohl, man erkennt dich als Repräsentanten des *Louis XV* an.»

«Mindestens!», lachte Nicholas.

«Und Trebouchet?»

«Hat die Feiertage mit seiner Familie verbracht.»

«Halleluja. Dann kann ich mir vorstellen, dass es hier sehr angenehm war.»

«Nun mach schon dein Geschenk auf. Ich möchte wissen, ob du es magst.»

Jean wickelte das Päckchen aus. «Ein … Paar Babyschühchen?» Völlig perplex starrte Jean seinen Kollegen an. «Weißt du etwas, was ich nicht weiß? Oder hast du es irgendwie geschafft, von mir schwanger zu werden?»

«Weder noch», grinste Nicholas. «Ich fand sie nur so süß. Das Geschenk ist *in* den Schuhen.»

«Ah. Sehr originell.» Skeptisch steckte Jean einen Finger in eines der kleinen Schühchen, dann in das andere. «Ein Salz- und ein Pfefferstreuer. Aha.» Ratlos sah er zu Nicholas auf.

«Ich wusste nicht recht, was ich dir schenken sollte. Aber Salz und Pfeffer kann man bekanntlich immer brauchen.»

«Hm. Ja.» Einen Moment schwieg Nicholas' Kollege. Dann griff er in seine Tasche und holte eine kleine Papiertüte heraus. «Für dich.» Er schob sie über den Tisch, und Nicholas blickte neugierig hinein. «Ein Operngucker!»

Jean musterte seinen Kollegen, ein selbstzufriedenes Lächeln umspielte seine Mundwinkel. «Ich habe mir eben Gedanken gemacht.»

Nicholas nickte und zuckte die Achseln. «Okay. Und was wären das für Gedanken gewesen? Oder wusstest du, dass ich heute Abend die Absicht habe, in die Oper zu gehen?»

«Tatsächlich? Nein, das wusste ich nicht. Aber ich hatte in letzter Zeit den Eindruck, dass du ein Auge auf die kleine Blumenhändlerin in der Rue du Cherche-Midi geworfen hast.»

Nicholas holte Luft. «Du hast mich verfolgt?»

«Ich habe mir Sorgen gemacht, mein Freund.»

«Sorgen? Weshalb solltest du dir Sorgen machen?»

«Du hast dich merkwürdig benommen. Im Ernst! Deine Auftritte bei unseren Meetings, deine mangelnde Konzentration, dauernd läufst du mit Blumen durch die Gegend, von denen du nicht weißt, für wen du sie gekauft hast … Ehrlicherweise dachte ich zuerst, du hättest ein ganz anderes Problem …»

«Ein *anderes* Problem. Und zwar?»

«Nun …» Jean blickte ihm tief in die Augen. «Du weißt schon …»

«Ich habe keine Ahnung!» Nicholas hielt es nicht mehr auf seinem Platz. Er stand auf und sah seinen Kollegen voll Befremden von oben an «*Was* für ein Problem, Jean?»

«Meine Güte, Nicholas, was denkst du denn? Drogen! Koks!» Jean warf die Hände in die Luft, als wäre das doch absolut sonnenklar. Nicholas indes war sprachlos. Wie versteinert stand er in dem Büro und versuchte, mit dieser unglaublichen Aussage zurechtzukommen. Schließlich setzte er sich wieder hin, blätterte betont unbeteiligt in den Papieren, die vor ihm lagen, tippte ein wenig auf seiner Computertastatur herum und sagte schließlich: «Du hast es also herausgefunden.»

Nun war es Jean, der vom Donner gerührt war. «Herausgefunden? Du meinst doch nicht … Bist du etwa wirklich …?» Er suchte nach Worten.

«Verliebt», sagte Nicholas und lächelte. «Doch, das bin ich.»

Nicholas hatte seinen besten Anzug im *Louis XV* zum Bügeln gegeben. Zu einem blütenweißen Hemd wählte er eine dunkelgrüne Krawatte mit hellgrünen Tupfern. Grün wie die Hoffnung, dachte er. Sogar zum Friseur war er gegangen, denn er wollte den bestmöglichen Eindruck machen. Bevor er aus dem Haus ging, bürstete er seinen Mantel noch einmal ab, polierte die Schuhe und drehte sich mehrmals vor dem Spiegel. Gut. Vielleicht aber doch auch zu gut? Zu perfekt? Zu künstlich? Er verstrubbelte sein Haar und fuhr sich nur mit den Fingern noch einmal hindurch. Jetzt sah es natürlich aus – mehr nach ihm selbst. Ja, so passte es. Schwungvoll nahm er die Treppen nach unten, obwohl er noch viel Zeit hatte. Ob er lieber noch einmal fragen sollte …? Er wählte Fleurs Nummer, doch sie ging nicht ran. Also schrieb er ihr eine Nachricht:

Soll ich Sie nicht doch abholen?

Da sie auch diese Nachricht unbeantwortet ließ, winkte Nicholas sich ein Taxi heran und fuhr allein zur Opéra Garnier. Der Prachtbau war schon von weitem zu sehen. Von tausend Lampen erleuchtet, ragte er in den Abendhimmel wie ein Zeugnis unvorstellbaren kulturellen Reichtums, den er ja auch barg. *La Bohème*. Nicholas hatte die Geschichte durchgelesen, den kleinen

Roman von Henri Murger. Aber vielleicht hätte er besser das Libretto lesen sollen? Nun, immerhin würde er die Geschichte verstehen. Die Musik sowieso. Puccini, dafür brauchte man keine Einführungsveranstaltung, der traf immer ins Herz.

Vor der Oper herrschte großer Trubel. Damen und Herren in den besten Kleidern zwängten sich durch eine Studentenmenge, die ihre Flyer verteilte, an Bettlern, die auf das Geschäft ihres Lebens hofften, und Passanten vorbei, die eigentlich nur von A nach B wollten, sich nun aber mit dem Kulturbürgertum in die Quere kamen. Nicholas fühlte nach der Innentasche seines Jacketts und stellte beruhigt fest, dass er die Karten nicht vergessen hatte. Er atmete tief durch und erklomm dann die prächtige Freitreppe des Theaters. Ob sie wohl schon da war?

«Monsieur!», rief jemand hinter ihm. «Sie haben etwas verloren!»

Nicholas drehte sich um, doch der Mann meinte nicht ihn. Oder zumindest nicht *ihn allein*! Denn er hatte sich an niemand Bestimmten gewandt, sondern vielmehr an die Opernbesucher auf den Treppen. In der Hand hielt er eine leuchtende Blume aus feinstem Seidenpapier, die er mit sanfter Bewegung in die Luft steigen ließ. Ein Straßenkünstler, dachte Nicholas und blickte der schwebenden Blüte nach, die sich im Nachthimmel vor der Oper ausmachte wie ein Traumgebilde. Der ersten Blüte schickte der Mann eine zweite hinterher und noch mehrere weitere, ohne dass man gesehen hätte, wie er sie in der Hand hielt oder woher er sie genommen hatte. Sie waren einfach da und stiegen über der abendlichen Gesellschaft auf wie glückliche Vorzeichen. Der Straßenkünstler verbeugte sich theatralisch, wobei er den Hut vom Kopf zog und sich ein glitzernder Lichterregen um ihn her ergoss. Dann schritt er die gewaltige Freitreppe hinauf und wieder hinab und sammelte ein paar Münzen ein, die ihm von verschiedener Seite zugesteckt wurden. «Merci … Merci,

Monsieur … Madame … Merci …» Als er an Nicholas vorbeikam, streckte er auch ihm die Hand hin, zog sie aber sogleich wieder zurück und blickte ihn erschrocken an. Dann eilte er ein paar Stufen weiter, ohne sich noch einmal zu ihm umzusehen, ehe er wieder begann, seine Hände mal nach links, mal nach rechts zu strecken und seinen Hut nochmals mit einem Funkenregen zu schwenken.

Verwirrt und verstört schritt Nicholas zum Portal und trat in die gewaltige Halle des Palais Garnier ein, wo ihn goldener Glanz umfing und das vielstimmige Gemurmel Hunderter Besucher den Lärm der Straße ablöste. Er blickte sich um, doch Mademoiselle Fleur war noch nicht da. Er zog sich den Mantel aus. Warum hatte ihn der Mann nur so angestarrt? Voll Befremden trat er noch einmal an die Tür und versuchte, ihn zu entdecken. Doch entweder hatte man ihn von den Stufen der Oper gejagt, oder er machte mit seinem Schauspiel eine Pause. Jedenfalls war er nicht zu sehen – sein durchdringender, schockierter Blick aber hatte sich bei Nicholas so deutlich eingebrannt, als stünde er immer noch vor ihm.

Er versuchte, sich selbst auf andere Gedanken zu bringen. Ein Programmheft! An der Abendkasse hätte er eines bekommen, aber dort drängten sich noch andere Besucher in der Hoffnung, nicht abgeholte Restkarten zu ergattern. Nicholas trat an eine der Schautafeln und studierte den Programmzettel. Zu gerne hätte er die große Dora D'Amato erlebt. Doch es konnte nicht ein und dieselbe Primadonna sowohl die Tosca als auch die Mimi aus der *Bohème* geben.

Trotz der Kälte in dieser riesigen Halle war ihm heiß. Er war nervös. Natürlich – wer wäre nicht nervös gewesen? Wieder durchflutete ihn ein Gefühl tiefer Scham, als er daran dachte, wie er Fleur Danton hier vergeblich hatte auf ihn warten lassen. Dass sie ihm das verziehen hatte, sagte mehr über sie als alles andere. Niemand hatte es so wenig verdient, diesen Abend mit ihr zu verbringen, wie er. Aber wohl niemand hätte auch so viel dafür gegeben. Er blickte auf die Uhr. Seufzte. Wanderte auf die andere Seite der Halle, wo in einem anderen Schaukasten der gleiche Programmzettel ausgehängt war. Studierte auch ihn und nahm auch von diesem Zettel absolut nichts auf. Er konnte sich einfach nicht konzentrieren. Er blickte abermals auf die Uhr. Natürlich war er viel zu früh gekommen, und die Zeit würde auch nicht schneller vergehen, wenn er sie minütlich kontrollierte. Vielleicht sollte er noch einmal nach draußen gehen und sie schon vor dem Portal empfangen? Das wäre womöglich eleganter. Er warf sich den Mantel wieder über und trat nach draußen.

Es schneite nicht. Stattdessen hatte Tauwetter eingesetzt und die Straßen und Plätze der Stadt in kalte Pfützen verwandelt, die am Morgen dann zu Eisbahnen gefroren waren. Immer noch strömten die Besucher die Treppe hoch. Der Straßenkünstler war nicht mehr zu sehen. Das hieß: doch! Etwas weiter weg, vor dem *Café de la Paix*, stiegen Lichter in den Himmel. Offenbar war der Mann weitergewandert und erfreute nun die Gäste des Restaurants, die im Wintergarten saßen, mit dem Blick auf die Straße und auf die zauberhaften Papierblüten, die, sich federleicht drehend, nach oben stiegen.

Der Opernplatz war so belebt, dass es an ein Wunder grenzte, dass drinnen nichts von all dem Lärm und der Hektik zu spüren war. Nicholas lauschte dem Gong, der in seinem Rücken ertönte. Sein Herz schlug noch ein wenig schneller, sofern das überhaupt möglich war. Einmal mehr tastete er nach den Eintrittskarten, stellte fest, dass sie genau dort waren, wo er sie hingetan hatte – und war doch kein bisschen beruhigter. Und wenn sie nicht kam?

Aber sie würde kommen, sie hatte es ihm zugesagt. Unauffällig wischte er sich die Hände an seinem Mantel ab. Atmete tief durch. Blickte über den Platz zum Ausstieg der Métro hin, suchte die breite Treppe nach seiner Verabredung ab und ging wieder nach drinnen. Draußen konnte es passieren, dass sie an ihm vorbeilief, ohne dass sie sich trafen. Das würde drinnen nicht geschehen. Dort musste sie über die Prachttreppe nach oben. Er würde dort auf sie warten.

Es gongte abermals. Nicholas legte den Mantel wieder ab und hängte ihn sich über den Arm, hielt den Hut fest in beiden Händen, versuchte, halbwegs lässig-elegant dazustehen. Doch was ihm in seinem Beruf stets mühelos gelang: Souveränität in Haltung und Ausstrahlung, das schien ihm in diesem Augenblick einfach unmöglich. Wieder sah er auf die Uhr. Es blieb nicht viel Zeit. Eigentlich blieb gar keine Zeit mehr. Nicholas merkte, wie er schwitzte, wie der Kragen seines Hemdes feucht wurde. Der dritte Gong. Er atmete durch. «Monsieur?», sprach ihn ein Saaldiener an. «Wenn Sie dann bitte Ihren Platz einnehmen wollen?»

«Ja, gewiss», erwiderte Nicholas, ohne ihn anzusehen. «Ich warte nur noch auf jemanden.»

«Die Türen werden in wenigen Augenblicken geschlossen.»

«Ich weiß.»

Der Saaldiener entfernte sich. Nicholas nahm sein Handy heraus und wählte Fleur Dantons Nummer. Erfolglos. Sie hatte ausgeschaltet. Oder war sie noch in der Métro? Vielleicht lief sie gerade in diesem Augenblick die Treppen hoch und hatte keinen Empfang. Er ging noch einmal vor die Tür, blickte über die Place de l'Opéra. Von dort, von der Verkehrsinsel, musste sie kommen. Doch es traten nur ein paar vereinzelte Gestalten ohne Hast ins Freie und sahen sich um. Fleur Danton war nicht dabei. Und in diesem Augenblick wurde es Nicholas schlagartig klar: Sie würde nicht kommen. Sie hatte es nie vorgehabt. Dass sie ihn hier warten ließ, war ihre Rache. Und sie hatte das Recht zu dieser Rache. Er hätte es wissen müssen. Hatte er ernsthaft glauben können, dass diese wundervolle Frau ausgerechnet auf ihn gewartet hatte? Nein, so war das Leben nicht. Nicht seines. Langsam ging er die Treppen des Palais Garnier hinab und über den Opernplatz, vorbei am *Café de la Paix*, kreuzte den Boulevard des Capucines, als er plötzlich neben dem Mann mit den Papierblumen stand. Diesmal schien der Straßenkünstler nicht erschrocken, sondern warf ihm einen neugierigen Blick zu. «Sie hatten recht, mein Freund», sagte Nicholas leise und steckte ihm etwas Geld zu. Und der Meister der fliegenden Träume revanchierte sich, indem er ihm eine Papierblume an den Mantel zauberte.

An den folgenden zwei Tagen meldete Nicholas sich im Hotel krank. Er war einfach zu niedergeschlagen. Einmal schrieb er eine Nachricht an Fleur Danton, aber er schickte sie nicht ab. Einmal erhielt er eine Nachricht und griff gierig nach dem Handy:

Gute Besserung! Jean

Er legte es wieder weg und streckte sich aus. Er sollte hinausgehen, er brauchte Licht und Luft. Doch er würde es nicht ertragen, draußen all die glücklichen Paare zu sehen, all das unbeschwerte Leben um ihn her.

Am dritten Tag fand er endlich die Energie, sein Selbstmitleid zu überwinden. Aus dem Spiegel blickte ihm ein gekränkter Mann entgegen. «Idiot!», begrüßte er sein Gegenüber. «Reiß dich zusammen.» Er nahm seinen Mantel vom Haken, klemmte sich die Aktentasche unter den Arm und war bereit, sich den Herausforderungen des Lebens zu stellen. Seines Lebens, das nun einmal war, wie es war: beruflich erfolgreich, privat einsam. Vielleicht war es überhaupt das Geheimnis eines glücklichen Lebens, dass man die Anforderungen nicht so hoch ansetzte. Er dachte an seine Eltern. Hatten sie die Liebe ihres Lebens geheiratet? Schwer zu sagen. Weder sein Vater noch seine Mutter hatte je eine andere Liebschaft erwähnt. Möglich, dass es da jemanden gegeben hatte. Aber änderte das etwas angesichts dessen, dass sie inzwischen seit vierzig Jahren verheiratet waren? So falsch konnte ihre Entscheidung wohl nicht gewesen sein. Man blieb schließlich nicht vierzig Jahre mit jemandem zusammen, den man nicht wirklich liebte. Oder?

«Du solltest wieder nach Hause gehen», sagte Jean statt einer Begrüßung. «Du siehst aus wie dein eigener Leichnam.»

«Sehr nett, dass du das sagst.» Nicholas packte seine Unterlagen aus und ließ sich auf seinen Stuhl sinken.

«Konntest du wenigstens dein Rendezvous genießen?»

«Frag nicht.»

Tatsächlich verstummte sein Kollege für eine kleine Weile. «Echt jetzt?», fragte er schließlich. «Es war ein Reinfall? Oder konntest du gar nicht erst hingehen?»

«Weder noch.»

«Ah! Die Vorstellung war miserabel! Warum sagst du das nicht gleich? Aber mal im Ernst, wer achtet schon auf die Oper, wenn er ... na, du weißt schon ...»

«Ich war nicht in der Oper, Jean.» Nicholas blickte dem Freund in die Augen. «Sie ist nicht gekommen.»

«Deine Mademoiselle Danton? Sie war nicht da?»

«Sie ist nicht *meine* Mademoiselle Danton», stellte Nicholas nüchtern fest, musste aber dennoch schlucken.

«Oje. Das tut mir leid.» Wieder schwieg Jean einige Augenblicke lang. Aber dann fing er wieder an: «Und sie ist echt nicht gekommen?» Er stand auf und ging ans Fenster. «Vielleicht ...»

«Vielleicht was?»

«Vielleicht hängt es mit diesem … Trauerfall zusammen.» Es war beinahe, als wollte er Nicholas nicht in die Augen sehen bei diesen Worten.

«Trauerfall? Was soll das heißen?»

Nach einigem Zögern drehte sich Jean zu ihm um. «Ich habe es zufällig gesehen, als ich an dem Laden vorbeikam. Gestern.» Er biss sich auf die Lippe.

«Was gesehen, Mann! Nun sprich schon!» Auch Nicholas war aufgestanden. Eine kalte Hand hatte nach seinem Herzen gegriffen. Worum ging es hier? Was war geschehen?

«An der Tür hing ein Schild. *Wegen Trauerfall geschlossen.*»

14

Blumen zeigen uns, wie schön die Welt in ihrer Vergänglichkeit ist

Es war, wie Jean Pelissier gesagt hatte: Der kleine Blumenladen in der Rue du Cherche-Midi war geschlossen. An der Tür hing ein Schild: *Wegen Trauerfall geschlossen.* Nichts weiter. Nicholas klopfte an die Tür, doch natürlich kam niemand, um ihm zu öffnen. Er erinnerte sich an den Hausmeister, den er einmal hier getroffen hatte. Ein Araber vermutlich. Er studierte die Klingelschilder, doch die Namen waren alle sehr französisch. Im Eingang des Nebenhauses gab es jemanden namens *Said.* Doch auch, als er dort klingelte, öffnete niemand.

Er las die Anrufe und Nachrichten, die er Fleur Danton geschickt hatte und die alle unbeantwortet geblieben waren. Sie war die Inhaberin und zugleich die Hauptverkäuferin dieses Ladens. Wäre ihre Mitarbeiterin gestorben, würde sie nicht drei Tage lang den Laden schließen. Wie Nicholas es drehte und wendete – alles sprach dafür, dass das Unsägliche, das Schrecklichste geschehen war, was er sich nur vorzustellen vermochte. Alles wies darauf hin, dass es die junge Blumenhändlerin selbst war, der etwas zugestoßen war. Am Ende sogar auf dem Weg zu ihm!

Unterwegs zur Oper! Dann wäre sie seinetwegen … Er konnte gar nicht mehr weiterdenken, konnte überhaupt keinen klaren Gedanken mehr fassen.

Wo konnte er nachfragen, was geschehen war? Wer konnte ihm weiterhelfen? Fieberhaft überlegte Nicholas, wie der Bruder hieß, den er vor kurzem im Laden kennengelernt hatte. Doch es mochte ihm nicht mehr einfallen. Oder die Verkäuferin, die ältere Dame! Wie hieß sie nur! Feri? Franchard? Freudon? Der Zeitschriftenladen! Dort hatte Fleur neulich eingekauft. Hastig lief er über die Straße und wäre beinahe selber unter die Räder eines wuchtigen Land Rovers gekommen. «Madame?»

Hinter der Theke stand eine zierliche Frau mit Zigarette im Mundwinkel. «Bonjour. Was darf's denn sein?»

«Ich bin auf der Suche nach Mademoiselle Fleur. Danton.»

«Die Blumenhändlerin? Ich habe sie schon seit Tagen nicht gesehen», erklärte die Dame und studierte ihre Fingernägel. «Der Laden ist außerdem geschlossen.»

«Eben. Wegen eines Trauerfalles.»

«Ach, wirklich? Da wissen Sie mehr als ich.»

«Sie kennen sich nicht sehr gut?»

«Bof, was heißt gut? Sie kauft gelegentlich was bei mir. Aber sie erzählt nicht viel.»

«Sie wissen also nicht, wer da gestorben ist.»

«Na, klingt, als wenn sie's selber wäre, was?»

Grußlos eilte Nicholas nach draußen. Die ungerührte Art der Frau hielt er jetzt nicht aus. Wenn er jetzt etwas brauchte, dann war es Trost. Oder Hoffnung. Am besten beides. Er klapperte noch ein paar andere Geschäfte in der Straße ab, kehrte noch einmal zurück, um nachzusehen, ob Monsieur Said nicht doch inzwischen wieder zu Hause war. Doch niemand konnte ihm helfen, niemand wusste mehr als das, was er selbst schon herausgefunden hatte. Auch Madame Goncourt, die er im *Café du Midi* antraf, schüttelte den Kopf. «Tja», sagte sie. «Leider kann ich Ihnen da auch nicht helfen. Ich weiß nur, dass ich an Weihnachten einen Hund vor ihrer Tür habe jaulen hören. Unser Schlafzimmer geht zur Straße hin.» Sie deutete nach oben, wo sie und ihr Mann offenbar ihre Wohnung hatten. «Gespenstisch war das.»

Die Lektüre der Zeitungen ergab nichts. *Le Monde. Le Figaro. Libération* … Keine Todesanzeige, die den Namen Fleur Danton enthielt. Weder als Verstorbene noch als Hinterbliebene. Doch konnte das eine Beruhigung sein?

Täglich ging Nicholas an dem kleinen Blumenladen vorbei, morgens und abends. Sogar seine Mittagspause nutzte er, um nachzusehen, ob das *Fleurs de Fleur* wieder eröffnet hatte. Am Abend des Neujahrstages traf er den Hausmeister von nebenan auf dem Gehweg vor dem Haus, der die Hinterlassenschaften der Feiernden beseitigte. «Bonsoir, Monsieur! Wissen Sie, was mit Mademoiselle Fleur passiert ist?»

Der Mann zuckte nur die Achseln. «Der Laden ist geschlossen», sagte er in brummigem Ton.

«Das sehe ich. Aber wissen Sie, ob mit der Inhaberin alles in Ordnung ist?»

«Monsieur, ich weiß genauso wenig wie Sie. Ich habe sie in den letzten Tagen nicht gesehen. Aber ich hoffe natürlich auch, dass es nicht um Mademoiselle Fleur geht.» Er atmete durch. «Wirklich, ich habe keine Ahnung. Aber meine Frau sagt, ich brauche mir keine Sorgen zu machen. Sie sagt, sie spürt, dass mit ihr alles in Ordnung ist. Und meine Frau …» Er blickte in die Ferne und nickte, als sähe er dort seine Überzeugungen bestätigt. «… Meine Frau hat ein gutes Gespür für solche Dinge.»

«Solche Dinge?»

«Ungewissheiten. Nebulöses.»

«Verstehe.» Nicholas wandte sich schon wieder zum Gehen, da drehte er sich noch einmal um. «Sagen Sie, wie kommt es eigentlich, dass Sie so ausgezeichnet Französisch sprechen?»

Der Araber zuckte die Achseln, und plötzlich war sein strahlendes Lächeln wieder da. «Vielleicht liegt es daran, dass ich Franzose bin, Monsieur? Zumindest bin ich hier geboren. Und vielleicht wird mich Frankreich auch eines Tages als seinen Sohn anerkennen.»

Nicholas reichte ihm die Hand. «Das hoffe ich, Monsieur. Danke für alles.»

«Ich habe nichts getan.»

«Und bitte sagen Sie Ihrer Frau meine besten Grüße. Unbekannterweise. Sie hat mir Hoffnung gegeben.»

«Oui, Monsieur. Mir gibt sie jeden Tag Hoffnung.»

Und so ging Nicholas seiner Wege, durchwanderte das nächtliche Paris und bangte und hoffte und hielt sich an der Aussage von Madame Said fest.

Er hinterließ viele Nachrichten auf Fleur Dantons Mailbox, schickte ihr Textnachrichten, schrieb ihr sogar einen Brief, den er aber nie abschickte, und saß stundenlang im *Café du Midi*, weil es so nahe an dem kleinen Blumenladen war. Wenn sie zurückkam, würde er sie vielleicht schon auf dem Weg entdecken. Wenige Schritte weiter konnte er in der Dunkelheit erkennen, ob Licht im Geschäft brannte. Doch weder das eine noch das andere trat ein: Der Laden blieb dunkel, und niemand schien mehr dort aufzutauchen.

An einem Abend im Januar traf Nicholas eine alte Dame vor dem *Fleurs de Fleur* an. Sie schien zu zögern, hatte offenbar keine Idee, was sie tun sollte. «Bonsoir, Madame», sagte Nicholas und hob seinen Hut ein wenig.

«Bonsoir.» Sie musterte ihn. «Sind Sie ein Kunde?»

Er zögerte nur kurz, schüttelte den Kopf und erwiderte: «Ein Freund, Madame. Ein Freund.»

«Dann geben Sie das Mademoiselle Danton, bitte», sagte sie und steckte ihm einen Umschlag zu. «Ich werde mir hier noch den Tod holen, wenn ich länger warte.» Und ehe Nicholas noch etwas erwidern konnte, fügte sie hinzu: «Kein Wunder, dass sie ständig pleite ist, wenn sie den Laden so verkommen lässt und tagelang nicht öffnet.» Mit diesen Worten wandte sie sich ab und ging davon, ohne sich noch einmal nach Nicholas umzusehen.

Ein Brief. In kleiner penibler Handschrift verfasst. Nur der Name auf der Vorderseite: *Fleur Danton.* Die Adresse. Und auf der Rückseite der Absender: *d'Alemberg.* Nicht einmal ein Vorname stand dort. War der Brief von der Dame, die er eben hier getroffen hatte? Oder wollte sie ihn nur ihrerseits überbringen und hatte ihn nun ihm gegeben, da sie die Blumenhändlerin nicht antraf?

Gedankenversunken ging Nicholas die Rue du Cherche-Midi hinab in Richtung seiner Wohnung. Ob er ihr jemals dieses Schreiben würde übergeben können? Die Ungewissheit fühlte sich wie ein Stein in seiner Brust an. Aber irgendwann musste sich doch dieser Schleier lüften! Irgendwann musste er doch etwas über die Blumenhändlerin herausfinden! Er war so tief in Gedanken versunken, dass er die kleine Person nicht bemerkte, die an ihm vorbeieilte: Madame Fréjus.

❁

Die Zeit hatte grausame Ernte gehalten unter den Pflanzen des *Fleurs de Fleur.* Alle Schnittblumen waren verwelkt, viele Stöcke waren dabei zu vertrocknen. Die Orchideen ließen ihre Blüten fallen, einige Kränze waren verdorrt. Pflanzen brauchten Pflege, und zwar immerfort. Wer sich nicht kümmerte, überantwortete sie der Vergänglichkeit. Manchmal dachte Madame Fréjus, dass die Pflanzen in Mademoiselle Fleurs Blumenladen ganz besonderer Fürsorge bedurften. Sie waren einfach zu verwöhnt. Denn tatsächlich war es ja so, dass jede Blume, jeder Stock, alles Grün sich an einen Rhythmus gewöhnte, an die Häufigkeit und Menge von Pflege. Im Falle des *Fleurs de Fleur* nicht nur hinsichtlich des Wassers, das sie bekamen, oder der Nährstoffe, sondern auch in Bezug auf die Zuwendung. Fleur hatte mit all ihren Pflanzen gesprochen, hatte für sie gesungen, hatte sie gestreichelt, manchmal die Hände wärmend um ihren Stamm oder um den Blumentopf gelegt. Es war ein Wunder, was sie auf diese Weise vollbrachte, oder, wie man es betrachten wollte, war es so etwas wie Hexerei. Jedenfalls war es etwas ganz Außerordentliches, das Mathilde Fréjus bis dahin noch nie erlebt hatte und das sie selbst ganz sicher nie würde nachmachen können.

Und so goss sie die Topfpflanzen, versuchte, die ein oder andere durch Umtopfen oder durch Düngen zu retten, schnitt einige Zweige zu, stellte ein paar Stöcke ans Fenster, damit sie etwas mehr Licht bekamen – und schloss dann wieder zu. Bestellungen waren nicht aufzugeben, die Post aus dem Briefkasten steckte sie in ihre Tasche, die Lichter blieben aus.

Er hatte den Brief nicht geöffnet. Aber offenbar war der Umschlag nur an einem kleinen Punkt zugeklebt gewesen. Und dort hatte sich der Falz gelöst – nun war er offen. Natürlich las Nicholas ihn trotzdem nicht. Er legte ihn auf die kleine Konsole in der Garderobe seiner Wohnung, um ihn wieder mitzunehmen, wenn er das nächste Mal zum *Fleurs de Fleur* ging. Später stellte er ihn in das Bücherregal im Wohnzimmer und setzte sich davor. Betrachtete die Schrift, die so klein und penibel auf den Umschlag gemalt war, dass beinahe etwas Brutales in ihr lag. Je mehr Zeit verging, desto weniger vertraute er der Intuition der Frau des Hausmeisters aus der Rue du Cherche-Midi. Ob ihm das Schreiben Klarheit über das Schicksal von Fleur Danton verschaffen würde? Allerdings hatte die alte Frau gar nicht gewusst, dass sie nicht da war. Aber war sie denn die Absenderin gewesen? Er stand auf, nahm den Brief zur Hand, drehte ihn um. *D'Alemberg.* Der Name sagte ihm nichts. Er stellte den Brief zurück. Später legte er ihn auf seinen Nachttisch, als wäre ihm Mademoiselle Fleur näher, wenn er ein Schreiben an sie neben seinem Kopf bewahrte.

Nicholas warf sich mehrere Stunden schlaflos in seinem Bett hin und her. In den frühen Morgenstunden stand er wieder auf, machte sich Kaffee und setzte sich ans Fenster, von dem aus er in die Richtung blicken konnte, in der der kleine Blumenladen lag, natürlich ohne ihn zu sehen. Den Brief hatte er vor sich auf die Fensterbank gelegt. Keine Briefmarke, stellte er fest. Wer immer der Absender war – vielleicht ja die alte Dame –, hatte ihn nicht mit der Post geschickt.

Nicholas nahm den Umschlag zur Hand. Er war leicht. Mehr als ein Blatt konnte er nicht enthalten. Ein Blatt, das ihm womöglich Gewissheit verschaffen würde oder doch zumindest eine Ahnung davon, was geschehen war, warum der Blumenladen geschlossen und Fleur Danton scheinbar spurlos verschwunden war, sich über Nacht aus seinem Leben gestohlen hatte. Er atmete tief durch und öffnete ihn.

Sehr geehrte Mademoiselle Danton!
Leider habe ich in den zurückliegenden anderthalb Jahren wiederholt die Miete für Wohnung und Ladenlokal bei Ihnen reklamieren müssen. Inzwischen schulden Sie mir mehr als zwei volle Monats-

mieten, und es ist nicht abzusehen, dass diese Schulden kurzfristig beglichen werden.
Hiermit setze ich Ihnen eine letzte Frist. Wenn die offenstehenden Beträge nicht bis 31. Januar bei mir eingegangen sind, muss ich Ihnen leider fristlos kündigen.
Das Leben in Paris ist nicht billig, auch nicht für mich. Die Handwerkerrechnungen für die Arbeiten an der Heizungsanlage bringen mich an die Grenzen meiner finanziellen Möglichkeiten. Sosehr ich Sie persönlich schätze, so wenig kann ich mich noch länger von Ihnen ausnutzen lassen.
Mit den besten Grüßen
Yvette d'Alemberg

Schockiert ließ Nicholas den Brief sinken. Er blickte auf den Kalender: noch zwanzig Tage, um die Schulden zu bezahlen. Wenn Mademoiselle Fleur das nicht schaffte, dann stand sie auf der Straße, und das *Fleurs de Fleur* wäre Geschichte, dieses zauberhafte kleine Geschäft, in dem eine unvergleichliche, lebenslustige junge Frau Blütenträume verkaufte. Zugleich fragte sich Nicholas, ob der Brief bedeutete, dass Fleur Danton lebte.

Als Nicholas am frühen Morgen auf dem Weg ins Hotel den Umweg über die Blumenhandlung suchte, sah er von Ferne ein kleines Licht brennen – oder meinte zumindest, etwas leuchten zu sehen. Er beschleunigte seine Schritte, spürte, wie sein Herz heftig zu schlagen begann, und eilte näher. Durch die Tür konnte er erkennen, dass jemand im Hinterzimmer war. Doch es waren nur die Hände zu sehen, und die steckten in Arbeitshandschuhen. Vorsichtig klopfte er. Als niemand reagierte, probierte er es etwas lauter. Plötzlich hatte er Angst. Angst, es könnte jemand sein, den er nicht kannte. Jemand, der ihm eine schreckliche Wahrheit eröffnete. Jemand, der nur deshalb hier war, weil Fleur Danton nicht mehr hier sein konnte, nie mehr hier sein würde … Er sah, wie die Hände, die etwas einzupacken schienen, innehielten. Die Handschuhe wurden abgenommen und zur Seite gelegt. Dann fiel eine grüne Schürze auf die Arbeitsplatte. Und dann kam jemand nach vorne, von der Lampe des Hinterzimmers beleuchtet, sodass Nicholas nur die Umrisse sehen konnte. Es war die Silhouette einer Frau. Doch diese Frau war nicht Fleur Danton.

«Monsieur Matin!», begrüßte ihn Madame Fréjus. «Wie schön, Sie zu sehen.» Sie deutete auf das Schild, das immer noch in der Tür hing. «Leider haben wir nicht geöffnet.»

Nicholas räusperte sich, fasste all seinen Mut und hielt sich nicht mit Förmlichkeiten auf. «Mademoiselle Fleur. Wie geht es ihr?»

«Ach.» Die Blumenhändlerin blickte betrübt zu Boden. «Es ist eine traurige Geschichte, Monsieur Matin. So traurig.»

«Also ist ihr etwas zugestoßen?» Nicholas hielt sich am Türrahmen fest. Er merkte, wie ihm schwarz vor Augen wurde. «Ist sie …?»

«Wie? Aber nein, Monsieur, nein, nein!», beeilte sich Madame Fréjus zu sagen und griff nach seinem Arm, als sie sah, dass er wankte. «Bitte setzen Sie sich!» Sie zog ihn in den Laden und dirigierte ihn auf einen der beiden Stühle an dem kleinen Bistrotischchen. «Geht es Ihnen nicht gut? Meine Güte!» Sie schloss die Tür und setzte sich ihm gegenüber. «Dachten Sie etwa, es ginge um Fleur?» Sie nickte zu dem Zettel hin: *Wegen Trauerfall geschlossen.*

«Einen Moment dachte ich das», erklärte Nicholas, der sich ganz schwach fühlte. «Ich … ich hatte versucht, sie zu erreichen, wissen Sie?» Er versuchte ein Lächeln, erleichtert und erschöpft, vermutlich sah es eher aus wie Weinen. Und erst nach einigen Augenblicken wurde ihm bewusst, dass ihm tatsächlich Tränen über die Wangen liefen. «Entschuldigung», murmelte er und suchte nach einem Taschentuch. «Die Kälte …»

«Gewiss, Monsieur Matin. Natürlich, die Kälte.» Und die ältere Dame sah ihn so überaus verständnisvoll an, dass er tatsächlich lachen musste. Über sich, über seine unbegründeten Sorgen und über seine kleine Lüge. «Erzählen Sie mir, was passiert ist?»

Als Nicholas wenig später die kleine Straße entlangging, rangen sehr widersprüchliche Gefühle in seiner Brust. Am meisten aber spürte er die Erleichterung. So leid ihm alles tat, er konnte nicht anders, als Glück darüber zu empfinden, dass es nicht Fleur war, die zu Tode gekommen war. Aber da waren Mitgefühl und Scham: In ihrer schweren Zeit hatte er sie mit seinen Anrufen und Nachrichten belästigt. Kein Wunder, dass sie nicht reagiert hatte. Und so hatte er seinen Mantel angezogen, hatte Madame Fréjus das Schreiben der Vermieterin gegeben, das er sorgfältig wieder verschlossen hatte, sich verabschiedet – und einen letzten Blick in den Laden geworfen. Dann war er mit tapferen Schritten aus Fleur Dantons Leben gegangen. Und während er den Boulevard Saint-Germain entlangging, die Rue Bonaparte und schließlich an der Seine entlang zum Pont Neuf, während er die Schönheit von Paris bewunderte und versuchte, sich in sein Schicksal zu fügen, entwarf er einen nicht allzu komplizierten, aber doch einigermaßen kühnen Plan.

15

*Das Glück ist eine eigenwillige Pflanze.
Pflegst du sie nicht, so geht sie ein. Wenn du sie aber
liebevoll umhegst, so wird sie stets dich überraschen.*

Es fiel ihr nicht leicht, die Treppen zu Madame d'Alembergs Wohnung hinaufzusteigen. Aber eigentlich fiel ihr nichts mehr leicht seit jenem schrecklichen Weihnachten. Schweren Schrittes nahm sie die letzten Stufen und holte noch einmal tief Luft, ehe sie auf den Klingelknopf drückte. Sie hörte das Schrillen hinter der Tür und wenig später ihre strengen Tritte auf dem Parkett. Die Azalee in ihrer Hand zitterte ein wenig. Es ging einfach um zu viel. Fleur wäre am liebsten umgedreht und die Treppe wieder hinabgerannt, hätte sich versteckt und gehofft, dass alles vorübergehen würde. So wie sie es seit Wochen am liebsten jeden Tag gemacht hätte. Doch sie zwang sich, ein Lächeln aufzusetzen, und wartete, dass die Tür sich öffnete.

«Oh, Mademoiselle Danton!», sagte die Vermieterin. «Wie schön, Sie zu sehen. Ich wünsche Ihnen ein gutes neues Jahr.»

Verwirrt ob der freundlichen Begrüßung, vergaß Fleur völlig, der alten Dame den Blumenstock zu geben. «Ähm … das wünsche ich Ihnen auch, Madame d'Alemberg», erwiderte sie schließlich. Doch dann wurde ihre Miene wieder ernst. «Ob es ein gutes neues Jahr wird, da bin ich noch nicht so sicher.»

«Wirklich?» Die Vermieterin trat einen Schritt zur Seite. «Wollen Sie nicht hereinkommen? Sind die etwa für mich?» Ohne eine Antwort abzuwarten, nahm sie Fleur die Blumen aus der Hand und zog sie am Arm nach drinnen.

Fleur war noch nie in Madame d'Alembergs Wohnung gewesen und bewunderte sofort, wie geschmackvoll sie eingerichtet war. Nicht überladen, wie so häufig bei alten Menschen. Nicht aus der Zeit gefallen. Sondern eher zeitlos schön. Und groß. Das halbe Stockwerk bewohnte die alte Dame allein. «Sie haben es aber sehr hübsch hier», stellte Fleur fest.

«Es freut mich, dass Sie das sagen.» Madame d'Alemberg nötigte die junge Blumenhändlerin, sich auf das Sofa im Salon zu setzen. «Es ist zu groß für mich. Aber sonst bin ich ganz zufrieden.» Sie stellte das Stöckchen auf den Tisch, auf dem, wie für diesen Zweck platziert, ein kleines gesticktes Deckchen lag. «Was kann ich für Sie tun?»

Die Verwirrung wollte nicht weichen. Nicht, dass Madame d'Alemberg jemals besonders unfreundlich zu ihr gewesen wäre. Aber so zuvorkommend hatte Fleur sie bisher nicht erlebt. «Nun, ich komme wegen Ihres Briefes.»

«Meines Briefes?»

Fleur zog den Umschlag mit der Kündigungsandrohung aus der Tasche. «Morgen ist die Frist zu Ende, die Sie mir gesetzt haben.» Es fiel ihr schwer, die Worte auszusprechen. Und plötzlich schien ihr auch sonnenklar, warum Madame d'Alemberg so nett war: Sie betrachtete sie nicht mehr als ihre Mieterin. Sie hatte mit Fleur Danton und ihrem kleinen Blumenladen abgeschlossen. Deshalb war sie so gelassen! Auf einmal spürte Fleur eine Art heiligen Zorn in sich. Konnte es, durfte es sein, dass eine alte Frau, die einfach Glück gehabt hatte, über ein großes Erbe verfügte und sich im Leben nie Sorgen um ihre Zukunft hatte machen müssen, ohne weiteres die Existenz eines Menschen zerstörte? Ein Blumenladen, noch dazu einer wie das *Fleurs de Fleur* … Sie sprach den Gedanken aus: «Sehen Sie, Madame, das *Fleurs de Fleur* mag für Sie vielleicht nur ein Mieter sein, ein Unternehmen, das monatlich Geld abliefert und damit seinen Zweck erfüllt. Aber für mich ist es viel mehr. Ja, es *ist* viel mehr! Nicht nur für mich. Auch nicht nur für Madame Fréjus, die ohne das *Fleurs de Fleur* keine Arbeit mehr hätte und allein von dem bisschen Rente leben müsste, das sie bekommt. Dieses Geschäft ist ein Lebenstraum. Es ist ein Juwel in dieser Straße! Wenn Sie heute an ein anderes Unternehmen vermieten, wird es vielleicht die Fenster abkleben und ein Büro für Steuerberatung dort einrichten. Oder es zieht ein Getränkemarkt ein oder ein Nagelstudio. Ein Blumenladen ist für das ganze Viertel, zumindest für die ganze Straße, ein Gewinn!» Sie blickte der alten Dame nachdrücklich in die Augen. Doch Madame d'Alemberg zuckte nur mit den Achseln. «Habe ich jemals etwas anderes behauptet, Mademoiselle?»

«Aber warum wollen Sie mir dann kündigen?»

Nun war es Madame d'Alemberg, die verblüfft dreinsah. «Wieso sollte ich Ihnen kündigen wollen?»

«Nun, Sie haben es doch geschrieben!» Fleur wedelte mit dem Brief in der Luft.

«Ach das. Das ist ja nun Vergangenheit, nicht wahr? Und niemand freut sich mehr darüber als ich. Manchmal muss man eben eine Kündigung androhen, damit die Dinge wieder in die Spur kommen.»

«In die Spur kommen?» Fleur sah ratlos von der alten Frau zu dem Brief und dann wieder zurück. «Aber die Frist läuft morgen aus!»

«Die Frist ist mit der Zahlung doch hinfällig geworden, Mademoiselle Danton», erklärte die Vermieterin. «Denken Sie gar nicht mehr darüber nach.»

«Mit der … Zahlung?»

«Jedenfalls bin ich sehr froh, dass es Ihrem kleinen Laden offenbar wieder bessergeht und dass Sie Ihre Miete wieder pünktlich bezahlen können.» Die alte Dame sah Fleur tief in die Augen. «Davon darf ich doch hoffentlich ausgehen?» Sie klatschte in die Hände. «Möchten Sie noch einen Pastis mit mir trinken? Ich erwarte ja eigentlich jeden Moment meinen Neffen. Wissen Sie, er ist Anwalt und hilft mir, wenn ich mich streiten muss. Und da steht mir einiges bevor, seit die Handwerker wegen der Heizung da waren. Na, Sie haben es ja erlebt …»

«Danke, Madame d'Alemberg. Keinen Pastis für mich. Ich muss wieder runter in den Laden.»

«Natürlich. Eilen Sie. Kümmern Sie sich um Ihr Kleinod, damit es unserer schönen Straße noch lange erhalten bleibt. Wissen Sie, Sie haben völlig recht! Ein Blumenladen ist doch weit mehr als die Summe seiner Blumen, nicht wahr?»

Wenige Augenblicke später stand Fleur wieder auf dem Flur vor der Wohnung der Vermieterin. Sie war so verblüfft wie ratlos. Offensichtlich lag hier ein Irrtum vor. Vielleicht hatte Madame d'Alemberg auch nur ihre Kontoauszüge nicht richtig gelesen. Denn eines war sicher: Fleur hatte die Miete nicht bezahlt. Und doch schien es, als hätte sie eben eine Art Galgenfrist bekommen, wie unerwartet und unbeabsichtigt auch immer sie sein mochte.

Der Winter zog sich schneller zurück als erwartet. Schon Mitte Februar wärmte die Sonne die Straßen von Paris genügend, dass an manchen Orten Tische und Stühle nach draußen gerückt wurden und sich die ersten Unerschrockenen zum Kaffee ans Licht setzten. Die Winterdekorationen waren allerorten abgeräumt, und aus den Schaufenstern leuchteten den Passanten bunte Farben entgegen. Im kleinen Blumenladen in der Rue du Cherche-Midi hatten Frühlingsblumen Einzug gehalten. Tulpen und Narzissen lockten hinter der Fensterscheibe, Hyazinthen und Freesien. Fleur hatte Schneeglöckchen und Schlüsselblumen in zwei große Weinkisten gepflanzt und vor die Tür gestellt. Sie erfreuten sich großer Beliebtheit. So ging die Hauptsaison – die dunkle Jahreszeit – und wurde abgelöst von einer lebhaften Nebensaison. Das Frühjahr war die zweitbeste Jahreszeit in der Floristik. Natürlich kam schon mancher Hobbygärtner in den Genuss fröhlicher Farbtupfer in seinem Garten, wenn die Krokusse sprossen, die Blausterne oder der Schneeglanz. Bald schon würden die Buschwindröschen blühen, die Duftveilchen und vielleicht hier und da sogar ein Stiefmütterchen. Aber noch war die Sehnsucht der Menschen nach belebendem Grün so groß, dass die Natur sie nicht stillen konnte. Entsprechend groß war der Zuspruch, den Fleur Danton mit dem immer wieder überraschenden und bezaubernden Angebot ihres kleinen Ladens erhielt. Seit Hector zum Inventar des Ladens gehörte, kamen auch immer mehr Hundefreunde. Für die vierbeinigen Besucher stand stets eine Schale mit frischem Wasser neben der Tür.

Nach der unerwarteten Wendung des Schicksals, die für die junge Blumenhändlerin weiterhin ein Rätsel blieb, hatte sie sich an einem Abend Anfang Februar mit Madame Fréjus zusammengesetzt und ihr ein Angebot gemacht. «Sehen Sie, Mathilde, Sie sind für mich viel mehr als eine Mitarbeiterin. Sie sind eine Freundin, und ich möchte Sie nicht missen.»

«Schön, dass Sie das sagen, Fleur. Muss ich denn befürchten, dass Sie nun etwas tun müssen, was Sie nicht wirklich wollen?»

«Pardon?»

«Nun, Sie haben mir ja schon einmal gekündigt. Und das ist nicht lange her.»

Betreten blickte Fleur zu Boden. «Das stimmt, und es tut mir von Herzen leid. Aber das war eine andere Situation.»

Madame Fréjus nickte. «Und wie ist die Situation jetzt?»

«Jetzt ist sie so, dass ich denke, es gäbe eine bessere Lösung für uns beide.»

«Sie meinen, für Sie und für mich?»

Fleur nickte. Sie stand auf und nahm den Wasserkessel zur Hand. «Ja. Ich habe lange darüber nachgedacht.» Sie stand auf. «Möchten Sie auch einen Tee?»

«Nein, danke. Ich finde, Sie sollten mir jetzt lieber erzählen, was Sie sich überlegt haben. Tee trinken können wir auch später noch.»

«Bon. Sie haben recht.» Fleur setzte sich wieder hin. «Es ist so, liebe Mathilde: Wie Sie wissen, ist es schwierig, das *Fleurs de Fleur* so zu führen, dass wir dauerhaft genug verdienen, um alles zu bezahlen. Die Miete, die Lieferanten, die Arbeitsmaterialien …»

«Mich …»

«Richtig. Wie man es dreht und wendet, es ist kein Modell, das auf Dauer gutgehen kann.» Fleur knetete ihre Hände.

«Und das bedeutet …?»

«Ich möchte, dass Sie mehr im Laden sind.»

«Ich soll mehr arbeiten? Können Sie sich das denn leisten?»

«Nein.» Fleur lachte. «Überhaupt nicht!»

Madame Fréjus sah die Freundin mit zweifelndem Blick an. «Vielleicht hätten Sie doch einen Tee trinken sollen», sagte sie dann. «Nur um den Kopf mal so richtig durchzuspülen. Oder besser einen Cognac.»

«Sie verstehen mich falsch», erklärte die junge Blumenhändlerin ihrer Mitarbeiterin. «Sie sollen nicht mehr hier angestellt sein ...»

«Also doch!»

«Sie sollen Partnerin werden!»

Einen Moment schwieg Madame Fréjus. «Partnerin?»

«Ja. Sie haben es selbst geschrieben, Mathilde: *Der Laden ist längst meiner, genauso sehr wie Ihrer.* Ich finde, Sie haben recht, er ist Ihr Baby beinahe ebenso sehr wie meines. Sie haben ihn durch die letzten Wochen gebracht, als ich nicht mehr konnte. Sie haben ihn ja schon mit aufgebaut. Sie haben mich kürzlich gepflegt, als ich so krank war ... Ich finde, Sie sollten nicht mehr meine Angestellte sein, sondern meine Partnerin.»

Und so geschah es, dass Madame Fréjus nach vielen Jahren, in denen sie es gewohnt war, nach jemandes Pfeife zu tanzen, endlich doch noch in die Situation kam, ihr eigenes Lied zu spielen. Aus der kleinen Halbtagsangestellten wurde die stolze Geschäftsführerin Mathilde Fréjus.

Es geschah noch eine weitere glückliche Fügung in der Geschichte des *Fleurs de Fleur*: An einem Tag Anfang März erhielt Madame Fréjus einen Anruf aus dem vornehmen Hotel *Louis XV*. Es meldete sich ein gewisser Monsieur Pelissier: «Ich hätte gerne Ihre Geschäftsführerin gesprochen.»

«Ist am Apparat», sagte Madame Fréjus, die sich daran zwar immer noch nicht so ganz gewöhnt hatte, aber umso stolzer war, wenn sie Gelegenheit bekam, es auszusprechen.

«Mademoiselle Danton?»

«Madame Fréjus», korrigierte die Blumenhändlerin etwas kühler.

«Oh. Verstehe. Kann ich bei Ihnen einen Auftrag abgeben?»

«Das können Sie natürlich, Monsieur.» Madame Fréjus verdrehte am Telefon die Augen. Diese Wichtigtuer immer, dachte sie. Können nicht einmal mit einer normalen Angestellten sprechen. Unter der Geschäftsführung geht bei solchen Leuten gar nichts. «Das hätten Sie auch tun können, wenn ich nicht Geschäftsführerin wäre», ergänzte sie etwas spitz.

«Gut, es geht allerdings um einen etwas größeren Auftrag.»

«Aha?» Vielleicht hätte sie nicht so zickig sein sollen? Madame Fréjus bemühte sich im weiteren Gespräch um einen friedvolleren Ton, der allerdings zunehmend in einen verblüfften und am Ende womöglich sogar in einen etwas schrillen Ton überging. «Verstehe, Monsieur ...»

«Pelissier.»

«Und könnten Sie mir das noch einmal schriftlich ...?»

«Selbstverständlich. Aufträge in dieser Größenordnung vergeben wir immer schriftlich.»

«Tja. Das ist ja wunderbar.» Madame Fréjus suchte nach Worten. Da fiel ihr ein: «Und ab wann soll der Auftrag gelten?»

«Wenn Sie es bewerkstelligen können, gerne schon ab morgen.»

Als Fleur Danton wenig später in den Laden kam, fand sie ihre Partnerin völlig aufgelöst vor, und es dauerte eine gute Weile, bis Madame Fréjus in der Lage war, ihr das ganze Ausmaß der Katastrophe zu beschreiben. Oder vielmehr: des unglaublichen Glücksfalls, der über die kleine Blumenhandlung in der Rue du Cherche-Midi gekommen war.

Die folgenden Tage waren so voller Arbeit, dass Fleur kaum zum Luftholen kam und schon gar nicht zum Nachdenken. Und das war gut so. Denn endlich fand sie Stunden, in denen sie nicht in Traurigkeit versank. Der Schmerz über den Verlust Henris, über das allmähliche Verschwinden ihres Vaters und ja, auch über das Fernbleiben von Nicholas, das sie ihm nach ihrem Schweigen nicht verübeln konnte, wurde langsam schwächer. Sie stürzte sich in ihre Arbeit. Der Bedarf an frischen Blumen war so groß, dass sie tatsächlich zum ersten Mal ganze Wagenladungen orderte. Zweimal die Woche fuhr nun ein Lieferwagen von Delatour vor, manchmal auch noch einer von Zahir oder von Van Beuten. Die Herren Großhändler hatten zunächst gezögert, Sicherheiten gefordert. Doch als Fleur persönlich bei ihnen vorbeigefahren war und ihnen den schriftlichen Auftrag des *Louis XV* gezeigt hatte, war das Eis geschmolzen. Plötzlich behandelten sie die junge Blumenhändlerin überaus zuvorkommend.

Fleur genoss die neue Wertschätzung. Nun erhielt sie Rabatte, von denen sie bisher nur hatte träumen können. Sie hätte nie gedacht, dass man in diesem Geschäft so gut verdienen konnte, wie sie es nun tat. Madame Fréjus übernahm für die erste Zeit praktisch durchgehend den Laden, während Fleur sich um die Arrangements für das Hotel *Louis XV* kümmerte. Sie hatte mit kleinen Bouquets begonnen, für jedes Zimmer eines, etwas größere für die Veranstaltungsräume, die Lobby und den Empfang. Doch mit der Zeit – und das ging sehr schnell, denn sie begann zu spüren, wie ein solches Grandhotel funktionierte – wurde sie mutiger. Die Sträuße wurden größer und individueller. Und als sie zum ersten Mal eine Rechnung stellte und den Zahlungseingang auf ihrem Konto sah, beschloss sie, Madame Fréjus zum Essen einzuladen und eine Flasche Champagner zu spendieren.

Sie setzten sich ins *Café du Midi*, bestellten, ohne auf die Preise zu schauen, und genossen es, dass endlich einmal Geld keine Rolle spielte. Hector lag unter dem Tisch und durfte eine Salami kauen. «Wissen Sie, Fleur», sagte Madame Fréjus. «Ich freue mich so für Sie. Sie haben so lange so hart gearbeitet. Und endlich können Sie die Früchte dieser Arbeit ernten.»

«Und warum sehen Sie dann nicht wirklich glücklich aus, Mathilde?», frage Fleur, die die Kummerfalten auf der Stirn ihrer Freundin und Partnerin wohl bemerkt hatte.

«Ich habe ein schlechtes Gewissen.»

«Ein schlechtes Gewissen? Warum denn das?»

«Nun, Sie haben mich als Partnerin in Ihr Geschäft aufgenommen. Und kaum verdienen Sie endlich Geld, müssen Sie es teilen.»

Fleur schwieg einen Moment, nahm einen Schluck *Sancerre*, blickte aus dem Fenster und sagte, nun ebenfalls ernst: «Es wäre ja traurig, Mathilde, wenn ich Sie nur am Misserfolg hätte beteiligen wollen. Ehrlich gesagt hatte ich ein schlechtes Gewissen, bis dieser Auftrag einging. Seither ist mir ein Stein vom Herzen gefallen. Und wissen Sie, seit Weihnachten ist mir das Geld völlig egal. Geld zu verlieren ist nichts. Die wahren Verluste sind anderer Art.»

Madame Fréjus nickte. «Das kann ich verstehen. Und wenn Sie es wirklich so betrachten, dann will ich mich auch freuen und nicht länger grübeln.»

«Nicht länger grübeln», murmelte Fleur. «Ja, das wäre schön.»

Sie waren gerade beim Kaffee angelangt, als Monsieur Matin hereinkam und sich nach einem freien Platz umsah. Fleur wäre am liebsten im Erdboden versunken. Er hatte ihr so viele Nachrichten geschickt, und sie hatte ihm nie geantwortet. Sie hatte ihn weder zurückgerufen noch ihm geschrieben. Sie hatte ihn in der Oper versetzt! Einer Eingebung folgend, beugte sie sich zu ihrer Tasche hinunter, als müsste sie etwas suchen. Zum Glück saß Madame Fréjus mit dem Rücken zur Tür, sodass er sie vielleicht nicht erkannte. Mit angehaltenem Atem beobachtete sie seine Beine, die einmal quer durchs Lokal schlenderten und wieder zurück zur Tür. Und dann war er wieder verschwunden – und Madame Fréjus steckte ihren Kopf unter den Tisch und fragte: «Alles in Ordnung?»

Was hätte sie darauf antworten sollen?

Der Zustand von Fleurs Vater hatte sich seit Weihnachten sehr verschlechtert. Die Nachricht vom Tod seines Sohnes hatte ihn völlig aus der Bahn geworfen. Fleur versuchte nun, noch öfter bei ihm zu sein, was ihr zunächst durch Madame Fréjus' Engagement im Laden erleichtert, dann aber durch den Großauftrag des Hotels *Louis XV* beinahe unmöglich gemacht wurde. Sie hatte immerhin nun noch eine zusätzliche Kraft einstellen können, eine Nichte von Madame Said. Das Mädchen war klug und lernwillig, wenn auch sehr schüchtern, und stand am liebsten im Hinterzimmer, um Blumen zu binden. Nur so war es überhaupt auf Dauer machbar, jede Woche zweimal über hundert Blumensträuße in der gewünschten Qualität frisch aufzubinden und zu liefern, dazu etliches an Dekoration und Pflanzenschmuck.

Immerhin war Fleur an jedem Sonntag bei ihrem Vater in Meung-sur-Loire und ging mit ihm im Garten spazieren, lauschte mit ihm den Vögeln und erzählte ihm aus ihrem Leben – auch wenn sie zunehmend das Gefühl hatte, dass er nicht mehr wusste, wessen Leben das war. Er nannte sie nun nur noch Zizou, so wie er ihre Mutter immer genannt hatte. Auch sprach er von Henri, als wäre er noch am Leben. Und manchmal saßen sie auch einfach nur nebeneinander auf einer Bank im alten Klostergarten und weinten leise vor sich hin.

Im April stürzte der alte Mann in seinem Zimmer. Von dem Tag an war er ans Bett gefesselt. Wenn Fleur ihn besuchte, dauerte es regelmäßig eine Weile, ehe sie das Zimmer betreten konnte, weil sie innerlich so aufgewühlt war. Natürlich brachte sie ihm Zweige vom Waldrand, erste Wiesenblumen und ab und zu ein Stöckchen aus dem Laden, wenn sie nicht genügend Zeit hatte, vor Orléans kurz abzubiegen und noch ein wenig aus der wiedererwachten Flora zu sammeln. Und es schienen diese kleinen Gaben zu sein, die ihn für Augenblicke wieder aus seiner inneren Versenkung holten.

Dennoch schnürte es Fleur regelmäßig das Herz zusammen, wenn sie wieder im Auto zurück nach Paris saß und an die schönen Zeiten dachte, als sie noch zu viert gewesen waren und unbeschwert in den Tag gelebt hatten: Monsieur Danton von der SNCF, seine Frau, die von ihren Klavierschülern vergöttert wurde, Henri und sie. Nachdem Maman schon so lange tot war und Henri sie verlassen hatte, schien nun auch Papa einen langen, mühsamen Abschied zu nehmen, und sie wusste nicht, ob dieser Abschied für ihn schwerer war oder für sie.

Es war schon spät, als sie mit dem neuen Lieferwagen, den sie sich zugelegt hatte, vor dem Laden vorfuhr. Dennoch brannte noch Licht im Hinterzimmer. Sie sperrte auf. «Mathilde?»

«Fleur! Guten Abend!»

«Müssen Sie wirklich noch arbeiten?»

«Oh, ich mache es gerne. Wozu soll ich zu Hause sitzen? Das heißt ...» Madame Fréjus schien kurz zu überlegen. «Inzwischen habe ich das Gefühl, das *Fleurs de Fleur* ist mein Zuhause. Mindestens so sehr wie meine kleine Wohnung.» Sie warf einen Blick auf Hector, der hinter Fleur in den Laden getrottet war. «Soll ich noch ein wenig mit ihm rausgehen?»

«Wenn Sie möchten ... Er musste ziemlich lange im Auto sitzen.»

«Kein Problem.» Madame Fréjus schnappte sich ihren leichten Mantel von der Garderobe, denn die Nächte in Paris waren noch kühl, nahm die Leine vom Haken und gab Hector ein Zeichen mitzukommen. Kurz darauf waren sie weg und Fleur ließ sich erschöpft auf das Sofa im Hinterzimmer sinken.

Ein Klopfen riss sie aus dem Schlaf, in den sie unwillkürlich gesunken war. Erschrocken fuhr sie zusammen und richtete sich auf. Jemand stand vor der Tür. Sie ging nach vorne und erkannte Monsieur Matin. «Guten Abend!»

«Guten Abend, Mademoiselle Fleur. Ich habe gesehen, dass noch Licht brennt …»

«Aber ja. Kommen Sie doch rein!» Sie hielt ihm die Tür auf und trat einen Schritt beiseite.

«Aber ich möchte nicht stören …»

«Nein, nein. Keine Sorge. Ich hätte ja zusperren können. Möchten Sie eine Tasse Tee?»

«Tja, wenn Sie mich so fragen …» Nicholas trat ein und sah sich im Laden um. Auch jetzt war er bezaubernd geschmückt. Ein roséfarbenes Damenrad stand auf der einen Seite des Ladens, in dessen Körben kleine bunte Frühlingsstöckchen blühten. Ein Picknickkorb lud auf der anderen Seite zum Träumen ein, verführerisch auf einer Blumendecke drapiert und voller Lavendel, Thymian und Waldmeister. Und überall prangten Tulpen und Rosen, Orchideen und prächtige Blüten, von denen er nicht einmal die Namen kannte.

«Wir können uns an das kleine Tischchen setzen», sagte Fleur, die seinen Blick bemerkt hatte. «Oder natürlich auch auf die Picknickdecke.»

«Ein Picknick im Blumenladen», sagte Nicholas. «Warum nicht?» Er legte seinen Mantel ab und setzte sich auf die Decke. Die Kräuter dufteten betörend. «Sie riechen in den Abendstunden intensiver», erklärte Fleur, als sie mit zwei Tassen Tee nach vorne kam.

«Ja», sagte Nicholas. «Es sind oft die Abendstunden, in denen man sich öffnet.» Er blickte zu Boden.

«Sie sagen das, als hätten Sie etwas auf dem Herzen.»

Nicholas seufzte. «Ja. Das habe ich auch.» Er wusste nicht, wie er anfangen sollte.

«Wenn es wegen unserer Verabredung damals in der Oper ist …», fing Fleur an, um es ihm leichter zu machen. Doch Nicholas winkte ab. «Aber nein. Das ist es nicht. Oder doch, in gewisser Weise ist es das natürlich schon. Nur eben, dass es nicht um die Oper geht.» Er sah ihr in die Augen, die so wundervoll schimmerten im milden Licht dieses tropischen Blütenwaldes. «Ich weiß, warum Sie nicht gekommen sind.»

«Sie wissen?»

«Ja. Und es tut mir unendlich leid. Damals war ich natürlich enttäuscht. Sehr enttäuscht, um ehrlich zu sein. Aber ich konnte ja auch nicht wissen … Und dann habe ich erfahren, was passiert ist.»

«Sie haben es erfahren … Aber von wem?»

«Nun, Ihre Mitarbeiterin war so nett, mir zu sagen, was mit Ihrem Bruder passiert ist.»

Fleur musste schlucken. «Ich mache mir solche Vorwürfe.»

«Aber warum?» Nicholas berührte sie sanft am Arm. «Sie können doch nichts dafür!»

«Ich habe zugelassen, dass er alleine in die Nacht hinaus fährt …»

«Er war erwachsen, Fleur. Er wusste, was er tat.»

«Aber es wäre nicht passiert, wenn ich ihn zurückgehalten hätte.» Sie suchte nach einem Taschentuch und nahm Nicholas', das er ihr hinhielt. «Niemand weiß, was passiert wäre. Wir wissen alle nicht, welche Stunde unsere letzte sein soll. Fleur, Sie dürfen so nicht denken.»

«Er ist in die Seine gestürzt», flüsterte Fleur. «Ist das nicht ein schrecklicher Tod?»

«Oh. Ich dachte, ein Autounfall …»

«Er wurde von einem Wagen angefahren. Sein Rollstuhl ist über die Treppe hinab auf den Kai gestürzt und dann ins Wasser. Am Pont Saint-Michel ...» Ein Schluchzen. Nicholas musste sie einfach in die Arme nehmen. «Ein Clochard hat ihn herausgezogen», erklärte sie bebend. «Aber da war es schon zu spät.»

Sie schwiegen eine Weile. Dann hatte Fleur ihre Fassung wiedergewonnen. «Gut, dass ich es Ihnen erzählen konnte», sagte sie schließlich und nickte tapfer. «So können Sie mir vielleicht verzeihen.»

«Verzeihen? Was denn verzeihen?»

«Dass ich nicht gekommen bin, als Sie in der Oper auf mich gewartet haben.»

«Aber da gibt es nichts zu verzeihen! Sie haben eine Tragödie erlebt! Und ich stand an der Oper und dachte nur an mich. Also, das heißt: Natürlich dachte ich eigentlich nur an Sie ...» Er versuchte ein Lächeln. «Aber eben doch aus egoistischen Gründen.»

Fleur erwiderte das Lächeln. «Sie sind ein guter Mensch, Monsieur Matin ...»

«Nicholas.»

«Nicholas.» Sie nickte ihm zu. «Ich habe Ihre Nachrichten gehört und gelesen. Alle. Aber ich konnte Ihnen nicht antworten. Ich konnte einfach nicht. Ich glaube, es war, weil ich das Gefühl hatte, nicht mehr ich selbst zu sein.» Und murmelnd fügte sie hinzu: «Ein Gefühl, das geblieben ist.» Ja, es gab die Fleur Danton von früher und die nach den Ereignissen des Weihnachtsabends. Und sie waren nicht dieselben. Seit jenem wundervollen Abend war ihr ihr Leben – *dieser* Teil ihres Lebens – entglitten. Sie hatte ihren Bruder von einem Augenblick auf den anderen verloren. Und seither verlor sie ihren Vater in jedem Augenblick ein wenig mehr.

«Ich habe Ihren Bruder nur kurz kennengelernt ...»

«Henri.»

«Henri. Dass ich damals nicht zu unserer ersten Verabredung gekommen war, hing mit ihm zusammen.»

Fleurs Augen weiteten sich überrascht.

«Ich dachte … Nun, ich hatte sein Bild gesehen.» Er sah hinüber zu dem kleinen herzförmigen Rahmen, aus dem die hellen, freundlichen Augen des jungen Mannes auf sie beide herabblickten. «Und ich dachte, er wäre … Ihr Mann.»

«Mein Mann?»

«Ich konnte doch nicht wissen, dass Sie ein Bild Ihres Bruders …» Nicholas hob in einer hilflosen Geste die Hände. «Aber die wenigen Augenblicke, in denen ich ihn erlebt habe, haben mir gezeigt, dass er ein besonderer Mensch war. Nicht nur für Sie, Fleur!»

Bewegt von Nicholas' Worten saß Fleur eine Weile schweigend da, die Teetasse in der Hand, ohne zu trinken, den Blick auf Henris Porträt gerichtet. Dann sagte sie: «Ja, Nicholas. Sie haben recht. Das war er. Er war ein ganz besonderer Mensch. Nicht nur für mich.» Und sie gab ihm ein Zeichen mitzukommen.

Sie hatte alles auf eine Kommode gelegt, die wie ein Schrein im Hinterzimmer unter dem Fenster stand: die Armbanduhr. Die Brille. Ein Einstecktuch. Einen Glücksbringer, den sie ihm vor vielen Jahren geschenkt hatte: die Blüte eines Stiefmütterchens, in Glas gegossen. Eine Brieftasche, zerfetzt und zerschunden. Sogar das Handy lag da, als würde sie auf einen Anruf warten. «Es funktioniert sogar noch», sagte Fleur. «Verrückt. Es ist bei seinem Unfall auf die Treppe zum Fluss gefallen. Aber ich kenne die Geheimzahl nicht.»

«Verstehe», erwiderte Nicholas. «Und Sie bewahren hier als

Andenken die Dinge auf, die Ihr Bruder an seinem letzten Abend bei sich führte. Ich finde das sehr berührend.»

«Man hat mir die Sachen gebracht. Die Polizisten waren selber ganz schockiert.»

«Das kann ich gut verstehen. Wer wäre das nicht in einem solchen Fall?»

Fleur öffnete eine Schublade der Kommode und nahm ein Büchlein heraus, das in einen eleganten floralen Stoff gebunden war. «Das ist mein Sprüchebuch», erklärte sie und reichte es ihm. «Ich zeige es nur den engsten Freunden.»

«Ein Sprüchebuch …» Nicholas musste schlucken. Dass sie es ihm zeigte, war offenbar ein großer Vertrauensbeweis. Ein Beweis von besonderer … Nähe? Er schlug es auf und las:

Ein Garten im Winter ist schlafende Schönheit.

Und auf seinen fragenden Blick hin erläuterte Fleur: «Die Sinnsprüche stammen von Henri. Er hat mir jeden Tag einen solchen Spruch geschickt, manchmal auch mehr.»

«Jeden Tag?»

«Er war ein Philosoph! Ich glaube, seine Erkrankung hat ihn dazu gemacht. Hätte er nicht gelernt, die Welt mit liebenden Augen zu sehen, dann wäre er vielleicht zynisch geworden. So aber hat er sich eine Möglichkeit erschaffen, im Unglück das Glück zu sehen.»

«Im Unglück das Glück zu sehen …», wiederholte Nicholas. «Es scheint mir, Sie sind auch eine Philosophin.» Er blätterte weiter.

Sind wir deshalb alle so ruhelos, weil wir von unseren Wurzeln getrennt wurden?

«Er muss sie sehr geliebt haben, dass er jeden Tag an Sie gedacht hat.» Nicholas suchte den Blick ihrer veilchenblauen Augen. «Und Sie müssen ihn sehr geliebt haben, dass Sie das alles aufgeschrieben haben und bewahren.» Er erinnerte sich daran, wie die junge Blumenhändlerin damals im Hinterzimmer etwas aufschrieb. Vielleicht hatte sie damals einen Spruch ihres Bruders notiert.

Fleur seufzte. «Ja, wir haben uns sehr geliebt. Er war der beste Bruder, den man sich vorstellen kann. Und ich habe versucht, ihm eine gute Schwester zu sein.»

«Was Sie mit Sicherheit auch waren.»

Sie zuckte die Achseln. «Ich weiß es nicht. Aber ich hoffe es. Nur nützt es nichts. Auch die Liebe ist endlich.»

«Glauben Sie das?» Er versuchte, ihren Blick festzuhalten. «Glauben Sie das wirklich?»

Es war ein langer Spaziergang, den Madame Fréjus mit Hector unternahm. Als sie endlich wieder in den Laden zurückkam, war es weit nach zehn Uhr. «Ihr habt aber lange gebraucht», stellte Fleur fest.

«Ja. Es ist es ein schöner Abend. Und ein ausgiebiger Spaziergang hat uns beiden gutgetan, glaube ich.»

«Ich hatte Besuch.»

«Tatsächlich? Um diese Uhrzeit?»

«Monsieur Matin.»

«Oh ja, der nette junge Mann. Ich hoffe, ihr hattet ein gutes Gespräch?» Madame Fréjus schien sehr neugierig zu sein. Zugleich behagte ihr etwas an Fleurs Blick nicht. «Was ist denn los, meine Liebe?»

«Ihr scheint auch ein gutes Gespräch gehabt zu haben.» Und

auf Madame Fréjus' fragenden Blick ergänzte sie: «Jedenfalls wusste er Bescheid.»

«Bescheid? Ich verstehe nicht …»

«Hätte ich es ihm nicht selbst sagen können?»

«*Was* sagen, Fleur? Worum geht es?»

«Es geht um Henri. Um den Unfall. Um das schwarze Loch, in das ich gefallen bin.» Fleur rang mit sich. Sie wollte nicht zu ungerecht klingen. Aber nun, da sie es aussprach, empfand sie es als eine Verletzung ihrer intimsten Angelegenheiten, dass Mathilde offenbar in aller Welt herumerzählt hatte, was passiert war. «Wem hast du es denn noch gesagt?»

Madame Fréjus nahm Hector von der Leine, hängte das Lederband weg, knöpfte ihren Mantel wieder zu und wandte sich zur Tür. «Niemandem, Fleur. Und ihm hätte ich es vielleicht auch nicht gesagt, wenn er nicht so verzweifelt ausgesehen hätte.»

«So? Und wie lange weiß er es schon?»

Madame Fréjus blies die Backen auf. «Ich gehe jetzt. Deine Vorwürfe sind nicht fair. Er weiß es, seit er mit diesem Brief vor der Tür stand. Wenige Tage nach dem Jahreswechsel. Da war alles noch ganz frisch, und ich war auch …» Sie schüttelte den Kopf. «Tant pis, ich bin weg.»

Fleur aber stand wie vom Donner gerührt inmitten ihres kleinen Ladens. Es dauerte ein paar Sekunden, ehe sie ihrer Partnerin hinterherlief. «Mathilde! Warte! Von welchem Brief sprichst du?»

Madame Fréjus blieb nicht stehen, sondern ging strammen Schrittes die Straße hinunter, sodass Fleur neben ihr herlaufen musste. «Von dem Brief von Madame d'Alemberg natürlich.»

«Sie hat ihn nicht *dir* gegeben?»

«Nein. Offenbar dachte sie, sie könnte ihn ihm geben, weiß der Himmel, warum.»

«Und er?»

Nun blieb sie doch stehen. «Er hat ihn mir gebracht. Du warst ja nicht da.»

Fleur packte ihre Freundin an den Schultern. «Weißt du, was in dem Brief stand, Mathilde?»

«Also wirklich. Willst du mich jetzt auch noch bezichtigen, heimlich deine Post zu lesen?»

«Du weißt es also nicht?»

«Natürlich nicht. Woher sollte ich es wissen?»

Mit einem Mal ergab alles einen Sinn. Alles schien sich plötzlich zu klären und einer Ordnung zu folgen. Fleur küsste die völlig überraschte Freundin auf beide Wangen und lief weg. Zurück in ihren kleinen Laden, wo alles begonnen hatte.

16

Manche Dinge lassen sich nicht ändern.
Aber die meisten lassen sich schöner machen.

Diesmal nahm sie nicht den Lieferanteneingang auf der Rückseite des Gebäudes, sondern betrat das *Louis XV* durch das Portal, wo sich der Wagenmeister leicht verneigte, als sie vorbeiging, und ein Hotelboy ihr die Tür aufhielt. Sie hatte wenig geschlafen in der vergangenen Nacht, und doch spürte sie, wie die Lebensfreude durch ihren Körper strömte – zum ersten Mal seit vielen Monaten.

«Mademoiselle Danton! Wie schön, Sie zu sehen. Ich hatte Sie heute gar nicht bei uns erwartet», begrüßte Antoine sie an der Rezeption, wo ein prachtvoller Strauß von Pfingstrosen in unterschiedlichen Violetttönen den Gästen entgegenleuchtete.

«Ich bin heute auch in einer privaten Angelegenheit hier. Oder zumindest in einer halbprivaten.»

«Ach ja? Und wie kann ich Ihnen da behilflich sein, Mademoiselle?»

«Sie könnten mir sagen, wo ich Monsieur Matin finde», sagte Fleur.

«Ich fürchte, Monsieur Matin arbeitet nicht mehr bei uns,

Mademoiselle.» Sein betrübter Blick war ehrlich, keine professionelle Zurschaustellung von Anteilnahme.

«Das habe ich mir gedacht. Und Monsieur Pelissier?»

«Monsieur Pelissier! Bien-sûr. Der arbeitet weiterhin hier. Darf ich Sie anmelden?» Der Portier griff schon zum Telefon, aber Fleur winkte ab. «Mir wäre es lieber, ich könnte ihn überraschen.» Antoine zögerte, doch dann nickte er mit zuvorkommendem Lächeln und sagte: «Wie Sie wünschen, Mademoiselle.» Er machte eine Notiz auf einen Zettel und schob ihn ihr über die Theke. «Die Aufzüge finden Sie hier rechts. Aber das wissen Sie ja bereits.» Er deutete auf einen der Tische in der Lobby. «Übrigens finde ich die Komposition, die Sie sich für diese Woche ausgedacht haben, ganz bezaubernd. Wenn es Ihnen nicht zu viel Mühe bereitet, würde ich Sie gerne bitten, mir einen Strauß von dieser Art, nur vielleicht etwas größer, für mich vorzubereiten. Für Samstag. Für meine Frau. Wir haben …»

Fleur hob die Hand. «Lassen Sie mich raten: Sie haben Hochzeitstag.»

«Sie sagen es.»

«Es wird mir ein Vergnügen sein, Ihnen diesen Strauß zum Hochzeitstag zu schenken, Monsieur Antoine.»

Erschrocken hob der Portier die Hände. «So hatte ich das aber nicht gemeint, Mademoiselle Danton!»

«Ich weiß.» Fleur schenkte ihm ein strahlendes Lächeln. «Umso mehr wird es mir eine Freude sein.»

Sie folgte den Anweisungen auf dem Zettel: *5. Stock, rechts, Raum 14.*

Obwohl sie sicher war, den Mann noch nie gesehen zu haben, war es offensichtlich, dass er sie erkannte. Und tatsächlich: «Mademoiselle Danton! Bonjour! Was führt Sie zu mir?»

Das *Café du Midi* war um diese Zeit meist gut besucht, aber nicht übervoll. Nicholas saß an einem Tisch draußen neben dem Eingang und blätterte in seiner Zeitung, neben sich eine große Tasse Café au Lait und einen Teller mit einer von Madame Goncourts frisch gebackenen Brioches. «Und? Studieren Sie die Stellenanzeigen?»

Er schreckte auf. «Fleur! Ich habe Sie gar nicht kommen sehen.»

«Darf ich mich zu Ihnen setzen?»

«Aber natürlich!» Er blickte sich um. «Was darf ich Ihnen bestellen?»

Fleur war schneller. Sie winkte der Bedienung und bestellte sich ebenfalls einen Kaffee. «Sie müssen mir nichts bestellen», sagte sie. «Sie haben genug für mich getan. Mehr als genug.»

Etwas unsicher studierte Nicholas ihre Miene und fand sie sehr geheimnisvoll. Ein ungekanntes Blitzen der veilchenblauen Augen ließ ihn zögern. «Ich verstehe nicht ganz ...» Am Kragen ihres Mantels entdeckte er eine Brosche: goldene Lilien auf tiefblauem Grund. «Also davon abgesehen, dass man für Sie sicher niemals genug tun kann.»

«Aber warum?», fragte Fleur nur. «Warum haben Sie das alles getan?»

Nicholas legte seine Zeitung weg und erwiderte: «Ich weiß gar nicht, wovon Sie sprechen, Fleur.» Er entdeckte zwei Meisen, die auf einem nahegelegenen Baum umherhüpften. «Sehen Sie nur. Ist es nicht ein wunderschöner Tag?»

«Sie lenken ab», lachte Fleur. Doch dann wurde sie ganz ernst: «Aber ich kann das unmöglich annehmen, Nicholas.»

«Sie meinen ...» Er ließ es unausgesprochen, als wagte er es nicht, sie versehentlich auf etwas zu bringen, was sein Geheimnis bleiben sollte.

Madame Goncourt kam mit Fleurs Kaffee und stellte sich einen Moment zu den beiden. Sie redeten über den Frühling, über das Glück, dass der alte Käseladen an der nächsten Ecke nun doch bleiben konnte und nicht einem weiteren Elektronikmarkt weichen musste (weil sich ein so kleines Geschäft trotz der vorzüglichen Lage für den Filialisten nicht lohnte). Sie sprachen über die Tochter der Goncourts, die ebenfalls darüber nachdachte, Floristin zu werden, und natürlich über die Brioches, deren Geheimnis Madame Goncourt mit ins Grab nehmen wollte. Und dann endlich zog sich die Besitzerin des Kaffeehauses zurück, und ein beinahe schüchternes Schweigen senkte sich über den Tisch, bis Fleur sich entschloss, klare Verhältnisse zu schaffen. Sie blickte ihm fest in die Augen. «Sie haben meine Post gelesen», sagte sie mit nüchterner Stimme.

«Ich … es … es tut mir leid», stotterte Nicholas. «Wirklich. Ich hatte nicht die Absicht. Aber ich war … krank vor Sorge. Es … es ist einfach … geschehen.» Er blickte zu Boden.

«Und Sie haben meine Miete bezahlt.»

In einer hilflosen Geste hob er die Arme. «Jemand musste es tun. Ich habe aber natürlich vollstes Verständnis, wenn Sie es mir übelnehmen.» Er hob den Kopf. «Ich hätte Sie fragen müssen.»

«Haben Sie es denn versucht?»

«Spielt es eine Rolle?» Natürlich hatte er es versucht. Jedenfalls konnte er sich vorstellen, dass er es versucht *hätte*, wäre sie denn erreichbar gewesen in jenen schrecklichen Tagen zwischen Weihnachten und Mitte Januar.

«Und dann haben Sie mir diesen Auftrag des *Louis XV* verschafft.»

«Der Auftraggeber war Monsieur Pelissier.»

«Und Sie sind sein Chef.»

«Nicht mehr», stellte Nicholas richtig.

«Weil Sie Ihren Arbeitsplatz aufgegeben haben.»

Nicholas zuckte die Achseln.

«Aber warum?» Sie sah ihm tief in die Augen. «Sie hätten mir den Auftrag nicht vermitteln dürfen», sagte sie leise. «Und dennoch haben Sie es getan. Und dann Ihren Job gekündigt.» Sie schüttelte den Kopf.

«Woher wussten Sie überhaupt, dass ich in dem Hotel arbeite?»

Fleur betrachtete diesen außergewöhnlichen Mann mit einem Lächeln. «Es war nicht so schwer, das herauszufinden, nachdem ich dahintergekommen war, wer mir den Laden gerettet hat. Und die Wohnung.»

«Dann können Sie mir verzeihen?»

Sie nahm einen Schluck Kaffee, betrachtete die Spatzen, die unter den Tischen herumhüpften, rührte mit dem Löffel ein wenig in der Tasse, stellte sie wieder hin und verschränkte die Hände auf dem Tisch. «Verzeihen? Nein. Das kann ich nicht. Dass Sie nicht mit mir gesprochen haben, hat mich zwar gerettet. Deshalb kann ich da ein Auge zudrücken. Aber dass Sie Ihren Job im *Louis XV* geopfert haben, um mir einen Luxusauftrag zu verschaffen, das kann ich Ihnen nicht verzeihen. Wie konnten Sie nur? Was hat Sie geritten?»

Nicholas lachte leise. «Genau genommen hat mich ein Teufel namens Trebouchet geritten», erklärte er und blickte in eine unbestimmte Ferne. «Ich hatte eine klare Aufgabe. Es ging um Lean Management, Human Capital, Effizienzoptimierung und all das.»

«Verstehe», sagte Fleur. «Moderne Unternehmensführung.» Nicholas nickte. «Und Ihre Aufgabe war?»

«Ich sollte die Truppe verkleinern. Dafür hätte ich sogar einen hübschen Blutzoll bekommen.»

«Blutzoll?»

«Eine Gehaltserhöhung.»

«Die Sie zum Komplizen gemacht hätte.»

«Richtig.» Nicholas schenkte ihr ein Lächeln. «Nun, ich habe mich entschieden, es mit Machiavelli zu halten: *Man darf nie seine Absicht zeigen, sondern man muss vorher mit allen Mitteln sein Ziel zu erreichen versuchen.* Ein paar Aufträge, die Gäste und Lieferanten gleichermaßen glücklich machen, ein paar Stornos, ein paar unvorhergesehene Urlaubstage für verdiente Mitarbeiter, deren Leistung einfach nachgelassen hatte, weil man sich nun einmal nicht dauerhaft ausbeuten lassen kann, ohne an Kraft einzubüßen. Eine informelle, aber sehr informative Besprechung mit den anderen Abteilungsleitern – natürlich ohne die Geschäftsführung. Ein Memo an die Inhaberin, die auf ein wahrhaftiges Bild der Lage in ihrem Hotel angewiesen ist. Und am Ende die gewünschte Liste für Entlassungen.»

Nachdenklich nippte Fleur an ihrem Kaffee und betrachtete Nicholas lange, ohne etwas zu erwidern. Schließlich stellte sie ihre Tasse ab. «Und wie viele Namen standen auf dieser Liste?»

«Oh. Nur einer.»

«Nämlich Ihrer.»

Sie schüttelte den Kopf. «Aber ist das nicht sehr unvernünftig?»

Diesmal war er es, der den Kopf schüttelte. «Ganz und gar nicht, Fleur. Unvernünftig ist, wenn man das Falsche tut, obwohl man weiß, dass es falsch ist. Unvernünftig ist, wenn man einer fremden Idee folgt, statt auf das eigene Herz zu hören.»

Ja, dachte Fleur, so hätte ich es auch gesagt. «Und wohin hat Ihr Herz Sie gezogen, Nicholas?»

Nicholas legte seine Hand auf ihre. «Aber können Sie sich das denn nicht denken, Fleur?»

Sie zog ihre Hände unter der seinen weg. «Natürlich kann ich es mir denken», sagte sie leise. «Aber was Sie getan haben, war trotzdem unvernünftig und hat Ihnen selbst geschadet. Außerdem war es so etwas wie … Vetternwirtschaft. Ich meine: dass Sie mir diesen Auftrag verschafft haben.»

«Na ja», sagte Nicholas. «Das wäre es gewesen, wenn ich in Kauf genommen hätte, dass dem Hotel ein Schaden entsteht. Aber da ich wusste, dass Sie diesen Auftrag so großartig ausführen würden, wie es nur menschenmöglich ist, konnte es eigentlich nur gutgehen.»

Da musste Fleur lachen. Sie schüttelte den Kopf. «Sie sind … Sie sind …»

«Was?»

«Ich weiß nicht.» Fleur sah ihm in die Augen. «Wunderbar?»

Madame Saids Nichte entschloss sich letztlich doch gegen eine Lehre als Floristin und für ein Studium der Rechtswissenschaft. Allerdings traf es sich gut, dass Fleur Danton zufällig jemand anderen für die Mitarbeit in ihrem kleinen Blumenladen fand, der sich gut auf Kundenbeziehungen und kreative Lösungen verstand, einen ehemaligen Angestellten im Management des berühmten Hotels *Louis XV*. Und dass mit der ebenso wundervollen wie eifrigen Bérénice Aqcri noch eine dritte leidenschaftliche Blumenhändlerin im *Fleurs de Fleur* sich um ebendiese Kunden kümmerte.

Die Abende im Hinterzimmer waren nun nicht mehr einsam, ebenso wenig wie die Ausflüge in die Wälder von Orléans. Hector kam mehr an die frische Luft als in den zurückliegenden Monaten, Madame Fréjus erledigte nun häufiger die Bestellungen, fuhr auch schon mal zum Großmarkt (wo sie herausfand, dass Monsieur Van Beuten keineswegs ein hartherziger und geldgieriger Geizkragen war, sondern erstaunlich viel von orientalischer Dichtung verstand, einen überaus verlockenden Weinkeller besaß – und nebenbei zwei Jahre jünger war als sie ...). Über allem schwebte als guter Geist Henri Danton, dessen nachgelassene Lebensweisheiten Nicholas einem Verleger zukommen ließ, der daraus ein kleines Büchlein machte, das unter dem Titel «Fleurs de Fleur» überraschend erfolgreich wurde und noch eine ganze Menge mehr Menschen auf den kleinen Blumenladen in der Rue du Cherche-Midi neugierig machte.

An einem schönen Abend im Juni, die Sonne heizte der Stadt kräftig ein, und Nicholas hatte aus einigen Limetten, die in mehreren hübschen Körbchen im Laden verteilt standen, mit zerstoßenem Eis und Rohzucker eine Erfrischung gemacht, saßen er und Fleur an dem kleinen Tischchen mit den zwei Stühlen, das sie vor den Laden gestellt hatten. Die Markise hielt die laue Luft des Tages fest, alles schien ganz leicht und mühelos. «Wo bist du eigentlich den ganzen Tag gewesen?», fragte Fleur, als Nicholas mit dem Getränk nach draußen kam.

«Oh, ich wollte dir Blumen besorgen.» Er goss ein, reichte ihr ein Glas und setzte sich neben sie.

«Blumen? Mir?»

«Ganz besondere Blumen.»

«So wie die goldenen Lilien?» Ihre Fingerspitzen glitten zärtlich über die kleine Brosche, die sie an eine Klammer gebunden hatte und nun im Haar trug.

Lächelnd beugte er sich zu ihr und küsste sie sanft auf die Stirn. «Blumen, die du noch nie gesehen hast», erklärte er.

Fleur lachte und strich ihm übers Haar. «Das wird dir nicht gelingen, Nicholas. Ich kenne jede Art von Blumen, die in Paris angeboten werden.»

«Tatsächlich?»

Ein Mann trat auf das *Fleurs de Fleur* zu. «Wir haben schon geschlossen», sagte die junge Blumenhändlerin. «Tut mir leid.»

Der Mann verneigte sich leicht und hob den Hut. Doch statt

zu gehen, griff er in seine Jackentasche und holte etwas daraus hervor, eine Papierblume, hauchzart und federleicht. Und während Fleur sich noch darüber wunderte, wie dieses kleine Kunstwerk leuchtete, warf er es in die Luft, wo es sich ein wenig drehte und aufstieg. Er nahm eine zweite Papierblüte und ließ sie in den Himmel schweben und etliche weitere, ehe er seinen Hut erneut ein wenig hob und dann – von einem Schauer funkelnder Lichter umrieselt – davonspazierte, ohne sich noch einmal umzudrehen. Fleur aber blickte staunend in den Himmel, in dem sich die kleinen Wunderwerke vom sanften Wind des Juliabends davontragen ließen wie Traumgebilde.

Nicholas, der sich hinter sie gestellt hatte, legte ihr die Arme um die Schultern. «Jede Art von Blumen? Wirklich?»

In jener Nacht liebten sie sich lang und leidenschaftlich. Erst gegen Morgen schlief Nicholas ein – und er schlief tief und selig, als gäbe es im Leben keinen Kummer.

Ein neuer strahlender Tag erhob sich über Paris. Nicholas fuhr die Markise vor dem Laden aus, die einen angenehmen Schatten warf. Die Ferienzeit war schon spürbar, weil der Verkehr etwas nachzulassen schien und ganz Paris von einer angenehmen Trägheit befallen wurde. Madame Fréjus hatte sich ein paar Tage freigenommen, um sich von Monsieur Van Beuten seine Heimatstadt Den Haag zeigen zu lassen, und weder Fleur noch Nicholas waren sicher, ob sie danach noch einmal zurückkommen würde.

Ein leichter Wind kam auf. Fleur war neben Nicholas getreten. Sie hatte einen Korb mit Vergissmeinnicht neben die Tür gestellt. Für einen Moment schloss sie die Augen und gab sich ganz dem Lufthauch hin, der über ihre Haut strich. Nicholas betrachtete sie voll Liebe und Dankbarkeit. «Beobachtest du mich?», fragte sie und blinzelte zu ihm hin.

«Nicht beobachten. Nur bewundern.»

Sie schüttelte langsam den Kopf und lächelte. «Du siehst nur eine ganz normale Frau, die vielleicht ein bisschen zu sehr in Blumen vernarrt ist.»

«Wie ich. In Fleur.»

«Fleurs?»

«Nur in der Einzahl.»

«Alter Romantiker. Manchmal erinnerst du mich an meinen Bruder.»

Nicholas spürte, wie sein Herz heftig pochte. «Das ehrt mich», sagte er nach einer Weile.

«Doch, wirklich! Du denkst wie er!»

«Leider kannte ich ihn nicht gut genug.» Nicholas schenkte von der Limonade nach. «Ich hätte ihn gerne näher gekannt.»

«Ja, das hätte ich mir auch gewünscht.» Fleur setzte sich auf. «Weißt du, so etwas, wie du es für mich getan hast, das wäre sonst nur ihm eingefallen.»

«Ja?» Nicholas studierte ihre veilchenblauen Augen. «Meinst du?» Etwas schien ihn plötzlich zu beschäftigen. «Wann hast du eigentlich Geburtstag?»

«Am achtundzwanzigsten August.»

Ohne ein weiteres Wort stand Nicholas auf und ging hinein, um nach wenigen Augenblicken wiederzukommen. «Hier», sagte er und hielt ihr das Handy hin, das sie auf ihrem kleinen Schrein im Hinterzimmer aufbewahrt hatte, Henris Handy. Und er tippte: 2808. Fleur nahm es und stellte erstaunt fest, dass das Gerät tatsächlich eine Verbindung suchte. Und fand. Und ein kurzes Geräusch von sich gab, ehe es wieder ausging, weil der Akku leer war. «Woher wusstest du …?», fragte Fleur.

«Als du sagtest, dass ich denke, wie er dachte, habe ich mir überlegt, welche Geheimzahl *ich* gewählt hätte», erklärte Nicholas. Aus dem Laden ertönte ein leises «Pling». Beide horchten auf. «War das meines?», fragte Fleur. Zögernd stand sie auf und ging hinein, fast als hätte sie Angst. Nicholas folgte ihr. Er stand hinter ihr, als die Nachricht aufleuchtete:

Im Ernst: Heirate ihn. Das Leben ist zu kurz, um das Offensichtliche nicht zu erkennen!

Henris letzte Nachricht an sie. Er hatte sie geschrieben in dem Augenblick, in dem er von dem Auto erfasst und die Verbindung unterbrochen worden war. Erst als sie das Handy wieder aktiviert hatte, war die Nachricht doch noch rausgegangen. Henri hatte es erkannt. Er hatte erkannt, dass Nicholas der Mann ihres Lebens war.

Zärtlich nahm Nicholas sie in die Arme. «Er hat mir geschrieben», flüsterte sie. «Als hätte er es gewusst. Als hätte er gewusst, dass wir …»

Nicholas nickte. «Ja», sagte er leise. «Siehst du? Die Liebe ist nicht endlich.»

MIX
Papier aus verantwortungsvollen Quellen
FSC® C083411
www.fsc.org

Das für dieses Buch verwendete Papier ist FSC®-zertifiziert.